國家古籍整理出版專項經費資助項目

閩海文獻叢書第二輯

陳慶元　主編

許獬集

〔明〕許獬　著

陳煒　點校

廣陵書社

圖書在版編目（CIP）數據

許獬集 / (明) 許獬著 ; 陳煒點校. -- 揚州 : 廣陵書社, 2022.11
(閩海文獻叢書 / 陳慶元主編)
ISBN 978-7-5554-1801-6

Ⅰ. ①許… Ⅱ. ①許… ②陳… Ⅲ. ①古典文學—作品綜合集—中國—明代 Ⅳ. ①I214.82

中國版本圖書館CIP數據核字(2021)第280627號

書　　名　許獬集
著　　者　〔明〕許　獬
點　　校　陳　煒
責任編輯　戴敏敏
出 版 人　曾學文

出版發行　廣陵書社
揚州市四望亭路 2-4 號
郵編　225001
電話　(0514)85228081(總編辦)
85228088(發行部)
http://www.yzglpub.com
E-mail:yzglss@163.com
印　　刷　無錫市海得印務有限公司
裝　　訂　無錫市西新印刷有限公司

開　　本　889 毫米 × 1194 毫米　1/32
印　　張　12.375
字　　數　250 千字
版　　次　2022 年 11 月第 1 版
印　　次　2022 年 11 月第 1 次印刷
書　　號　ISBN 978-7-5554-1801-6
定　　價　86.00 元

前言

金門，建縣于一九一五年。金門建縣之前，屬福建省同安縣，又稱浯洲。建縣時的區劃，包括金門本島（俗稱大金門）、烈嶼（俗稱小金門）、大嶝、小嶝、角嶼、大擔、二擔（臺灣地區稱大膽、二膽）等島嶼。一九四九年之後，金門縣由臺灣地區管轄（其中大嶝、小嶝、角嶼則屬同安縣，今爲厦門市翔安區所轄）。從民國初年區劃的視角來審視一九一一年之前福建沿海各島縣，金門縣中進士的人士最多。明代僅隆慶至崇禎間，『百年來，起家甲第者幾二十人，而其魁南宫、授編修者，則自許子遜始』[一]。許子遜，即許獬（一五七〇—一六〇六）。獬初名行周，改名獬，字子遜，人稱『鍾斗先生』。萬曆二十五年（一五九七）舉人，二十九年會試第一，廷試二甲第一名，授編修。

許獬先世居同安浯洲（今金門縣）丹詔村，至五十郎遷至後浦，遂爲後浦人。從五十郎至許獬傳十二世，許獬以上，其家族八世能詩，至于如何能詩，能到何地步，未見載述，也未見作品傳世。許獬大父惟達，工古文詞，有集，具體情况亦不詳。父振之，在泮有聲，參加過鄉試，終落榜，著有

[一]〔明〕蔡獻臣：《許鍾斗太史集序》，《叢青軒集》卷首。

《滄南集》，今佚；振之兄弟，至少有三人，詳《叢青軒集》卷六《與伯書》。母陳氏。許獬早年聘顔氏女，顔女成年後，病眇，顔父欲易以他女，許獬堅不可，遂傳爲美談。許獬有弟三人：二弟鸞，字子采；三弟龍，字子時；四弟行沛，字子甲。三弟龍，疑早卒。獬有女二人，次女適漳州林氏；有子三人：鉉、鉞、鏞。至崇禎十三年（一六四〇），獬有孫五人：元輔、元軾、元轍、元輅、元輪。

家族八世能詩，是否誇大，無從考證。但是許氏積纍數代文教，才出了個許獬這樣的會魁，則是事實。許獬説：『吾祖宗書香積累數世，至於今始發。』[一]這裏應當説明的是，珠浦許氏的『書香』和同是金門的瓊林蔡氏的『書香』，是不一樣的。許氏積纍數世，到了許獬父振之，才得參加鄉試，到了許獬才得以參加會試。瓊林蔡氏自隆慶二年（一五六八）蔡貴易登第，萬曆十四年（一五八六）、十七年連續兩榜，蔡守愚、蔡獻臣、蔡懋賢三人登第。如果從科舉這個意義上説，至少在許獬成進士之前，珠浦許氏和『書香門第』尚有很大距離。但是，許獬中的畢竟是會元，是二甲傳臚，在金門乃至整個同安縣，名聲就大不一樣了。

從留傳下來的文字看，外祖對許獬的成長似乎要比父、祖的影響還要大些。許獬還在孩童時期，外祖父以爲獬異于常兒，『日置膝上，日授昔人所爲詩若文也者』[二]。稍長，外祖父帶他出游，

[一]（明）許獬：《與伯書》，《叢青軒集》卷六。

[二]（明）許獬：《壽外祖陳西樓序》，《叢青軒集》卷二。

遇水，告訴他水名；遇城鎮，告訴他城鎮名。看到好景物，給他講景物之所以成爲景物的原因；看戲時，則給他講相關的歷史背景。進入學堂之後，許獬屢困于州、縣試，『居常負豪氣，悒悒不能平。公往撫之曰：「顯晦，遇也；淹速，時也。孺子勉矣！良農能穡，寧不逢年？」』[一]許獬聽後，漸自寬慰，不斷地淬礪自己。萬曆二十五年（一五九七），許獬首次北上春官，治裝時外祖遠在廣東，不得相見，許獬一路上悵悵然如有所失。次年，許獬下第，從金門渡海到大輪山（屬同安縣）讀書，外祖也陪伴他到了大輪山。外祖在知交面前對許獬的贊許不絶于口，這無疑給落第的許獬以很大鞭策和鼓勵。集中書牘有《與外祖》：『公老矣，婆又善病，母未老亦善病。向猶圖得便道歸故里，具冠服，拜舞堂下，奉觴上壽，爲二老人及母氏歡。而今已又難。公素有遠志，欲爲萬里遊。遊萬里，遠矣，倘健善飯，能保無恙則可，否則，非不肖孫所敢請也。然私心眷戀我公，則與爲小兒膝下時無異。』[二]集中又有《寄家書》和《與伯書》等書牘，是寫給父親和伯父的，比較而言，《與外祖》書娓娓道來，讀起來似比後邊兩通書牘親切。

許獬以高第授編修，令人艷羨，但是許獬對自己這種修史的官職並不太認同。他認爲，自己仍然是個書生，衹不過是從未入仕的書生，轉變成已入仕的書生而已，身份變了，書生的身份没變。還不如外放當個州官縣令，能够多少施展一點自己的抱負：『不佞去書生，還得一書生，既做不得

[一]〔明〕許獬：《壽外祖陳西樓序》，《叢青軒集》卷二。

[二]〔明〕許獬：《與外祖》，《許鍾斗文集》卷四。

古人文章，又做不得今人事業，悠悠歲月，茫如拾汁。反不若分符郡國，遥借天子之寵靈，猶足有所豎立。丈夫得志行道，須自宰割，安用碌碌隨人！』[一]這是寫給『父母官』同安縣令洪世俊信中的一段話，固有安慰洪氏久沉百里不得升遷的勸慰，也透露出他進入館閣後的沉悶情緒。『今已官玉堂，稱美官矣，而反不若一州一縣之得以行其志』[二]，這是許獬對外祖父所説的話，想法應該是真實的，由此我們可以推知他致洪世俊的尺牘，並非僅僅是勸慰而已。

京洛多風塵，素衣化爲緇。萬曆中期，宦官當道，或許也是許獬不想在京城久待的一個原因。京城如此，地方又是如何？『今礦税滿天下』[三]，『税使横噏，海内騷動』[四]。許獬和地方官員討論最多的問題之一，便是宦官四處搜括礦税，他希望出任地方官員的師友多用些心，多多關心民生疾苦。家鄉福建，遠在海隅，『時閩苦税璫，有奸人勸璫上書分括山海之利，人心皇皇。公貽書温、林二御史，寢其事。泉、漳兩郡之民，皆公活之也』[五]。許獬雖無權直接處理閩地璫税，但借助自己的地位和聲望致書温、林二御史，璫税雖未能絶，多多少少起了一點作用。

〔一〕〔明〕許獬：《答洪含初》，《叢青軒集》卷六。
〔二〕〔明〕許獬：《與外祖》，《許鍾斗文集》卷四。
〔三〕〔明〕許獬：《與汪雲陽師》，《叢青軒集》卷六。
〔四〕〔明〕許獬：《與李按君》，《叢青軒集》卷六。
〔五〕〔明〕池顯方：《許鍾斗先生傳》，《叢青軒集》卷首。

從萬曆二十九年（一六〇一）授編修，到三十二年病歸，會元許獬在京城前後四年，似没有更多的事迹可陳。但是，許獬却始終以天下第一人品自勵：『取天下第一等名位，不若幹天下第一等事業；幹天下第一等事業，不若做天下第一等人品。』[一]

明代士子，《四書》和朱熹之注，必須爛熟于心，許獬更不例外。辛丑科次年，即萬曆三十年（一六〇二），他的《四書崇熹注解》十九卷，由名臣李廷機校正，『遵依皇上准爲講章定衡』，正式梓行。許獬對朱熹《四書集注》的推崇，是没有疑問的，他在《肅紀綱正風教以維治安疏》一文中又説：『而上之所以羅士者，又或以博學，以宏詞，以詩賦，以對策；射策不盡，以明經。故不可無周、程、張、朱之學。乃今之爲周、程、張、朱與爲孔、孟者，徧天下皆是矣。師以是教，士以是習，隸之學官，升之司徒，貢之天子。組織而爲文章，彪炳而爲事業，軒揭而爲節義，何莫非學？而乃必於文章、事業、節義之外，别立一理學之名；於傳、注之外，别標一宗旨；於學較（校）之外，别尋一師門。果何説也？』[二]講周、程、張、朱之學，在當時的科舉取士中不能説不重要，但是以爲周、程、張、朱之學就是孔、孟之學，這就值得懷疑；以周、程、張、朱之學取代孔、孟之學，就更值得注意。孔、孟之外，另立理學，别標宗旨，亂開師門，便是當今必須『肅紀綱』『正風教』的重要事項之一（另外兩項，一是吏治，一是礦税）。許獬的思想，更偏向于陽明學説中的泰州學派。《叢青軒集》中唯一一篇傳記，

[一]（明）許獬：《與李見羅》，《叢青軒集》卷六。

[二]（明）許獬：《叢青軒集》卷四。

即爲泰州學派創始人王艮而作。『陽明没，復聚徒講學如陽明。學者稱爲「心齋先生」，或以配陽明，稱「二王」。艮之學，以孝弟爲要，以格物爲功，不喜仕進及著述。然所著《格物要旨》《求仁方》諸篇，俱爲學者所宗。』[一]可見許獬對『二王』學説的推崇。

《叢青軒集》是許獬的詩文集，此集和《許鍾斗文集》所收詩文，書牘之外，大多是館課，館課都是辛丑科之前的作品，而書牘則主要是辛丑科之後的作品。許獬的詩文，李光縉、熊明遇、蔡獻臣之序、池顯方之傳都給予很高的評價。熊明遇云：『載覩子遜詩，則逸閑清綺，動與天游，論則雲行波立，策則氣填膺激，表則刻羽引商，序則揆權規構，柬則真摯朗發，俱自成一家言。』[二]這裏論述了許獬的詩、論、策、表、序、柬數種文體。李光縉、蔡獻臣則不約而同地認爲，許獬涉及政事的論説文，包羅、陶鑄《左傳》《國語》，最有特色。

珠浦許氏數世能詩，儘管許獬的詩仍然成績不那麼突出，但是他的詩論、文論還是有可取之處。許獬的詩論、文論，值得引起注意的，主要有三個方面：其一，反對詩文模擬：『竊怪今人書箋學晋魏，詩學唐，文學兩漢。近則北地、濟南、江左，不患面目不肖，只患模擬太工，愈工愈拙。』[三]這段話見于《答蔡元履》。蔡復一（一五七六——一六二五），字敬夫，一字元履，與許獬同爲金門人，

[一]〔明〕許獬：《王心齋傳》，《叢青軒集》卷二。
[二]〔明〕熊明遇：《許子遜叢青軒集序》，《叢青軒集》卷首。
[三]〔明〕許獬：《答蔡元履》，《叢青軒集》卷六。

年紀比許獬輕，而功名比許獬早，詩名也比許獬盛。蔡復一與許獬論詩，故許獬有此論。此時竟陵尚未興起，詩壇上影響較大的仍然是李攀龍、王世貞等『文必秦漢，詩必盛唐』的主張。許獬認爲，當今詩壇，痼疾不在于模擬像不像的問題，而是模擬太過，已經到了拙劣的地步。其二，詩必須陶鑄百家，入于古人而出于古人，方能自雄：『陶鑄百氏，獨出匠心，方能爲古人，方能不爲古人所牢籠。北地、濟南、江左，能爲漢唐晉魏，未能不爲漢唐晉魏，此其所以終爲北地、濟南與江左也。足下才氣足可自雄，故敢效其區區。』[一]蔡復一此時衹有二十七歲，故許獬對其寄以厚望。其三，時變世異，詩文亦然：『詩則《三百篇》，有蘇、李五言，又有建安，有江左，有盛唐五七言律、排律。時代固然，其無足怪。槓桴土鼓，不可以薦清廟；汚樽抔飲，不可以羞王公。商彝周鼎，不可陳於百戲之場；封建井田，肉刑兵車，不可治後世之天下。』[二]時代不同，器物、經濟、舟車等都發生變化，詩歌也由《詩經》四言轉變爲蘇李、建安五言古體，又由五言古體轉變爲唐代近體，但是古今詩文在精神上有相通之處：『試使古之能文之士，如左丘、屈原、司馬遷、相如、揚雄、韓退之之徒復生今世，未始不可以即古文爲舉業。而即今之善爲舉業者，亦未始不可即舉業之中，而復見左丘、屈原、司馬遷、相如、揚雄、韓退之諸作者之精神。惟得其精神，而遺其面目，此真能學古人者。不古不可

[一]〔明〕許獬：《答蔡元履》，《叢青軒集》卷六。
[二]〔明〕許獬：《與李芳瓊》，《叢青軒集》卷六。

以爲今，不今不可以爲古。』[一]今人已經不可能回到古代，古人也不可能成爲今人；今人不可能做左丘明、屈原、司馬遷那樣的文章，左丘明、屈原、司馬遷也不可能寫今天的舉子文。古今文學，通的是其精神，變的是其面目，遺其面目，得其精神，才是善學古人者。

許獬的名聲，最重要的還不是他的詩古文，而在于他的時文，即制義。許獬同榜進士熊明遇評曰：『國家用制舉義取士，束以格體，股引成文。猶記子遜「畏聖言」題，以領聯擅場。學者稱元脉，必曰己丑會稽、壬辰吳江、乙未宣城、辛丑同安，如先輩之稱毗陵、晋江也者。蓋支經肯綮，理貫轡策，節奏存乎其間。琳球考擊，律吕相宣，《韶》《濩》之音也；齊輯勒銜，急緩脣吻，良、樂之御也。』[二]萬曆十七年（一五八九）己丑科會元陶望齡，會稽人；萬曆二十年（一五九二）壬辰會元吳默，吳江人；萬曆二十三年（一五九五）乙未會元湯賓尹，宣城人；許獬則爲辛丑科會魁，四人之制義，當時士子奉爲楷模。許獬生前，其制義已有單刻本，又被收入《慶曆大小題讀本》等制義讀本。制義選本、讀本往往録有評語，今擇數端以見其一斑。韓求仲評《仁言不如全章》云：『刻題局文局，宛轉相傳，而縱横變化，不可端倪。』[三]湯顯祖評《事君盡禮一節》：『神清骨清，氣定格定。』[四]

[一]（明）許獬：《與李芳瓊》，《叢青軒集》卷六。

[二]（明）熊明遇：《許子遜叢青軒集序》，《叢青軒集》卷首。

[三]佚名編：《許鍾斗先生稿》，林祖藻主編：《明清科考墨卷集》卷二二。

[四]佚名編：《許鍾斗先生稿》，林祖藻主編：《明清科考墨卷集》卷五六。

顧朗仲評《顏淵問仁一節》：『交後血脉，融通中間，筋節調適。尤妙處在題寔而文鬆，題深而文活，題腐而文鮮。』[一]當然，制義文隨著時代的變化，評價也會有所變化，入清之後，對許獬制義文的評價，似乎已經不如當年，最有代表性的是四庫館臣的提要：『洎登第宦成，精華已竭，乃出餘力以爲之，故根柢不深，去古日遠，况獬之制義，論者已有異議，則漫爲古調，其所造可知矣。』[二]當然，這已經是後話了。

許獬的詩文集有兩個本子，一個是萬曆四十年（一六一二）秀水洪夢錫刻本《許鍾斗文集》，五卷；一個是崇禎十三年（一六四〇）許氏家刻本《叢青軒集》，六卷。此次點校以崇禎本《叢青軒集》爲底本，參校萬曆本《許鍾斗文集》。《叢青軒集》各種文體的編排比較合理，先賦、次詩（詩又細分爲四言古、五言古等）、序、記、傳、碑、議、説等，書牘和啓殿後；《許鍾斗文集》，賦、詩置于末卷，文部各體編排也較混亂；《叢青軒集》補了會試策文『五問』、家書等，同時也改正了《許鍾斗文集》的一些錯字。但是《叢青軒集》也有缺憾：一是新增錯字。二是書牘較《許鍾斗文集》反而少了二十三篇（連同序文三篇、祭文二篇，共二十八篇），有的目録下注『嗣刻』，但最終没有補入。三是删去部分書牘文末的問候語和客套語，文氣多少受了一些損害。四是書牘目録與正文不合。我們這次點校，爲全書重編了目録，把《許鍾斗文集》有而《叢青軒集》刊落之文二十五

[一] 佚名編：《許鍾斗先生稿》，林祖藻主編：《明清科考墨卷集》卷一〇五。
[二] 〔清〕紀昀等：《四庫全書總目》卷一七九《别集類存目》六。

篇，作爲《叢青軒集拾遺》，編在正文之後。卷首的三篇序，一篇傳，一篇識語，移至《叢青軒集拾遺》之後，作爲附録。許獬制義，本書收録《許子遜先生制義》一種，供讀者參考。我們另外撰寫的《金門許獬年譜》（與陳慶元先生合作），也作爲附録附于文末。點校有不妥處，歡迎專家和讀者批評指正。

二〇二二年三月

點校凡例

一、本書以崇禎十三年同安許氏家刻本《叢青軒集》爲底本，以萬曆四十年秀水洪夢錫刻本《許鍾斗文集》爲校本。制義以明末刻本《許子遜先生制義》爲底本。

二、凡《叢青軒集》有文，而《許鍾斗文集》不載者，在校記第一條加以説明。

三、凡《叢青軒集》不載，而《許鍾斗文集》有文者，别輯爲《叢青軒集拾遺》，排于卷六之後；《叢青軒集拾遺》各條均注明出處。

四、原刻目録書牘部分與正文有較大出入，本書目録重新製作。

五、凡異體字、俗字，酌改爲規範字，不另出校。文中『己』『已』『巳』，『戊』『戍』『戌』相混，據文意酌定，不另出校。

六、原刻卷首各序，移至正文之後作爲附録；原刻卷首録有池顯方《許鍾斗先生傳》，移至正文之後作爲附録；各種方志所載許獬傳記，僅載〔光緒〕《金門志》一篇，其餘不輯入。

七、附録《金門許獬年譜》，勾勒許獬生平綫索並對作品繫年，必要時略作考證。《年譜》引用許獬著作，均見本書。

目録

叢青軒集卷二

叢青軒集卷三

叢青軒集卷四

叢青軒集卷五

叢青軒集卷六

許子遜先生文

附録

叢青軒集卷一

同安許獬子遜甫著

弟　鸞子采甫

行沛子甲甫

男　鉉則鼎甫

鉞則敦甫

鏞則懷甫

孫　元輔君弼甫

元軾君敬甫

元轍君由甫

元輅君質甫

元輪君行甫

同輯

賦部

賦

鷹化爲鳩賦

惟彼皇穹之至仁兮，乃惡殺而好生。曾嚴威之未幾兮，倏陽德之方亨。氣氤氳以鬱勃兮，物芽茁而向榮。雖肖翹之無識兮，隨陽和而變更。相彼鷙鳥兮，名曰鶆鳩。擁赤日而直上兮，凌浮雲而遠遊。鷽鴉鸛鵁遭之而脅息兮，鵬鶚鵙鷸遇之而悲愁。司寇依之而信法兮，牧野之會惟師尚父效之而亮周。漢有都尉竊得乎此號兮，漠北窮胡望之而膽落，矧敢越之而長驅。

噫！此大造兮，厭彼虔劉。含生方欣欣以蘇息兮，爾胡獨轟轟搏擊而不休。奚猛不摧兮，奚剛不柔。變厥喙距兮，爾又何求。更爾名曰鵠鵴兮，與群翼而爲儔。侶鷺鷥鵬鶴而並處兮，遨鷦鶼鶬鴒而周流。類三苗之叛逆，遇大禹而投戈。争以紛紛如虞芮兮，至周郊而回車。梁父之巨盗冠猳冠、佩長劍兮，釋其服而聽洙泗之弦歌。

懿！太空之爐冶兮，何物不化？胡不馴虎豹而麒麟，改枳棘而楠梓之柯蔓延；窮奇不變而騶騮與緑耳兮，蓬蒿稊稗不化而嘉禾。豈天地之殊用兮，抑員方之異宜？羌動植之二本兮，雖馮虚與蹠實其異智。動者、虚者猶可變兮，植者、實者斷乎其不可移。嗤彼衆生兮何差池，皇敷化兮原何私。向化有路兮，格心有時。堯舜在上，不蹩躠以從善兮，曾不如飛鳥之無知。

七月流火賦

大專布氣，亭毒百昌；爐錘萬有，呼吸陰陽。既出震而齊巽，乃見離而役坤。胡歲月之幾何兮，乃將來者得令，而成功者退藏。

時維孟秋，少皞司辰，祝融退舍，蓐收乃張。其律夷則，其音清商。菊冉冉而將秀兮，露沾沾而欲白。隼怒目而欲擊兮，豺耽耽而始揚。壽星既見，日馭漸移。羌大火之昏見兮，倏乃隨斗指而西馳。爾乃蟋蟀宵征，寒蟬載鳴。欣萬物之將實，見一葉而先知。魏宫愴琉璃之筆，漢殿張雲錦之帷。侯文順令而舉職，郝隆曬腹而逶迤。亦有穿針七孔，燃燈九微；五龍命駕，七夕裁詩。侍玄圃而分韻，惜牛女之將岐。

斯時也，凉風微動，溽氣爰收。嘉賓何事於交扇，宋玉甫賦乎悲秋。叔夜輟柳下之鍛，子瞻泛赤壁之舟。彼姬公之勤思兮，乃托諷于《豳》什。念王業之不易兮，欲有逸而思憂。人謂八百之過曆兮，誰知七月之造周。緬惟騷人狂客之逸興兮，孰有如聖君賢相之綢繆。

詩部

四言古

孟夏陪祀太廟仿顔延平郊祀歌[一]二首

其一

於赫皇祖，受命于天。受天之命，誕撫八埏。寬仁勇智，厥德罔愆。崛起濠泗，掃彼腥羶。金陵定鼎，樹本乃堅。次取僞漢，爰及幽燕。變夷爲夏，再闢坤乾。遂制禮樂，以定太平。澤覃萬類，化格重玄。施於孫子，精禋萬年。

其二

皇祖於昭，賓於帝里。昭臨萬方，匪遠伊邇。享祀苾芬，皇祖來止。陟降飛揚，孫子咸喜。其祀維何，大輅玉几。穆穆皇皇，百辟卿士。其德馨香，升聞不已。皇祖居歆，醉飽具起。孝孫有顯，報以繁祉。報以繁祉，于今伊始。

[一] 顔延平，當作「顔延年」。「平」「年」，形近致誤。顔延之，字延年，南朝宋文學家、詩人。沈約《宋書・樂志二》：「宋南郊雅樂登歌三篇。」三篇爲《天地郊夕牲歌》《天地郊迎送神歌》《天地饗神歌》，前二篇四言，每首二十句；後一篇三言。許獬此二首仿顔延之「南郊登歌三篇」前二篇。

暮春郊遊[一]

其一

今日何日，維暮之春。既有良侶，亦有芳辰。川流如舊，草木其新。曲終永嘆，念彼昔人。

其二

縱步郊原外，極目舊山川。野曠鶯聲近，泉清石髮鮮。林裏見山足，雲外有人烟。何須問久視，此中是神仙。

五言古

天街觀皇太子親迎

昔聞有渭梁，文謨乃其昌。天篤我家祜，今兹繼厥祥。我家得淑女，令德如圭璋。思齊堪比美，桃夭未爲良。當此結褵夕，鶴馭來鏘鏘。誰爲盈門者，天孫獻七襄。都民咸拭目，高岡有鳳凰。又如黃道側，月配日爲光。維此日與月，行當照四方。天顔宜有喜，更進萬年觴。

[一] 五言一首原缺，今據《許鍾斗文集》卷五補録。又，《許鍾斗文集》題下有『閣試』二字。

七言古

擬李太白深宫高樓入紫清行[一]

樓臺重叠絶雲烟，下瞰半空見飛鳶。更有神人居樓上，大享群帝奏鈞天。鈞天奏非人間響，上世龍湖事杳然。秦皇空望瀛州島，漢武何勞築甘泉。自古真仙惟堯舜，鴻名日月億萬年。但使萬年稱聖主，何必蓬萊學神仙。真仙長存世何怙，聖主恩光照八埏。假使真仙能度世，漢武秦皇正乘乾。秦皇漢武留不住，遺與君王致太平。君王長享太平樂，功名還在軒轅前。

浴沂風雩歌

乾坤雖大指顧中，一掬中分含太空。胡爲憧憧自勞苦，往來眩亂轉飛蓬。我有一物名天籟，二十五弦出化工。化工有消復有息，吾心無礙否泰通。時偕童冠乘春暮，沐浴清泉遨薰風。沂有泉兮清且美，風生舞雩如角徵。振衣長嘯起清波，下顧塵世如泥滓。浩歌一闕發幽芳，悠然莫逆合太始。太始之世號先天，寄迹鹿豕混魚鳶。豈若吾在杏壇上，終日陶鑄聖人前。人世功名信可羡，遇合須待五百年。何如吾得此中樂，行藏卷舒任自然。自然之樂樂無限，笑傲千古弄雲烟。但得自

[一]《許鍾斗文集》卷五題下有『館課』二字。

然無物累，便是中和位育全。

觀播州山川圖

千里輿圖實迢然，陰翳要荒八百年。峰絶懸車常帶雨，水長妖氛墜飛鳶。犬吠雲中因駭日，豈知洞外有青天。圉吏告言此疆土，向隸職方漢唐前。元戎千乘恢禹服，旗旐央央雲漢邊。央央旗旐非務武，拯彼群黎出腥羶。昔爲椎髻今冠帶，南東其畝我土田。林菁蒙密無浮竹，潭心日暖絶蛟涎。始知皇仁同天地，範圍夷夏溥八埏。更得長材施雨露，萬年西鄙壯藩宣。

長短句古

種柏行

昔時見此柏，陰森出建章。十仞生條葉，千里遥聞香。願作金人伴，不願老大荒。長浥金莖露，歲歲侍君王。千年遺種在，移來此宫墻。宫墻之中何所有，蓬萊方丈列左右。更有瀛島居中間，列仙遨遊巨靈守。階除亭榭盡琅玕，蒲柳依依徒獻醜。依依蒲柳雖可愛，豈如松柏拂雲材。霜雪凌厲正自好，笑殺百花不敢開。朝收爽氣西山裏，暮捲烟霞海上來。千尋翠色青霄上，野鶴飛過空徘徊。

苦熱行

中和節已過，祝融正司天。炎蒸方日上，曦馭忽當前。涓涓寒泉水，吐氣亦如烟。南風薰何在，一去不復還。莊周始知儵魚樂，絳侯何妨汗如泉。舞雩曾點因風咏，夫子聞之亦喟然。柳下大夫同袒裼，丞相閣塵不談玄。江波萬頃猶嫌少，老蘇更欲挾飛仙。我思柏梁殿，玉露承金莖。神仙如可接，藍橋漿正清。大海浩無際，吸浪有長鯨。鵬飛高九萬，雲霓翼下生。列子馮虛如蹠實，飄然頓覺一身輕。又有至人能入火，何須病渴似長卿。語畢兒童推户至，三伏炎節倏將更。昨夜梧桐葉方落，歐陽今已賦秋聲。

五言律

賦得因風想玉珂[一]

退食從容後，銀河静夜清。爐烟潛入幄，漏箭暗傳聲。珮玉人何處，隔簾月自明。千條封事裏，不寫此中情。

[一]《許鍾斗文集》卷五題下有『閣試』二字。

題瀛州亭二首

其一

誰將海外島，駕一禁城東。日月開窗牖，雲霞映遠空。西山朝氣近，北海暮烟通。疑有靈鼉力，非關土木功。

其二

崢嶸仙島上，濟濟盡名英。桃李環階擁，琳璆繞檻明。吹笙王子晉，射覆東方生。携手同登眺，覺來宇宙清。

遊碧雲寺

微雨垂楊道，清風渡石梁。泉清龍吐氣，柏翠鳥争涼。古洞盤雲伏，名花和露芳。可憐千面佛，只爲一爐香。

遊香山寺

層巒遊不盡，拍手上香山。舉白浮天色，來青識聖顔。披雲亭渺渺，漱石水潺潺。日暮烟嵐合，相看意未還。

夏伏雨凉二首

其一

炎蒸方日上，好雨四郊清。鳥入雲間語，風從腋下生。西湖蓮有色，北闕漏無聲。五斗休呼酒，微凉正解酲。

其二

翔雲驅暑色，竹影倍陰森。似有秋聲至，渾忘溽氣侵。亂山迷野鶴，流水動鳴琴。乘興凭欄嘯，誰知夜已深。

遊清源洞

忽然到絶頂，疑是飛來身。隔海常爲客，舉杯有故人。千年仙骨朽，古壁舊詩塵。維有清風在，一時一度新。

漫和清源一律

久懷登望趣，此度更難忘。不見山花笑，只留滿徑香。披襟印海色，停酌迎風光。自是超凡路，何須問瀛蓬。

送南太史使秦藩

綸宣迎夏日，轡沃榴花天。雨灑南陵道，車驅泰畤烟。桐圭通漢節，兔苑屬秦川。四牡曾歌否，遭逢異昔賢。

代芍藥喜牡丹盛開

亭前元異品，令節倍陰森。色醉楊妃子，聲催李翰林。春風欣識面，旭日好抛心。得意君休語，情歡我解吟。

牡丹期芍藥早發

翩翩紅蕊客，結我作芳鄰。共浥[一]銀河露，誰專上苑春。翻階應有意，和鼎獨超倫。待子酣朝酒，奪將帶笑人。

[一] 浥，《許鍾斗文集》卷五作『挹』。

七言律

賦得銀蟾花正開凉夜[一]

澄空萬里絶浮埃，中有異花霞外開。誰道塵寰更有種，衹因靈藥點成荄。香清玉宇冰輪冷，影合霓裳舞袖徊。敢借巨靈真手段，移來上苑和雲栽。

和李白送賀秘監回[二]

羡君慷慨挂朝衣，烏鳥江湖共息機。已把金龜換酒去，留將明月送舟歸。洞庭躍浪浮青渚，天竺晴雲繞翠微。此去途中詩滿載，何時寄却塞鴻飛。

[一]《許鍾斗文集》卷五題下有『館課』二字。

[二] 和李白送賀秘監回，『回』字原誤作『爲』，據《許鍾斗文集》卷五改。又，《許鍾斗文集》卷五題下有『館課』二字。

秋夜憶早朝[一]

柝静城頭聽漏聲，凉風瑟瑟入危旌。鳳池魚醉露初重，麟殿香浮月正清。夢裏乍疑金鑰動，覺來只見銀河明。誰人借得回天力，問夜如何朝未盈。

二月十六日夜恭誦皇上諭内閣御札志喜[二]

汗涣雲邊雨露深，螭頭月影向花陰。門關已盡蠲周典，包篚何勞貢禹金。北闕欣逢遺駿入，南冠不繫纍臣心。歡聲共效嵩呼舞，斗酌遥從日下斟。

初夏郊遊

忽聞郊外舊鶯聲，唤轉東風不限情。縱步始知天地闊，開樽更覺利名輕。花飛水面初成子，梅老枝頭慣調羹。誰道春芳收得盡，葵心今已吐紅英。

[一]《許鍾斗文集》卷五題下有『館課』二字。

[二]《許鍾斗文集》卷五題下有『館課』二字。

長至朝天宮習儀

皇居縹緲迓繁禧，淑氣依稀下赤墀。嘉節還同周歲首，儒宗應陋漢威儀。珮環色冷侵朝雪，銀燭光融映曙曦。人道仙居北斗近，來朝借我作瑶巵。

春閨晴思

玆辰自古號中和，聖世中和取數多。遠樹更濃烟有色，輕風不漾水無波。花酣欲學鶯兒舞，柳亂争迎燕子過。人道上林春更好，誰知淑景近何如。

雨後與宋忠過日者[一]

閑來結駟禁城東，曉望晴雲映遠空。弱柳斜飛猶帶濕，輕波不漾迓微風。陰陽要渺目前近，身世無窮造化通。却訝赤松遊已遠，何如此地覔仙翁。

[一]《許鍾斗文集》卷五題下有『館課』二字。

清和微雨[一]

微風吹雨動淪漪，春去還如春在時。巧透化工三五點，新添生意萬千枝。冷將玉露零仙掌，細和爐烟出禁帷。折柳初驚衣袖濕，雲間彷彿見朝曦。

送邵太史使東藩

四明才子舊群空，濡轡馳驅濟漯東。桐葉于今承湛露，馬蹄尚覺帶春風。書翻古壁窺恭宅，樂奏雅音近獻宮。此去寄聲吴季子，謾誇上國姓名通。

被召恭謁仁德門[二]

白雲山色久棲遲，忽逐絲綸到赤墀。霞映金城天語近，漏催玉闕伏陰移。匡時十事從來道，悟主單言遇自奇。咫尺龍顔猶翹想，丹心遠托日邊葵。

[一]《許鍾斗文集》卷五題下有『閣試』二字。

[二]《許鍾斗文集》卷五題下有『館課』二字。

送夏都諫册封琉球

絳節平明出上台，使車暮宿越王臺。魚龍夾纜雲端静，琬琰盈函日下開。鬥鏤光分麟服寵，蟠桃欲傍鳳池栽。遥知帝德真天廣，應有望風回面來。

聞清江口通志喜[一]

滔滔河水正流澌，一派原分太液池。日映南堤窺禹迹，雲籠北闕屬堯咨。桃花浪裏遊絲静，瓠子宫前弱柳遲。地接岱宗鄒澤近，莫誇紀績有秦碑。

龍起泰山寄訊五大夫松[二]

翠色蒼顔别洞天，昂藏千載傲雲烟。榮華已拜山中詔，寥落不隨海上仙。黄石當年曾作伴，赤松並世問誰賢。祖龍餘烈今存否，神物莫驚五老眠。

[一]《許鍾斗文集》卷五題下有『閣試』二字。
[二]《許鍾斗文集》卷五題下有『閣試』二字。

五言排律

册立分封禮成獻壽詩[一]

曆頒陽復近，霧捲昊穹清。日月重輪照，山河一帶明。星分少海潤，露湛秋桐輕。不借商山老，寧須鄴下英。弼丞周太保，侍從漢長卿。欲問千年酌，遥看北斗横。

讀雲漢詩

極目郊原内，遊神簡牘前。穹窿原不遠，感格豈徒然。旱魃方爲孽，商書頌有年。牲圭皆縟禮，德政速回天。震恐猶無益，勤修乃罔愆。人歌雲漢什，我愛桑林篇。

恭遇萬壽節誦天保詩至末章首二語喜而有述[二]

神符姜水授，運際泰階平。赤電當空繞，彤雲夾殿生。曦催千谷曙，月映萬川清。欲展陽烏翼，微開桂樹英。光天同廣大，出地漸高明。聖壽真天保，登歌答鹿鳴。

[一]《許鍾斗文集》卷五題下有『閣試』二字。

[二]《許鍾斗文集》卷五題下有『館課』二字。

題霖雨舟楫圖[一]

聖主旁求世，良臣入夢年。彼蒼如有意，版築豈無賢。遇旱須霖雨，有舟利涉川。宸衷資啓沃，國事屬藩宣。萬古中興業，一時説命篇。勤思嗣此畫，踵迹有商前。

皇太子初出文華門受百官箋賀恭紀[二]

旭陽初出地，瑞氣藹鈞天。海挹銀河潤，星輝紫極前。重輪欣若月，五色信非烟。曠典空千古，歡聲徹八埏。東方新得震，南面擬承乾。不借商山老，寧須鄴下賢。驚看龍虎狀，聳聽瓊瑶篇。敢獻嵩呼酌，齊陳北斗邊。

五言絶

題畢封君册葉

解組歸來久，藤蘿歲月新。驚看車馬到，乃是過庭人。

[一]《許鍾斗文集》卷五題下有『閣試』二字。
[二]《許鍾斗文集》卷五題下有『館課』二字。

有懷

有懷留不住，冒雨叩禪關。芳徑無人掃，閑吟自往還。

爲客

爲客還送客，客歸客亦歸。歸時回首望，海上數鴻飛。

七言絶

送張太史使中州

楊柳翩翩御使車，此行何必問居諸。長卿本是上林客，暫向梁園訪子虛。

送盛太史使秦藩

春來楊柳正開花，華鄂樓前花更葩。臨别不須歌四牡，秦雲白處是君家。

五月榴花二首[一]

其一

一枝高出漢宫墻，色賽牡丹獻艷陽。更喜玉階方寸近，朱顔帶却御爐香。

其二

此日湘潭唱棹陰，紅英照水色深深。若非神女春風面，疑是靈均報國心。

題曾封君册葉

翩翩白髮照黄流，楚楚軒裳恣遨遊。却憶平生無限恨，當年獻策不曾收。

[一]《許鍾斗文集》卷五題下有『閣試』二字。

叢青軒集卷二

同安許獬子遜甫著

文部

序

賀整飭永平兵備山東右布政顧君課最榮封序

自國家受虜款，休兵革不用，而近邊兵拱手坐哺，不見鋒鏑矢石之事者垂四十年。説者以爲，款所以弭兵也，而兵亦卒不得撤。兵卒不撤矣，而卒亦未有所以用之。上之人既以不戰而養無用之兵，則勢不得而復豐其餼。兵雖安坐而不戰，顧亦不能枵腹而抗拳，則勢不得而復責其技，而其究不得不漸頓而爲弱。

間有慮其弱而思所以起之，如古者寓戰於守，寓兵於農之意，而大爲之備，則計目前者又從而諉之，曰：『非有事，且勿喜！』噫！亦孰知夫無事之害，有甚於有事者乎？夫無事而爲有事之儆，自非明智不能。而苟非久於其任，而責其有成，亦誰能以一日爲千百年之晝而代其憂？

永平負山阻河，南帶海，當古長城胡虜出没之衝，實惟股肱重地。余年友顧君，始以臬使來治茲土。至之日，軍無見儲，士不宿飽，錞離其刃，矢敝於房。君咄曰：『是不可以無事不戒！』蚤夜綢繆，罔懈益力，删蕪去蠹，礪鈍起羸。有士超距，有馬騰櫪，邊政大修，人有振氣。

居一年，議遷且議代，天子曰：『無如顧某。』仍命以方伯秩鎮其地如初。又二年，天子曰：『顧某居邊郡久，勞績茂著，具予四代誥命，以嘉乃勛。』余於是知國家任君之重、知之深而寵之至，不日且盡捐東北地邊地畀君，錫君以節鉞，如周召公奭之主陝以西，唐韋忠武之帥蜀。蓋君之戮力於國家不輕，而國家之所以報君，當亦不薄。鐵券金章，爰及苗裔，寧可既也。

雖然，君則胡慮及此，君之心則惟以任之重、知之深、寵之至，未易克副爲耻，而以無事之害甚於有事爲憂。夫君之用心而如是，斯乃足賀也已。夫不計一身之名寵與一時之艾安，而必欲爲國家經長久以無虞，蓋忠臣之用心誠宜如是。

請書以爲賀，賀於是乎始。

賀誥封朱老師太夫人誕辰序

辛丑歲，某始受知於金陵朱老師。其冬，家大人以家人至，至則與初度之辰會。某徬徨爲具召客，蘄集四方之知名士以壽吾親，而吾師實辱臨之以爲寵。又一年癸卯，吾父母以覃恩得封，而吾師適掌絲綸之寄，不肖復惠徼一言之重。於是始喟然曰：『吾師之所以寵吾親者至矣，而吾獨無一言以壽吾師之母也，其可乎？』是其潛德壼内四十餘年。太史公之母，徽音懿行，綽有可述。而吾乃無一言以揚也，其何以稱？於是謀諸同門兄弟若而人，始克舉事。而諸同門則咸責余言，某則又蹙曰：『吾師代天子言以榮吾親，而吾欲以匹夫之言且不文以榮吾師之母，是何啻以瓦缶而酬圭瓚，行潦而當江河之潤也。其又何以稱？』

然某嘗讀《詩》，如《采蘋》《采蘩》《鵲巢》《小星》之什，其言皆不出里巷之歌謡，而一經大聖人删削，遂傳之至今不衰。又古所記賢婦人，如雋不疑、歐陽永叔、程伯淳、伊川之母之類，古今稱爲賢母。其人固自可傳，抑亦取信於草茅疏賤、狂戇無忌諱之口，豈盡假寵於闕廷而後重？吾師握管入直綸舊，寵褒故所自有。而所藉以信諸人人，以行諸後，以令萬世永永有辭，則匹夫之言，固亦不可盡廢。

矧師之德業方新，太夫人壽亦未艾，聖天子方以孝治天下，而某適執筆從太史後，安知異日萬幾之暇，不觀採風謡，特命史臣某作爲《列女傳》，附諸雋不疑、歐陽永叔、程伯淳、伊川諸母之後，以爲載籍光？則是此匹夫之言，又將憑藉夫天子之寵命，以尊而徵、大而遠也。又安知兹言不爲異日左契也乎？而某又安可無言！

雖然，二程醇儒，聖道以宏。歐陽文扶世運，學士所宗。雋不疑良吏，行能卓卓，爲漢庭最。匪有是母，孰成是子？匪有其子，孰知其母？蓋人子之所以壽其父若母，亦不在乎匹夫之言與天子之言，而在乎其子之身。則是吾師之所以爲太夫人壽者，亦自有在也。而又奚俟乎余言？某自知不足以爲吾師之母與吾師壽，而或可因以自勖，則吾師當欣然命之矣。

壽外祖陳西樓序

外祖西樓公，今年春秋七十六，老矣。憶少從群兒嬉公側，公輒指目謂：『是兒也可異。』日置膝上，日授昔人所爲詩若文也者。命之諷，諷畢，輒爲之説曰：『當日作者云何姓氏，爵里何似，此皆古先達人之有休聲芳迹傳於後，不落莫者也，孺子志之！』時雖稚，不省爲何語，然已能暗存其一二云。於是公益以孺子爲可與語。

間嘗携出遊，遇某水某阜，輒名之曰此某水某阜，遇景物則語以景物。歲時鄉里歌鼓聚會，優或叔敖前代事，則又與之語前代事。蓋雖宴遊嬉笑中，其不忘獎誨類若此。

稍長，從家大人學四方，其間或離或合不常，然無歲時不相聞。見必娓娓相慰勞，或誦昔人文字相勸勉如初。蓋不肖某之困州、縣試也久，居常負豪氣，悒悒不能平。公往撫之曰：『顯晦，遇也；淹速，時也。孺子勉矣！良農能穡，寧不逢年？』某聞言，稍自寬，愈益朝夕淬無怠。歲丁酉，公從宦遊者於廣東之安定。某亦濫竽計偕，有萬里役。届期趣裝，族戚咸在，獨左右顧不見公爲恨，中途惘惘如也。風雪晦冥，未嘗不在念。即時時對朋儕譚説平生，未嘗不口公不置也。無何，某罷公車抵家，屬母病，謳吟思公甚，頗亦聞公所居海氛甚惡，不可近。將貽書速公歸，公適至自廣，母病亦良愈。某聞公至，喜，已又察公狀貌，矍鑠如平時，又尚健善飯，則益大喜不自禁。

噫嘻！公今春秋老矣，即某幸而得博一官，方且有職守羈他方，安能復遊公膝下，從容譚説平生如少時樂乎哉？蓋公之煦濡不肖某者，三十年於兹。勿論他也，即其識我於根荄，堅吾志，困而知其必遇也，尤可謂骨肉間知己。某幸佩公教，不敢自落莫。即今或後之人有識者，知己當不乏，然總之生平知己，無先公者。

今歲業大輪，公亦從某於大輪。二月之吉，爲公懸弧辰。人謂某曰：『子何以壽公？』某蹙然曰：『母尚食我貧也，我則何以壽公？』維公晚益喜文墨，遇知交喜道不肖某益甚，聊爲述其始末於斯，志耿耿焉。是爲壽。

外祖母許，吾宗也，時亦年七十七，長公一歲，稱偕老。

關中李年丈制義序

關中，古帝王之都，昔人稱其水深地厚，人多凝重而質直，有雄瑋奇傑之氣，文亦宜然。然歷二百餘年來，其以古文辭有聲者後先相望，而獨於舉業概未有聞也。豈學古之與趨時，迥不同轍，而作者囿於風氣，莫能兼斯二道與？

余嘗謂趨時不工，不妨爲古。然而既謂之時，則生今者，自不可廢。今年獲與彼都人士遊，如王藎甫、南思受諸君，皆美秀而文，與西北人不類。而文龐李君尤爲流麗嫺都，兼有江南之致，竊讀而異之。毋亦風氣與時變遷，山川所不能域？抑余所見皆間出，實非繇風氣致然耶？果其間出而非繇風氣致然，則是編也，故自足以傳矣，其奚所俟余言！余方欲爲古文未能，而獨喜君西北人之能爲今文也，故不辭而爲之序。

記

擬奉敕作新修琉璃河橋碑記

琉璃河去京師東南百餘里，實惟孔道。歲久，橋圮不可行，冠蓋行李之往來病之。事聞，上命修以大府金錢治其壞。因民之欲，百役不督而力，維月及日，遂告竣事。群臣謂上功德及此，不可無以示後。上以命臣某。

臣謹按《周官·考工記》，而舟車、橋梁、城郭、道路、門闕、斥堠、樓堞之制，凡興作營繕之事，皆領於司空，不以關天子。蓋以天子一日萬幾，齊居，祗事天地、宗廟、百祀、神祇，聽朝，視學，日延見元老大臣，考問天下安危利病、人情所苦樂，爲舉罷。事大以繁，非至仁大德、與天同健，則無暇乎其他。

春秋時，冬官職廢，令不行於天下。單子適陳，至道茀不行，旅無館，澤無舟梁，以憂王使。雖有良大夫若國僑者，僅以溱洧濟人爲盛事，而徒杠輿梁之政，終弗克舉。繇此觀之，王政弛，雖天子之諸侯大夫，尚皆懷其安而忘所事；王政行，雖至尊如天子，尚知垂意人瘼，軫其行李往來之艱。斯真至仁普物，行健同天。《周官》所不及載，前古所希聞。雖一橋之修不修，無足爲朝政重輕，而即此可以視其細，知其鉅，其可以忘？

抑又聞之，古者庶民之事天子，先公而後其私。國有大興役，王事未臧，則退食私家，不敢問安否。今三殿兩宮尚缺然，上朝夕弗遑啓居。天地、宗廟、百祀、神祇，無所降監；公孤、岳牧、大夫、士，無所接見。論利害，司農蓄積垂盡，凜凜憂不繼。其急且困若是，而尚垂意于兹，是古庶人所以急天子者，今反以天子之尊，勤庶民而急其病。于此益見我皇上至仁大德，卓越前古有加。而爲庶民而得此于天子者，其亦可以有所愧，且有所感，其又可忘？

夫兢業不敢怠荒，後其身而先天下者，天子之德也；不顧勞逸生死利害，盡能力以報天子者，庶民之分也。奉揚休德以播諸人人，以傳諸後，以光千古，使爲庶民者有所愧以感；而爲天子者樹德不懈益懋，儒臣之職也，矧有成命在，其敢不勉？遂忘其愚陋而撰次始末以志。

遊清源山記

余少而好遊，其遊吾泉之清源洞訪紫澤君者，不啻一再。至是則與同年丈李君偕，重陽之又二日也，以避俗客，故獨後。

出北門，至山麓，可四里許，俞氏之先塋在焉。其上有兜鍪石，望之儼然甚肖。俞氏爲東南大帥，有行伍功，説者謂得地靈力不謬，而李君則津津譚堪輿矣。余素弗習堪輿家言，第漫應之曰：『是固當耳。』

迤邐而上一里許，至山腰之小亭憩焉。亭後故有香泉而冽，俗傳能已病，呼爲『仙液』，請而祠者，盡吾閩之八郡，或至廣之東西，父老童稚，連日夜往來，汲取不絶，蓋亦未久而遂涸，今徒其扁在耳。豈山靈厭其驛騷，當亦有以陰奪之與否耶？

循是而上爲石關，關而上，有巨石鵠立道傍，鎸『君恩山重』四大字，即俞氏功成後所刻石也。又折而上，至山頂，爲郡守汪公祠。祠當上下二洞門，據清源之勝，頗宏爽，于遊觀憩息者，不爲無助。余與李君憩良久。

連武而登，至上洞。洞有大士身，右爲裴仙人之蜕室，俗傳仙人尸解於此。余謂李君曰：『世所稱神仙黄白事，信有之乎？』李君曰：『然。吾嘗遊漳之天柱峰，有關而禪者，絶粒可二十餘載矣。望之色膚若冰雪，强之粒弗應。是豈是侣與？不然何以至是。』余曰：『即令有之，非所願也。』李君曰：『云何？』余曰：『首山之鼎，仙乎？堯舜則否矣，不謂不黄帝若也。騎青牛，浮紫氣，仙乎？吾孔氏則否矣，不謂不老氏若也。説跨箕尾，烈不永於伊、吕；良遊赤松，名不高於南陽。凡世之行名，能極其所至者，皆仙也。其死而不朽者，皆仙。騷之屈賦若史之兩司馬，文之賈、韓、歐、蘇，詩之李、杜，亦然。假令是數者無一焉，白日飛昇，何益於我？』李君無以難，第命之曰：『酌。』

酌已，復緜祠右至下洞，洞即紫澤君所居處也，又有董仙人之遺蜕在。横而南，爲南臺，臺後石壁，千尺嶙峋，觀者目眩。李君則又津津譚牛首也。余北遊時，未嘗道金陵，不識牛首作何似，無以應。臺賓紫冒，拱溪流若帶，其東爲大海，海浸扶桑，日月所出浴。俯臨郡城，萬雉錯綜在腋下。城中有二浮圖最勝，李君則又譚金陵十二層浮圖也。余亦無以應。

李君好奇，其爲文，善抉微剔幽，操其勝於常聞習見之外，其持論亦若是云。余曰：『是山之有名舊矣，唐宋以前，至以名吾郡。然山重郡乎，抑亦郡重山也？夫天下之爲奇山若水者，豈少哉？多者棄於荒僻寂寞之野，樵夫牧竪之所嬉，高士偉人過者未嘗問。則非其勝弗若，所處地弗若也。緜此觀之，天下之爲山靈者，亦有幸有不幸與。』李君頷之。

遂從臺之東，攀緣石隙而下，爲詹亭，爲彌陀寺，二所雜客旁午，不可以入。山下有泉清美，甃石爲井。李君再邀余酌石上，酒數行，笑謂李君曰：『泉不仙，胡久耶？』李君亦大笑。

而歸緜他道，薄暮抵我書齋中，李君遂别去。齋即唐國子博士歐陽行周讀書處也。蓋是時與余數過從對壘譚藝者，惟李君。

傳

王心齋傳

王艮，字汝止，泰州安豐場人，陽明子之高足也。

少有至性，事父孝。父豪放遊娼家，艮幾諫百端，終不聽。一日，與群娼飲酒樂，歌吹雜作，艮長號隨之曰：『大人奈何以不貲之軀，博一小快乎？』群娼皆走匿。父怒，曳之門外。艮不爲動，諫如初。自後父每往，群娼皆拒不内，曰：『去去，勿復來。而有諍子，不可近。』自是以孝聞。

長益潛心務學，往往有悟入過人。陽明撫江西，聚徒講學，首揭良知之旨，疑信者半。人以語艮，艮曰：『吾第往觀之。彼語良知，我語格物，天以我賜先生，不可不往。』至則直署其刺曰：『泰州男子王某見。』陽明愕然，攝衣迎之軍門外。艮直入，抗禮上坐，一座盡驚。辯論往復數次，俱不服。至『明德』『親民』數語，躍然曰：『真艮之師也。天以先生賜艮，敢不敬承？』自是北面稱弟子。陽明没，復聚徒講學如陽明。學者稱爲『心齋先生』，或以配陽明，稱『二王』。

艮之學，以孝弟爲要，以格物爲功，不喜仕進及著述。然所著《格物要旨》《求仁方》諸篇，俱爲學者所宗，近有與鄒守益俱欲議從祀云。

碑

鄭拙我學政碑

隆古之世貴士，貴士故尊師。而其爲治，則教化先，而政刑末。今之司教者，於世何如也？秩卑而禄薄，不得視縣令，乃與主簿、丞等伍。大率以其老於公車而未有所就者，鄉貢士、歲貢爲之。其能者力自振厲，始得取進士科，受民事。其不能與雖能而不遇者，則銖累其勞，滿乃得去爲縣令，受民如進士。嘻！是不亦吏貴而師賤與？民貴而士賤與？賢者、材者任政刑，而庸者、劣者尸教化與？

夫上之人，既不以賢且材者待若人，若人亦安得以賢且材者待其身？故今之世，稍稱仁義道德之士，皆耻爲人師。而其真能師夫人，不以賞勸，不以毁沮，慨然以作興人材爲己任者，則亦非仁義道德之士不能。

同安夙多士，鄭先生來乃益著。先生少孤而貧，其爲教我同，廉不取貧士一金，所識拔皆知名士。月朔望，聚士之有志行而能文者，身角藝而課之，文取平易爾雅，毋爲奇衺。曰：『文衺者無端行。』不佞時困爲齊民，未得與庠士齒，先生收而教之，與庠士無異。民有訟士不法狀者，往時學師多以此陰嗾所訟士，得厚賄，否則爲民左袒而懲士，以故士風益薾，民益刁。至是，先生悉諭而遣之，民亦感悟，遂不復訟。

蓋先生去我同，而不佞始補邑弟子。先生竟不第，得令峽江[一]。而不佞始得通仕籍。其爲峽江也，江右有貢生劉鉉來京師，則又盛道峽江之政能得士，士來集者衆，至捐所得俸構文昌閣以居之，而數臨視，譚道藝不休。

嗟夫！世之爲師者，而盡如先生，固可以其作養黌序之餘，而波及乎齊民，而爲之民者，可以無良父母。爲民父母者，而盡如先生，亦可以其勾較簿書案牘之暇力，而作興乎士類，而爲之士者，可以無良師。然而，世之爲師、爲父母，能如先生者有幾？則如先生者，亦可以風矣。

先生閩縣人，繇乙酉舉人來署教諭事。閩縣，八閩都會，不佞嘗以鄉會試往來其家，又知其於孝友廉讓最著。蓋自其爲士，已自可貴如此。所謂以身爲教者，先生有焉。今爲教諭者施先生，施先生，先生同里，其必知余言爲不誣也已。

[一] 峽江，縣名，在江西省中部，原誤作『陝江』，據文意改，下同，不另出校。

議

建文帝祀典議[一]

謹按：建文皇帝乃高皇帝嫡長孫，嗣世數年，優禮儒臣，子惠黎庶，無大失道於天下。祇因當時任事者爲謀不臧，至爲漢景削七國之計，自取禍亂，遂喪天禄。雖然，天之所興，必有所廢。天方開我成祖億萬載之丕基，以祚明德，而建文適當其阨，其勢不得不亡。後來拘於忌諱，廟祀至今未定，議者惜之。

夫以嫡以長，則序順；以嗣世之日久，則名正；以一脉相承，無易姓改物之變，廟社無故，鍾簴不移，則系明。序順也，名正也，而系又明也，是皆不可以無祀。而淺見之士，猶以爲其生也既稱兵而夷之，死也乃同堂而享之，享又偃然而據其上，恐非我後世子孫所以妥我列祖意也，且於禮不宜。不知建文雖不永，君也；成祖雖神武得天，然當其天命一日未至，則亦臣也。以君賊臣，何罪之有？我國家之有建文帝也，猶天時之有閏也。善曆者，不以閏干時，亦不以時廢閏。閏而春將不繫於夏之前？閏而夏將使居於秋與冬之後乎？愚未有以知其妥也。

曰：『然則其祀也，何據？』曰：『昔者晋惠、懷嘗欲殺重耳矣，晋人未聞不祀惠、懷也。』曰：

[一]《許鍾斗文集》目録卷二題下有『館課』二字。又，《許鍾斗文集》題『文』後有『皇』字。

『何以知之?』『以其謚知之。有謚則必有祀，祀則必在重耳之上，不在其下，此可以逆而推也。』曰：『此霸國之事也，奚法?』曰：『惠公之稱晋侯，見於《春秋》者不啻一再，則是《春秋》予其立也。予其立則必予其祀，寧獨晋人!』

嗚呼！商人之不祀桀，周不祀紂，爲易姓也。東遷之不祀子頽與子朝，爲奸位也。建文之在當時，以易姓則非桀、紂，以奸位則非頽、朝。以淫昏而棄禮，則未若子圉與夷吾。當時之事，幸而濟，則爲漢景之誅七國；不幸而不濟，則爲建文帝。漢景幸而成，爲漢賢主，得以漢文景比周成康。而建文曾不得以數載南面之尊，歆一朝之血食，安在其爲人情與天道哉?且我國家於死事諸臣，既已旌褒而俎豆之矣，安有祀其臣而獨遺其主?死而有靈，其誰能歆之?愚以爲建文之爲君也，苟非序順而名正，則諸臣之死，爲污僞命而殉私人，不得爲忠。諸臣之死，苟非污僞命而殉私人，則建文不可以無祀。

謹議。

修復軍衛屯政及塞下開荒積穀議[一]

軍政之有屯也，國初以此給軍興，且備非常，其來已久。而西北邊之有莽蒼之野，即古先王井

[一]《許鍾斗文集》目録卷二題下有『館課』二字。

田地也。天下原無不可爲之事，而况此二事皆已行之規，而已試之效，亦何爲而不可？

第屯田漁於豪右，其仗在吏法；荒野翳於草萊，其仗在人力。仗吏法莫如必罰，仗人力莫如信賞。罰誠必矣，而又懼其有勾稽追呼之擾，以爲平民殃也，則莫如擇而付之良有司；賞誠信矣，而又懼其糜費而久無成勞也，則莫如簡而付之材將帥。

今誠得良有司而命之曰：爾毋過求，毋濫及，其有舊爲侵漁而自首者，免償其所負，否則罰無赦。又得材將帥而令之：其就所部之中，豐其餼廩，程其勤隋，以責其成功。且著之例曰：能墾田百頃者，當虜首若干級；千頃以至萬頃者，又當若干級。如是數年，而屯不復、荒不墾、兵食不充者，愚不信也。夫人貪利之心不勝其畏罰，而好逸之情不勝其冀賞。是以愚必其可行也。

説者又云：『屯政之壞久矣，田已幾易主。大抵黠者得之，必貨之以爲利；而愚者受之，不知其所從來。法行安能無枉？』不知其能市屯者，必非盡愚者也。市之之始，爲直必賤；而收之既久，爲入必多。今誠無追償其所入，亦已幸矣，又何爲而故縱之？且吾之罰，非罰其始之不知而誤受，乃罰其今之扞網而故匿者也，庸何傷？

至爲開墾之難者，則曰：『邊軍荷戈，非荷鋤也。責之戰，復責之耕，彼謂我何？』不知自國家受虜款，而邊軍坐食，不知兵革四十年。上之人以其不戰而匇豐其餼，雖食亦且不飽。夫與其坐食而不飽，孰若起而作之？無殺敵而有殺敵之賞，以私其贏餘也。且夫雖名爲開墾，非必舉軍而盡役之也。以其十之三負耒耜，十之七守烽堠，更番而迭休之，均其逸勞，而無耗其筋力，亦古者寓兵於農之意，又何傷？

嗟夫！天下事患不爲，不患不成。誠以開礦之役而開荒，以徵稅之令而徵屯，使天下曉然知上意之所在，而盡心力以赴之，其成功蓋有必然而無惑者。然愚又以爲必礦稅罷，而後二事可興。方今天下所在側目，人懷異心，此之不圖，而復以生事騷之，吾恐奸民之有以藉口也。

治河議[一]

孟子有言：『禹之行水，行其所無事也。』無事者，非無事也，順水之性而已矣。水於宇宙間，河爲大。自于闐發源，行萬里入中國，又數千里而入海。德政之不修，旱潦之不時，旱則竭，而潦則決，以數萬里浸淫氾濫無涯涘之水，而獨注之於一方，爲力蓋誠不易。《書》稱堯命鯀治水，九載績用弗成，後乃使禹。禹復居外者八年，而後水患始息。則通計其時，蓋不止有九年之水而已。

水之爲性，本乍盈乍涸，隨長隨消，遷徙無常之物。其時震蕩爲孽者十數年，則勢亦將殺矣，故禹因之能爲功。向使禹而當鯀之時，以一人之力而欲挽方張之勢，愚蓋有以知其難也已。惟鯀不務順之而務障之，玩天地之變而汨五行之理，是以其患益深而難治。

[一]《許鍾斗文集》目録卷二題下有『館課』二字。

故夫天下之難治，未有如水者也。不知順之以求其成功，而務逆之以爲可久，則治之而益以不治，誠無足怪。爲今之計者，慎無與地争水，亦無與水争地。決而東，則順而之東；決而西，則順而之西，去其甚害，而毋求其全利。可扞者扞之，可築者築之，不可扞且築者，徙以避之。其必不可不争，如祖陵與運道者，則又隨方擁護，以求其無恙而後已。彼不害吾事，而吾事畢矣。

至於行水之地，則又宜寬而不宜窄。寬之，則有以殺其怒；而迫之，則必衝決而爲灾，亦其勢然也。自古盈虚迭變，高下相傾，原無不移之地脉，亦無可以預料之天數。吾今日悉力於此，所費不知幾何，而異日又未足爲賴。蓋其數十年間風沙之所播壓，悍流之所擊突。高岸爲谷，深谷爲陵。天地尚不能以自主，而何有於人力之經營？

愚嘗舟過淮上，問之舟人，云：『自彭城至淮安，從來建瓴[一]而下，舟不一二日至。』而今不復然矣。隆慶中遭大水，汨城郭，包陵阜，泥滓半之，而高下之勢遂易。吕梁夙稱至險，黿鼉魚鱉之所不能遊，而今其遺迹無復在者。蓋朝廷因其勢而稍剗之，遂迄今爲安流云。然則名爲治水，而欲逆水之勢，以一日便宜之計，而欲長保數百年後之無他，蓋亦必無之理也。

世傳禹傷父功不成，登委宛山，得金簡玉字之書，以知治水之要。其説怪誕，固不足信，然其實荒度八年，身乘四載，相其山川原隰、高下委注之宜，足迹幾遍天下。今愚局處一室，以紙上當之，

[一] 建瓴，『瓴』原誤作『瓶』，據《許鍾斗文集》卷二改。

不敢逞臆説以誤大計，則所議不過如此。至於廟堂之上，宵旰憂勤，以回氣數，以紓民患，則有舜禹交儆之成規在，無俟余議矣！

説

古硯説[一]

予家有古硯，往年得之友人所遺者，受而置之，當一硯之用，不知其爲古也。已而有識者曰：『此五代、宋時物也，古矣。宜謹寶藏之，勿令捐毀。』予聞斯言，亦從而寶焉，不暇辯其爲真五代、宋與否。雖然，斯物而真五代與宋也，當時人亦僅以當一硯之用耳，豈知其必不毀不捐，必至於今而爲古耶！蓋至於今而後知其爲五代與宋也，不知其在五代與宋時所寶，爲周、秦、漢、魏以上物者，視此又奚如乎？而又不知其以周、秦、漢、魏以上物，示周、秦、漢、魏以上人，其人自視則又奚如？

人見世之熙熙者，沉酣於紛華綺麗之樂，奔走於權貴要津之門，褰裳濡足，被僇辱而不知羞。於是有一人焉出而矯之，卓然以道自重，以澹薄自守，以古先琴書圖畫、器物玩好自娱，命之曰『好古』。故凡名能好古者，必非庸俗人也。以其非庸俗人之所好，則庸俗人亦從而效之。於是士之射

[一]《古硯説》，此文目録在卷二，内文不知何故編在卷五末尾。按：《叢青軒文集》按文體編排，以類相從，『説』體編在卷二『議』體之後，當從。故移本文於此。

利求進者，必窮極其所無，以諂事權貴要津；權貴要津，亦時出其所有以誇士。而士之慕爲古而不知務者，亦每與世競逐，必盡效其所有而後快。噫嘻！是非真能好古也，特與庸俗人同好而已。夫既與庸俗人同好矣，而猶嘵嘵然竊好古之名，以求自異於庸俗。不知其名則是，而其意則非。

吾之所謂好古者，學其道，爲其文，思其人而不得見，徘徊上下，庶幾得其手澤之所存而觀玩焉，則恍然如見其人也，是以好之而不厭。故夫古之爲好者，非以其物，以其人也。如以其物而已矣，今亦何以異於古哉！夫苟不惟物惟其人，則吾亦可以爲古人矣。安知千百世之下，不以好古者好吾？乃必舍其在吾，而惟古之好，亦已惑矣。予觀今世之所好，大率類是，蓋皆所謂名是而意則非者也。不能盡述，述其近似者，作《古硯説》。

叢青軒集卷三

同安許獬子遜甫著

文部

論

王者以天下爲家論〔一〕

論曰：『主德之最孅者，莫如公；最蠹者，莫如私。』而孰知即私之可以爲公也？『最喜者，莫如廣大；最病者，莫如狹小。』而孰知即狹小之可以爲廣大也？故善論治者，論大小則不復論公私，蓋以自私之心而大用之，雖私亦公矣。論公私，則不復論大小。蓋以狹小之心而公用之，雖小亦大矣。

今夫天下大物也，而家爲小。然以家爲家，則小；以家爲天下，則小而大。而以天下爲家，則爲大於其小也。天下公器也，而家爲私。然以家爲家，則私；以家爲天下，則私而公。而以天下爲

〔一〕《許鍾斗文集》目録卷二題下有『會試』二字。又，《許鍾斗文集》題無『論』字。

家，則爲公於其私也。

先民有言，實獲我心，請得而申論之。夫家之説，何昉乎？天全以所覆付一人而號令之，而受所付以纘服者曰『天子』。則天爲父，君爲子也。以子承父，則有家。王者膺圖受貢以撫方夏，而爲所撫者曰『如保赤子』，則民爲子，君爲父也。以父字子，則有家。君有家子，謂之『家督』，督天下者，督吾家者也。君有輔弼，謂之『家相』，相天下者，相吾家者也。京師，吾堂奥也；諸夏，吾庭户也；四夷，吾藩籬也。白叟、黄童、黔黎、蒼生，爲吾家衆；蠕動、喙息、含齒、戴髪，爲吾家畜。其含哺鼓腹，有歡娱而無怨詈，則吾之家事治；其十室九空，啼饑號寒，岌岌然有土崩瓦解之志，則吾之家道窮也。故善爲天下者，爲之於家；善爲家者，爲之於天下。

大不可謂小，而即小可以爲大；公不可謂私，而即私可以爲公。何以明其然也？今夫萌隸，微也，奔走禦侮，竭力出賦税以給公上，不曰爲天下，而曰赴公家之急。自萌隸而上，爲州牧、侯伯、百揆、四岳，亦微也，受王之命，分猷宣力，苟利社稷，知無不爲，不曰爲天下，而曰策勛於王家。則是天下之爲家也，不惟天實奉我，且人實予我。不惟以全家賴我，且以富家屬我，齊家責我。賴之而不得，屬之而不副，責之而不效，則又以無家尤我。夫以天下之賴我、屬我、責我者如此其切，則我之爲所賴、所屬、所責者又烏可緩也？

是以一念之兢兢業業，懃懃懇懇，不敢先吾家後天下，内吾家外天下，逸吾身勞天下，豐吾家悴天下，而又不敢以天下爲天下，吾家爲吾家。層臺曲房，金榱碧璫，吾不言麗，而曰吾家當有，宵啼露處者，何以庇之？列鼎累俎，酒澠肉陵，吾不言膴，而曰吾家當有，半菽拾蕢者，何以賙之？蛾眉皓齒，争妍取憐，吾不言娱，而曰吾家當有，仳離興嘆者，何以使偕老？九彩七襄，龍文霧縠，吾不言華，而曰吾家當有，鶉衣百結者，何以使卒歲？一事足以紊舊章，則曰吾家自有紀綱，奈何當吾世而變亂？一動足以傷雅道，則曰吾家自有風化，奈何當吾世而陵夷？一榷一酤，足以竭脂膏，則曰吾家自有積儲，奈何當吾世而蕭條？一獎一擢，足以辱名器，則曰吾家自有體統，奈何當吾世而陵夷？蓋以天下爲天下，則我可宴笑，人可向隅；我可歌舞，人可籲天。而以家爲天下，則吾老必及人老，吾幼必及人幼矣。以家爲家，則平準可設，間架可税，封樁可藏，手實可行。而以天下爲家，則獨樂不若與人，與少不若與衆矣！

唐虞而下，治以成周爲盛。武王克商，除煩去苛，與民休息。鹿臺、鉅橋，與天下剖分而食之。施及成康，奕世載德，無忝前人。故後世稱周道之郅隆，不云周天下，而云忠厚立國莫如周家。蓋周惟見于家與天下之合，故雖界以九州，劃以千八百國，而愈分愈合，治安數十世而未央。秦惟見于家與天下之分，故多瘠民以自肥，薄民以自厚，雖以千八百國之衆共事一人，而愈合愈分，不二世而遂亡，至於天下亡，而家亦卒非吾有矣。言念及斯，可爲永鑒。

然則後之有天下者，奈何以小而妨大，還以大而妨小；以私而害公，還以公而害私，而使千百世之下，且以我爲前車哉！抑伊尹有言：『始于家邦，終于四海。』曰始曰終，蓋言本也。其言本者何？天下爲家者，王度也，度不廣則偏眇。施繇親始者，主術也，術不精則倒置，而亦卒歸於偏眇。

蓋自古未有家亂而天下理者，家携而天下附者。亦未有不用情於家人，而能推恩於天下者。本得末得，本失末失，如響應聲。孟子曰：『天下之本在國，國之本在家，家之本在身。』論治者，又當以是爲準。

聖人不凝滯於物而能與世推移論[一]

聖人者，變世而不變於世者也。自吾夫子以『無可無不可』之道，一聽之於時，而鄉愿之徒遂爲之説曰：『生斯世也，爲斯世也，善斯可矣。斯不亦無可不可，而與夫子之意不異乎哉？』然惟其與物無凝滯，而隨時變易，所以爲聖人。惟其必求無凝滯於物，而與世推移，所以爲鄉愿。何則？時者，天之爲也；世者，人之爲也。時有冬有夏，夏葛而冬裘，雖聖人有所不能違。世之所尚，有忠有質而有文，去文以存質，聖人每致意焉。

天下之所謂時，吾不得而知也；所謂世，吾亦不得而知也。吾以冬夏言時，而凡爲時者，莫不皆然；以忠質文言世，而凡爲世者，莫不皆然。故古之君子，有違世獨立者矣，而未聞有違時者；有動静不失其時者矣，而未聞有不失其世者。時因天而成時，世閲人而成世。時出於天，匪獨聖人，即天亦不得不爲時用。世出於人，匪獨聖人，即少知自好之士，亦能不與世爲俯仰。是故消息盈虚，

[一]《許鍾斗文集》目録卷二題下有『館課』二字。又，《許鍾斗文集》題無『論』字。

則仕，可以止則止，可以久則久，可以速則速。』非從其時，從其道也。時也，而聖人尚之；往來屈伸，時也，而聖人付之，都無思慮；仕止久速，時也，而聖人曰：『可以仕

若世則有升降污隆之異，運也；厚薄醇漓之異，習也；奢儉淫樸之異，向也。吾從其升矣，亦從其降乎？從其隆矣，亦從其污乎？從其醇且厚矣，亦從其漓且薄乎？即曰不得中行而與之，亦與其奢也寧儉，與其淫也寧朴。如必生斯世，爲斯世，則不過爲今世之人而止矣，其何以爲聖人？聖人者，非特不隨世，亦且不矯世；且不玩世，亦且不憤世。非特不貶道以從世，亦且必欲變世而從吾之道。故自其始而觀之，則見其不矯、不玩且不憤也，而以爲聖人之推移於世。要其終而論之，則其不爲崖異斬絶之行者，乃所以俯就乎世，而使世之人推移於我而不自知也。

昔者大舜嘗陶漁矣，而人終不以大舜爲陶人、漁人。孔子嘗獵較矣，而人終不以孔子爲獵人。孟子嘗遊説矣，而人終不以孟子爲遊説人。彼舜與孔子者，固能以道變世；而孟子者，亦不變於世者也。烏必與世推移，乃稱不凝不滯，如漁父之説耶！然則漁父之説何居？曰，此非漁父之言，亦非屈子之設爲言也。戰國人習從横，朝秦暮楚，俯仰慶吊，而不知羞。安知不設爲此論以誚屈子，如莊周所稱《漁父》《盗跖》諸篇，詆毁譏訕吾孔子者乎？且夫設難者，固求爲可解也。即令真出於屈子，吾何信焉！世豈有哺糟啜醨、淈泥揚波、混醉混濁而稱爲聖者？聖者固若是乎？吾之所取信者，孔子也。孔子之繫《易》，曰『遁世無悶』，曰『時止則止，時行則行』。蓋不從世而從時，吾取以爲法。

臨下以簡御衆以寬論[一]

或問：『太古之治有法乎？』曰：『無法烏能防亂！蓋法立而民便之，不若後世之煩也。《書》稱「臨下以簡」是已。』問：『帝者之治有心乎？』曰：『無心烏能運法！特其心主於拊循天下，與之爲休息，而刻急者不與焉。《書》稱「御衆以寬」是已。』以上臨下，上下之勢懸，多至於疑畏而不親，故臨之莫若簡。以寡御衆，衆寡之形分，多至於離披渙散而難爲屬，故御之莫若寬。天下不可以無法縱，亦不可以多法擾；不可以無心弛，亦不可以有心束。無心與無法者，爲佛老之虚寂，非特不可以治後世之天下，亦不可以治鴻荒。過用其心與法者，爲申商之刻覈，非特不可以治太古之天下，亦不可以維輓近。故惟簡與寬者，帝王軌世之要術也，可以長久而無弊。

曰：『然則，兩者道不同乎？』曰：『簡與寬，一道也。不寬何取於簡？不簡則雖欲寬焉，民有弗得寬者矣。』今夫樹木之性欲静，而數摇杌之則弗生。馬之性欲逸，而盡其力焉則敗。聖人則[二]知夫民情之好静而惡動、好逸而惡勞也，無以異於樹與馬也，是故爲之以無爲。其道一主於簡寬者，帝王之大德也。簡者，所以行其寬者也。惟考其時，以璿璣測天，以封濬紀地，以六府三事治人，以五刑五流待有罪，四凶之外無他罰也，二十二人之外無他舉也。官省則無事，刑省則無冤，令省則

[一]《許鍾斗文集》目録卷二題下有『館課』二字。又，《許鍾斗文集》題無『論』字。

[二] 聖人則，原無『則』字，據《許鍾斗文集》卷二補。

易達，制省則易遵。其民幸生寬大之世，含哺鼓腹，熙熙如登春臺，而爲之上者亦恭己垂裳而天下治。豈非行簡之明效與？

湯之代虐也以寬，而説者曰反禹之舊。反舊者，反其煩而爲簡也。夏政之衰，王道中絶，蓋有煩其刑法以毒天下者矣，天下之人弗堪也。是故成湯除之而民説。繇此觀之，帝王之世，始未嘗不簡，而後乃煩也。夫政未有簡而不寬，亦未有煩而不急者也。漢興，除秦苛政，約法三章，與民更始，其治號稱寬大。下至唐宋之始造亦然。後乃馴至於算舟車，税間架陌錢，青苗助役，制置條例司，苛冗百出，紛如蝟毛，抑何煩以急也。夫豈不知民之好静，而故欲動之？好逸而故欲勞之？其不得不至於動與勞者，法多而民擾故也。當其法之初行也，固曰『吾[一]以更化而善治』，曰『乃一時權宜之計，後不爲例』，又曰『害少而利多』，而孰知其弊之至於此哉！

繇是觀之，帝王之立法，其意固主於利民；後世之立法，其意亦非主於害民。一則欲以利民而民利，一則非以害民而民害，此簡與不簡之明效也。雖然，簡爲寬而設也，所以治天下而非所以治身，所以恕人而非所以自恕。夫太簡亦叢蠹之階也，故聖門之論曰『居敬而行簡』。

[一] 吾，《許鍾斗文集》卷二作『何』。

惟事事乃其有備論[一]

善爲國家計者，必爲國家懷不必然之慮，而後可以貽之安。夫所謂不必然之慮者，備也。備於事後，見謂不可緩；備於事至，見謂不可已；備於無事，鮮不見爲迂矣。不知所謂無事云者，止可謂之曰不必然，而不可遂謂之曰必不然。既未可謂之必不然，則容有時而或然矣。吾方玩且忽之，爲不必然，而乃容有時而或然，則當其或然也，而胡以救之？

福生有基，禍生有胎。變故之興，皆起於精神智慮所不及簡之處。蓋玩忽不已，且爲恣睢；恣睢不已，且爲孼孽。而天下之事，遂至於燎原而不可向邇，滔天而不可挽回。則是向之所玩且忽，爲不必然者，乃今之所謂必然而不易者也。當其必然也，而又胡以救之？

且夫天下均是事也，未事而備，其力半；將事而備，其力倍；既事而備，其力又倍。惟備於無事者，乃終無事。至於終無事，而向之所謂必不然者，乃真必不然，而備於無可備矣。處不必然之時，而可以圖維擘畫，爲國家貽必然之安，此萬全之策也，亦萬世之計也。人主亦何憚而不爲？

是故蛩蟁見而備旱，商羊見而備水，則可謂已備矣，而非備之善也。善爲備者不然，乃當流金焦石，而爲水備；當懷山稽天，而爲旱備。此之謂備，則可謂已善矣，然而亦非其至也。其至者，乃當

[一]《許鍾斗文集》目録卷二題下有『館課』二字。又，《許鍾斗文集》題無『論』字。

時和年豐、雨暘時若之時，而遂爲水旱之備。夫爲水旱之備於時和年豐、雨暘時若之時，此所謂備於無事，無事而不備者也。夫惟無事爲有事之備者，乃真善備。

而今之備於無事者幾何人？『事事乃其有備』，此非傅説納誨之言乎？然必始之曰：『有其善，喪厥善；矜其能，喪厥功。』人惟去一有矜之之心，則知備矣。不然，吾未見夫時和年豐、雨暘時若之時，而農不喪厥備者也，而矧於國家！

王者必世後仁論[一]

自古有以仁言心者矣，亦有以仁言人者矣，而未有以仁言天下者。以仁言天下，自夫子之論王道始。然而知一人則知天下矣。夫天下猶人身，然人之一身必自心而意，而九竅、四肢、百骸，無一毫一髮之不協於理，而後可以言仁。故聖門論人，智、廉、果、藝、富、强、禮、樂，皆可强取，惟仁也不可强取。類必繇積累之而後成，涵泳之而後化，而況於天下乎！

天下大矣，剛柔、遲速殊稟，奢儉、隆朴殊習，智愚、賢不肖殊品，宫闈、畿甸、侯衛、要荒殊勢。王者之於天下，非能人人而誠諭之，如心使意，如意使體。天下之於王者，亦非能人人而喻其神，如九竅、四肢、百骸之聽意，意之聽心。於此而欲使之聯合爲一氣，融通爲一脉，雖有王者，其勢不易。

[一]《許鍾斗文集》目録卷二題下有『館課』二字。又，《許鍾斗文集》題無『論』字。

而且夫所謂王者，非盡承積德累功之後，重熙累洽之餘，可以因襲而易爲理也。蓋亦有淳澆朴散、改弦而更爲調者。彼其俗既薄矣，而欲返之厚則難；既異矣，而欲返之同則難；既華矣，而欲返之質則難；既詐矣，而欲返之忠則難。譬如安行、利行、勉行，三人者而並爲仁，而在安行之士，即行即仁，略無歲月漸次之苦；而利者未必能也，勉者又未必能也，而况於天下！夫子有見於天下之難爲仁，而仁之難以徧天下也，故隱括其數而斷之曰『必世』，謂之曰『必世後仁』。

吾因是而知王道之大也，非若驩虞小補之易爲功；亦猶人心之難純也，非若智、廉、果、藝、富、强、禮、樂之易爲取也。後之人主，而無志純王之治則已，人主而有志純王之治，則見小而欲速其功者，信不可哉！

或曰：夫子嘗有言矣，德之流行，速於置郵而傳命。速於置郵，不已速乎？又何以稱必世也？曰：此即欲仁仁至之説也。欲仁仁至，可以名之曰日月至，而未可即謂之仁人。則夫朝施暮及之化，亦僅可謂之興於讓、興於仁，而視夫必世後仁之仁，必有間也。夫仁無小大，知一人則知天下矣。

本朝忠質文所尚安在論[一]

自司馬氏爲忠質文之説，曰：夏之俗尚忠，商尚質，周尚文。宋人沿之，遂爲定論。而愚則以

[一]《許鍾斗文集》目録卷二題下有『館課』二字。又，《許鍾斗文集》題無『論』字。

爲非定論也，而尤不可以定夫千萬世之立國者。

夫所謂『尚』云者，論世運乎？論人心乎？總論元會運世之終始乎？抑專論一代之終始乎？如以元會運世之終始論，則大凡三代以前，未有不忠質者，而其後未有不文者。夏商雖忠質，諒不加於樻桴土鼓、污樽抔飲之世。周雖尚文，諒亦不至如輓近之濫觴也。如以一代之終始論，則自其初爲禮樂法制之人，未有不忠質者，而其後未有不文者。夏商雖忠質，而峻宇雕墻，敗度敗禮之儆，已見於一再傳之後。周雖尚文，而《康誥》《酒誥》《無逸》《君陳》諸篇，君臣上下動色咨嗟，未嘗不以沉酗奢麗爲炯戒也。此以知殷受夏，周受殷，未嘗不同受其敦龐醇固之遺；周鑒殷，殷鑒夏，亦未嘗不同鑒其末流之弊。知此，而我朝之所尚，有可得而論者矣。

我朝制禮立法，上規黄虞，下采唐宋，兼忠質文之全，包夏商周之美，固已彬彬，無復遺議。而列聖相承，恪守鴻規，亦未有作聰明、亂舊章，遂如三代之季世。然世既自初而盛，氣既自斂而舒，人心既自狹小而廣大，則其間先後之節次，亦略有可言者。如宫府之費，昔也簡而今也繁；縉紳編萌之習，昔也朴而今也華；文章之體，昔也雅而今也浮。諸如此類，未可殫述。大約洪、宣以前，腥膻新去，人習朴茂，渾如鴻濛之初闢，時則忠質多而文少。正、嘉以後，風氣大開，鉛華日暢，如室加甍，如玉就琢，時則忠質少而文多。

救繁莫若以簡，救華莫若以朴，救浮莫若以雅。此豈非今人公知之而公言之與？乃今日則又有可言而不可知者。繁之極而簡，裁冗員矣，省匪頒矣，靳賚予矣，則可謂已簡矣。欲以救繁，而繁乃彌甚。華之極而朴，甚至車敝馬羸，斷葷修齋，幾於虎豹而犬羊，則可謂已朴矣。欲以救華，而華乃彌甚。浮之極而雅，學兩漢矣，學六經矣，又學墳典矣，則可謂已雅矣。欲以救浮，而浮乃彌甚。其故何也？則古人以文文其忠質，而今人以忠質文其文。古人語忠質則真忠質，語文則真文，今人則并其文與忠質而皆僞也。真能忠質，可以從中而生文；真能文，亦可以返而之忠質。此三代之所以爲三代也。僞爲文，其文不足以爲飾，不獨忠質病，而文亦病。僞爲忠質[一]，其忠質不足以爲基，不獨文病，而忠質亦病，此今日之所以爲今日也。

人謂救繁莫若簡，救華莫若朴，救浮莫若雅。吾則謂救僞莫若真。夫使斯世皆能以真文而返之真忠與真質，則隆、萬可以爲洪、永，而我朝可以爲三代矣。

隱惡而揚善論[二]

聖人之心，有善而無惡者也。有善而無惡，故取天下以合於吾之心，亦不見惡而見善。今夫赭山燔林之烈也，火爲政也。投之火則益焰焉，而投之水則消。呂梁、孟門之洶湧也，水爲政也。合之水則益浩以蕩焉，而投之火則滅。聖人之心，亦若是而已矣。

孟氏之論舜曰：『聞一善言，見一善行，沛然若決江河。』愚以爲江河之決，不惟可以喻揚善，

[一] 僞爲忠質，原無『忠』字，據《許鍾斗文集》卷二補。
[二] 《許鍾斗文集》目録卷二題下有『館課』二字。又，《許鍾斗文集》題無『論』字。

亦可以喻隱惡。故昔人之頌水德者，曰『善下』，又曰『能藏垢與納污』。不納污不藏垢，不見聖量之大；而稍著一納之藏之之意，亦不見聖心之純。何也？凡人之匿人善者，恒懼其形己之惡；暴人惡者，亦欲其彰己之善。而聖心惟純，則本自無惡。本自無惡，安見有惡？惟純則渾然是善，渾然是善則惟知有善。而且夫所謂善與惡云者，亦非真有一正一邪、一忠一佞，若水火寒熱之不相入也。

凡其應吾好問好察之誠而來告者，皆其自負以爲忠言嘉謨，而有裨於明聖之萬一者也。對善而言，有惡之名；而自聖人視之，則不名爲惡，但見爲理與勢之或有未然。對惡而言，有善之名；而自聖人視之，亦不名爲善，但見爲理與勢之不得不然。夫苟見以爲不得不然，則雖欲匿之，安敢而終匿之？不特聖人以爲當揚，雖吾人亦以爲當揚矣。苟見以爲偶有未然，則雖欲暴之，安忍而遽暴之？不特聖人以爲當隱，雖吾人亦以爲當隱矣。

故古之治天下者，有曰命與討，曰賞與罰，曰彰與癉，曰勸與懲，皆爲用人設也，而非聽言者設。若夫聽言之道，則自可有命而無討，有賞而無罰，有彰而無癉，有勸而無懲。何也？言之善惡，與人之善惡不同。用一善人，利及天下；容一惡人，害及天下。至於言，則其善足以爲利，其不善亦不足以爲害，惟顧吾聽者之何如耳。吾聽者而以爲不然，則不然之而已矣；以爲不可用，則不用之而已矣。出於彼之口，入於吾之耳，何預天下事，而必切切然暴而揚之，以露其短，以阻豪傑效忠之志乎！

或曰：如此則於善者得矣。如惡者幸匿不懲，而復進何？曰：有隱有揚，則既有分別矣，有分別則知愧矣。今有兩人於此，其一當吾意，携而與之千金；其一則否，否者耻不與賞，將望望然去矣。奚待徵之聲色而後知？夫用無心之低昂與無形之予奪，以鼓動天下，使天下有所踴躍而樂告，又有所愧耻而不敢盡。此聖人之微權也。孰謂聖人之心，果盡不見善與惡哉！

格君心當自身始論[一]

孟子有言：『惟大人爲能格君心之非。』又曰：『大人者，正己而物正者也。』夫天下亦烏有己不正而能正君者乎！有諸己而後求諸人，無諸己而後非諸人，臣以下皆然，而况君乎！君之於臣，勢相萬也。左右便辟之人，逢迎而求中其歡，亦相萬也。臣有善，君得賞之；臣有過，君得罰之。居君之上而操賞罰之柄，以震怵其非心者，寧復誰人？所恃以震且怵者，不過曰天，曰祖宗，曰天下萬世之公議。至有以天變不足畏，祖法不足循，人言不足恤，而人臣之術窮矣。

是故君有一善，當臣之百；君有一過，當君之百。非君之可以無善而有過也，則以臣之爲善易，而君之爲善難也。臣欲遂過其勢拂，而君欲遂過其勢順也。臣不能自勉以所易，而欲勉君以所難；不能去所拂以自律，而欲去所順以律君。苟君以此而詰我，我其何辭？臣之於君，尊者乃稱師保，

[一]《許鍾斗文集》目録卷二題下有『館課』二字。又，《許鍾斗文集》題無『論』字。

而其實不過與一命之士同委贄而爲臣，徒言之教，雖師不能得之弟子，而況名師保而實臣者耶！

夫苟身無羔羊素絲之節，而欲言投珠抵璧之風，身無集衆廣忠之誼，而欲言懸鐸設鞀之美，自身好矜伐，而欲責君以持盈，自身好佞幸，而欲責君以去讒，自身好慘刻，而欲責君以大度，自身好舞智，而欲責君以推誠，必不得之數也。非徒不得，且使君心我疑而我薄。君之疑我薄我，其害小；君以疑我薄我之心而故爲不善，以間執臣下之口，其害大。

是故克勤於邦，克儉於家，禹之所以爲禹也，而後可與大舜言克艱。一介不取，千駟不視，伊尹之所以爲伊尹也，而後可與太甲言一德。夜以繼日，坐以待旦，周公之所以爲周公也，而後可與成王言無逸。彼舜固生而聖者，而太甲與成王，則豈易格之主哉！故人臣之於君，幸而遇舜之聖，不扶而自直，不削而自正，其用心易，其成功逸。不幸而遇太甲與成王，則功勞而心苦。然而其不可以空言效，一也。易者如此，苦者何如？逸者如此，勞者何如？而伊尹與周公，又所稱顧命之元勛與懿親之叔父也。其爲元勛與叔父者如此，其非元勛與懿親者何如？

故夫以草茅奥渫之士，而一旦欲任師保弼丞之責，其事勢百難於伊、周，而其持身兢業亦當百倍於伊、周。嗟夫！爲臣至於伊、周，其亦可矣。而愚以爲兢業又當倍焉，則信乎爲臣之不易也！

陳善閉邪論[一]

人臣欲責難於君，則必先密觀其所難者何在，而潛相其所以責之者何術。夫天下亦何足以難吾君哉！憑君之寵靈，天下無不受令。而惟是方寸之中，最爲不可效力之處。蓋雖無欲而不遂，而惟其無欲不遂也，邪乃乘所欲而生。雖無求而不獲。而惟其無求不獲也，邪亦乘所求而至。以滋蔓無已之邪，而加之以無欲不遂、無求不獲之勢，則信乎其閉之難矣。况乎君不自閉，而臣能代之閉乎？

盗攻主人，主人見盗而閉户，閉愈力，盗愈至，能保無害者，百之一也。至主人開户迎盗，客能從旁止之，使保無害者，則萬之一矣。人臣而欲閉邪於君，豈非犯不可必得之勢，以希冀於萬一乎？所恃以救之者，曰陳善。而善之與邪，戛乎如冰炭之不相容也，蒼素之不相入也。百貨陳於名都，見者未必能知，知者未必能售。况欲使之舍所好而從我，則豈非難之難哉！乃其所難者，則非繩君之難，而自繩之難；亦非以善自繩之難，而君欲以善繩我則難也。

今夫邪起於君，其勢順；邪起於臣，其勢逆。君爲不善，其勢順；臣爲不善，其勢逆。君有一善，當臣之百；臣有一邪，當君之百。臣不能去所逆以事君，君安去所順以從臣？傅説有言：『木

[一]《許鍾斗文集》目録卷二題下有『館課』二字。又，《許鍾斗文集》題無『論』字。

從繩則正。』其從繩也，則繩之自爲可從也。繩之曲，而求木之直者，世未之有。然己正矣，而不積誠以動之，則君不孚；誠至矣，而不相機以投之，則君不納。

蓋聞之，陳善於君者，如陳水陸之珍而薦客。水陸雖具，珍羞雖善，主人不嘗客不飽。則吾先正己之説也。又如陳犧牲、玉帛、柴燎而享神，犧牲、玉帛、柴燎雖甚豐腆，齊肅不至神不歆。則吾先積誠之説也。而善之與邪角也，又如陳師而迎敵，雖有百萬之師桓桓如林，而無批亢擣虚形格勢禁之術，則童子能操戈而逐之。則吾先相機之説也。要之機尤難矣，機有似緩而實急，又有似急而實緩；有似利而實拂，又有似拂而實利。若可知也，若不可知也；若可言也，若不可言也。得此術者，百進而百投；失此術者，百進而百不遇也。

孟子曰：『陳善閉邪，謂之敬。』又曰：『惟大人爲能格君心之非。』夫能知格君之術者，則可以語陳善矣。

士先器識而後文藝論[一]

自古國家未嘗無士也，而未嘗獲真士之用；自古士未嘗無才也，而未嘗著實才之效。豈所謂才者非才與，抑有才而無所以用之也？夫所以用之者何？則器識是也。

[一] 據《萬曆起居注》，本篇爲閣試文。

天下之物，非器不能容，非識不能別。天下之事，非器與識合焉不能濟。才者所以濟事，而非事之所賴以濟也。至於文藝者，又才之末也。以才衡德，才本不勝德；而以文藝論才，則又才士之所羞稱也。有才而無器，有才而無識，君子猶慮其虛憍恃氣，不足以成天下之事，而或反以敗天下之事。況區區雕蟲之末技，而無關於勝敗安危之數者乎！

故夫人非器無以居才，非識無以運才。有器而無識，猶爲器之小者也；有識而無器，猶爲識之卑者也。況有文藝而無器識，其所爲文藝者，將安用之哉？

孔光以博學爲帝者師，而或以爲不識廉耻。劉歆文章不愧其父，西京之弁冕也，而或以爲不識忠孝。揚雄文追相如，《太玄》《法言》俱必傳之言也，而或以爲不識順逆。柳宗元之屬文，韓昌黎之流亞也，而或以爲不識邪正。故人有讀書而未嘗識字者，以上數子之類是也。夫至使人以爲讀書而未嘗識字，則并其所謂文藝者，未嘗有也。而況能收文藝之用，以爲居身之珍，與國家之華哉！此無他，器識之不足也。使數子者，而略有器識以居之，其高才絕學，亦足爲一代之偉人，百世之山斗，而何至貽有道之羞哉！

故夫有國者，知以此而求士，而後可以獲真士之用。爲士者，知以此而自求，而後可以免僞才之譏。不然，務華絕根，以之居才則爲才累，以之爲國，則亦未爲國利也。國家亦何取於若人哉！

蘇老泉春秋論辯[一]

論《春秋》者曰：夫子《春秋》以與魯。魯，周公之後也。夫子思周公而不得見，而與其子孫以天子之權，以賞罰天下。

嗟夫！魯，周公之後也，周非文、武之後乎？虞之陳、夏之杞、殷之宋，夫非舜與禹與湯之後乎？夫子思周公矣，而舜，而禹，而湯，而文、武，亦夫子之所宜嘉且樂而不能一日釋諸懷者，而奚獨忘之耶？

至於文、武，以神聖之資，承帝紐王綱綿綿幾絶之際，監古酌今，紹明闡聖，制作焕然大成，而又爲周家八百年締造之祖，則夫子之所宜致思，又何如者？今必奪周以與魯，奪天子以與諸侯，奪諸文、武之正支以與文、武之臣之孫子，反倫悖訓，莫甚於斯。後世即以專以妄罪孔子，孔子何以置喙於天下？

周公雖聖，不先文、武；平王雖不肖，不下隱、桓以後之君。周公不敢以其聖加文、武，而隱、桓以後之君乃得以其不肖加平王，此又理之必不然者，曾謂孔子爲之耶？孔子而與魯以天子之權，則魯之郊、之禘、之雉門、之兩觀，不當疑其僭。而季氏者，亦周公之裔也，魯可僭周，季亦可僭魯，八

[一] 蘇老泉春秋論辯，原目録作「春秋論」；《許鍾斗文集》目録卷二作「春秋」。

佾之舞，不當譏其忍。然而僭也，忍也，夫子且侘傺而不堪焉，則非與魯以天子明矣！

然則《春秋》之作將誰與乎？曰：天下無君，天子之權，魯不能有也，周亦不能有也，而有道者有之。道非孔子之道，而文、武、周公之道也；亦非文、武、周公之道，而天之道也。以文、武、周公之道，而賞罰文、武、周公之後人；以天之道，而賞罰乎天之子與夫天子之臣庶，其理直，其辭順，奚病而不可？

如曰：『位，公也；道，私也，吾有道不勝位之説。』則舜、禹之禪也，湯、武之放而弑也，其初亦非有天子之位也。然且爲之而不疑，天下後世且安之而無譏者，亦曰道在我故也。道之所在，舜可以擅唐，禹可以擅虞，湯、武可以擅夏、商，孔子亦可以空言擅周家之賞罰。夫空言之與實事也，相去則亦遠矣。誰謂舜、禹、湯、武以實事得，孔子以空言失與？舜、禹、湯、武、孔子之所爲，皆以天下古今所有之理，行天下古今所無之事。故知者以爲常，不知者以爲怪。以爲常，則求諸道矣；以爲怪，則求諸詭矣。夫智者信道不信詭。

屈平論[一]

論者以懷王棲秦，責屈大夫之不死諫。嗟乎！此言忠臣與君存亡之義，而教之以死塞責則可

[一]《許鍾斗文集》卷二題無『論』字。

耳，非所以工於謀楚而計其必無患也。大夫苟有策可以存楚，使社稷無廢主，而吾身無廢忠，則諫之可也，不諫之亦可也。

何也？大夫欲諫王無行，則必以商君公子卬之故爲説於王。然王之入秦，直孽於藍田之禍，而不敢絶秦歡也。秦人之不可信，則不惟大夫知之，王亦知之也。其知之而敢以往者，則狃於黄棘之盟，而未至以爲必無還也。王之意，以爲秦歡方構，赴之未必有變，而絶之適挑其怒。大夫内自度既未能有以支秦之怒，而又未能遥指武關之伏甲，以摘秦之奸，則何以禁王之行乎？且大夫疏屬臣也，能遽奪愛子之請乎？故吾以爲諫無益也，雖不諫可也。

然苟不諫而聽王之去，則將悉發黔中、巫郡、夏州、海陽之甲，募死士數百偕王入武關，以當秦人樽俎之變乎？曰：又非也，此則内自虚而外無救於敗亡也。吾計秦人之劫王，非欲得王也，欲質王而求割地也。不然，則欲乘郢中無主，人心危疑，而潛師以襲楚之虚也。大夫爲王計，宜馳一介之使，請太子横於齊，擇楚之大姓若昭、屈、景氏之賢者輔之。且與之約曰：謹厲而士馬，繕而城池，夙夜戒嚴，以俟王還。王即還大善，即不還也，宜善撫國家，卧薪雪憤，吾祖宗風櫛雨沐之地，尺寸不可棄也。以此聲言於秦，使秦人知楚之有備。而又以身殉王，單騎入關，使秦人知王之不足爲楚重。此之謂先人伐謀，秦必無意於襲王，王必脱然無患矣。

倘或戎心叵測[一]，變起倉卒，則宜從容言於秦曰：『秦亦何利吾王乎？王留秦則咸陽一布衣耳，必不能使楚人割地而賂秦。而地不入而殺之，楚人且稱君父之仇，而與秦爲難，秦亦何利吾王乎！夫秦方修桓文之業，號令關東之諸侯，奈何執一空王[二]而重疑天下心耶？』吾意豺狼之性，雖嗜利無耻，未必不可以利害説也。説之而得行，是王猶脱然無患也。何也？自懷王客死之後，天下諸侯痛心疾首，惡秦之二三其德也，咸會盟不肯親秦，秦蓋悔之晚矣。使大夫當時以此説，反覆開諭於秦王，安知秦人不改館楚懷，而致七牢之饋耶？

故仲尼之歷階而却萊人，是以義動之也。陰飴甥之對秦穆，是以人心挾之也。趙卒之説燕，是以勢禁之也。吾内之有守祀承祧之嗣君，則人心可戢；外之有會盟同惡之友邦，則大義可明。而又藉之五千里之侯封，百萬之甲卒，十年之積聚，則左提右挈之勢可立。不知聲此以陰拆奸萌，預消外侮，而欲區區掉三寸之舌，以返北轅之駕，吾知其無能爲也。故諫之而王聽，則禍在國；諫之而王不聽，則禍在王。禍在王則楚辱，禍在國則楚削。大夫爲楚宗臣，亦何擇於二禍哉？

澠池之會，有廉將軍爲之嚴備，故趙王可以揚威於鼓缶。鴻門之會，有樊參乘爲之抗辭，故沛公可以脱厄於示玦。武關之會，惟不嚴備以重楚，又不能抗辭以折秦，故以堂堂荆揚之君，而不免寄齒於西陲。是非王聽之不聰，而大夫謀國之不智也。憤鬱悲傷，又誰尤焉？雖然，入秦之駕雖不

[一] 叵測，原作『巨測』，據《許鍾斗文集》卷二改。

[二] 空王，原作『空土』，據《許鍾斗文集》卷二改。

可返，而嗣主猶在也。檇李重傷，夫差雪耻。燕噲俎醢，子平焦思。自古君父之仇敵，以下無不報者。大夫宜以此義激諫於王，使之達咫尺之書，遍告諸侯，合從締交，叩關而攻秦。事濟，則先君之恨可洗；不濟，亦可明吾志而伸大義於天下。豈宜懟君怨國，徒憤斯世之汶汶，而默無一言救耶！故大夫者，忠有餘而智不逮，其罹貝錦之奸，而卒葬江魚之腹中，無惑也。

孟嘗君論[一]

古今論四君者，率以田文、無忌爲首稱。然觀其爲人，則猶之乎薰蕕也。夫田文樹交以奪嫡，含垢以市恩，希象牀於楚，盗狐裘於秦，諸種種賤行，爲君子所羞者，至不可縷數。而究其罪，則未有若不救齊之甚者也。

齊固文之宗國也，文父子繼世席封，三分全齊之地而取一焉。彼其數十年間，偃然握符食采，撫其人民而利其後嗣者，果誰之賜乎？齊先王之賜也。今雖嗣主不肖，遠棄賢親，而先王之遺澤猶在也。文爲國宗臣，田氏安則與之俱安，田氏危則與之俱危，勢不獨存也，抑亦義之無所逃者。方湣王之亡也，故宫有黍離之悲，孤嗣無成旅之寄。大吕故鼎，顛頓於燕郊；宗社大臣，獻俘於燕廟。死者含百年之耻，生者負九世之仇。文不念齊先王則已，文一念及先王，其能恝然乎哉！

[一]《許鍾斗文集》卷二題無『論』字。

文於時爲魏相，其權足以救齊，其親幸用事，又足以請師於魏王。魏王不聽，則宜縞素哭慟，自言身爲臣子，必不敢孤恩於齊，偷安於魏，以負先王先公之靈，以爲天下羞。魏王倘有人心者，則《無衣》之賦，其庶幾乎。若又不聽，則又以脣齒之勢，令其賓客遊士，反覆以開王心，終必得當以報齊而後已耳。顧乃雍容顧望，坐視而不爲之所，果何説耶？將以昔日之見逐爲恨乎？則柱厲不知而死難，狼瞫見黜而奔師，疏逖且然，何論懿親哉！如以爲勢之不可爲也，則樂毅以强弩之餘而羈縻於外，田單以背水之勢而死守於内。誠於此時并力合從，内外應援，破之如拉朽耳。且謂田文能以顯名嚮用於魏，而不能請師於魏王；能以齊魏之師深入虎狼之秦，而不能用以摧弱燕於嬴僨[一]之後，天下其孰能信之？一旦安平君匡復齊國，襄王即位君齊，吾不知田文將何面以見新君，將何祝辭以謁宗廟神靈，又將何置喙以謝天下耶？

史稱蒙敖伐魏，魏王請信陵君於趙，信陵畏罪欲毋還，毛公、薛公立責其罪而歸之。惜乎，孟嘗君既無宗國之思，當時又無毛、薛二客爲之責其罪而歸之齊者，故孟嘗君信有愧於信陵矣。乃孟嘗君之得士，不尤愧於信陵之客耶！

[一] 嬴僨，原作『嬴僨』，據《許鍾斗文集》卷二改。

山東得意者三論[一]

昔劉友益稱山東之得意有三，夷考其故，孟嘗一戰而復河東之地，信陵再戰而解邯鄲之圍，三戰而走蒙敖於河外，此山東最得意之勝事也。

然以予觀之，秦自孝公以來，稍稍蠶食山東。山東之君，小戰則小衄，大戰則大衄，非遷徙而遠禍，則割壤而求和也。山東之士民，自曾祖至於玄孫，世非糜軀而膏秦之鋒鏑，函首而登秦之几俎，則相與纍纍然而匍伏爲秦俘也。

夫以數千百戰之敗衄，而僅得三得意焉，固非山東之幸也。然予詳核其曲折，則山東之人又實未嘗得意也。何也？邯鄲之却秦軍，未償長平之敗也。河外之戰，雖稱追奔逐北，而伊闕之耻未復也。且秦地半天下，而東與趙、魏接境，秦人戰勝則席捲長驅，藉其土宇以爲郡縣，編其人民以爲黔首。不勝則閉關而守之，不見反噬之虞。趙、魏雖戰勝秦，然而東支西傾，竭天下之精鋭，僅乃紓門庭之憂。宜以爲吊，不宜以爲喜也。

今有盗劫主人者，主人顛頓倉皇，號召鄰里，出死力以拒盗。盗去，主人幸無事矣。然而邦人必吹笙奏鼓、灑酒再拜以相賀，則主人必且愀然而不樂。何則？功因禍而生，則功禍自不相掩也。

[一]《許鍾斗文集》卷二題無『論』字。

且山東必得意於邯鄲之戰，則趙奢之救閼與，非與？必得意於河外之戰，則李牧之戰宜安走桓齮，連却秦師於番吾，非與？得意則俱得意，不得意則俱不得意，又何舉此而遺彼與？

孟嘗君以三國之師，含憤入秦，秦人狼狽失險而不守，亦庶幾一時之雄也。而河東一城既得之後，即捲甲頓戈而反之，何也？不知此河東三城者，果出於秦地乎？抑故山東之地乎？秦人予我河東者，果愛我乎？抑直畏我乎？爲三國計者，和秦而止受河東利乎？抑毋和而取咸陽利乎？是秦人取三國之地以與三國，三國亦自取其地以和秦。在三國之人，狃小勝而忘大計者，固得意於三城之既復；而秦人内計亦未始不彈冠鼓掌，得意於三國之易餌，而自必以爲無虞也。故近則蜚蒭輓粟，疲師遠鬥，内自虚而外無損於敵人之毫末；遠則一日縱敵，而遺數世之患。若此者，以爲得意耶？不得意耶？

故嘗論之，信陵有取秦之才，而無取秦之勢；孟嘗有取秦之勢，而無取秦之志。故雖少售一時，而迄無成功。何也？趙、魏固積衰之國也，其王則孱主也。邯鄲之舉，欲借趙以攻秦，則趙人方新爲秦孽，其勢必不能。河外之舉，欲用魏以攻秦，則魏王之爲人也，多忌而即讒，可與共危而不可與共安，其勢必不信。若夫孟嘗君入秦，破殽函，絶河渭，關中之險已與我共之矣。夫秦人平日所恃者獨此，秦關百二之勢，虎視狼顧，以凌厲乎天下。今日窠穴已破，戰不足以爲威，守不足以爲固，其氣必奪，而計必窮。若然，一掃而俘之，猶制嬰兒於孟賁之手，騁千里之逸足而馳康莊也，豈不易哉！豈不快哉！

蚩蚩鄙夫，鷄狗爲群，氣薾而易怠，量淺而易盈。彼以爲吾齊國一公子耳，一旦駕三國之師，深入虎狼之秦，而反連獲三城以歸，於此之時，振旅凱旋，揚揚入國，已足雪耻秦庭，誇耀山東之豪傑，而奚暇論大計哉！卒之，三國之師甫出秦關，而秦人金城之險如故也。秦人捲土重來，而三城之地，復轉而爲秦如故也。此有志之士所爲拊髀而嘆息也。

故愚嘗爲之説曰：山東有大耻者三，長平之坑卒也，懷王之棲武關也，赧王之叩首於秦而獻地也。有大得意者一，趙客不韋之以吕易嬴也。不韋隱計陰助六國亡秦，六國未亡而秦亡，此其所以爲得意也。若劉友益之説，則吾不知其然也。

范增論[一]

昔蘇子瞻著論，譏范增見機不明，去不早。以爲義帝增之所立也，卿子冠軍義帝之所置也。增之義，當與義帝共存亡，而當以卿子冠軍之死不死爲去就。此可謂知大義矣，而未可謂知范增者。

余曰：『羽之殺卿子冠軍也，蓋范增之謀也。』何以知之？曰：『於其欲殺沛公知之。』沛公與宋義，俱北面受命懷王，一以救趙，一以西入關，而入關之命尤重。沛公可殺，義獨不可殺乎？殺沛公也，不知有義帝，而殺卿子冠軍時，獨知有義帝乎？增以爲能立義帝者，項氏也；能勸項氏立義

[一]《許鍾斗文集》卷二題無『論』字。

帝者，我也。宋義以幺麼竪子，一朝據其上而指麾之若犬羊然，非惟項羽不能堪，增亦不能堪矣。增，人臣也，而不能堪其君之所置之將，而欲殺之，謂義帝獨能堪一范增乎？且殺卿子冠軍後，增又何功而稱亞父也？然則非帝殺增，則增弑帝，亦不待智者而後知也。余故曰：『義帝之弑，亦增教之也。』

增蓋以義帝爲項氏之芻狗，始則借之以定天下，既則去之以定項氏。而不知項氏之亡，實始於此。愚以爲至此，增蓋悔之晚矣。爲增計者，項氏可輔，則芈氏必不可立；芈氏可立，則項氏必不可輔。夫羽之慓悍猾賊，必非久在人下者。項梁不死，羽之弑不弑，未可知也。而何有於他人？且項氏雖可以興楚，而楚人不可以有天下。懷王之死，雖不以其辠；而文、武、成、莊之强，實不以其正，天下誰能思之？增惟必立楚以令天下，故爲燕者立燕，爲齊者立齊，爲韓、趙、魏者立韓、趙、魏。蜂起紛紛，未知其所一。

高帝曰：『項羽有一范增而不能用。』而不知羽惟用增，所以亡也。嗚呼！使范增不用，義帝不立，則當時之號令天下者，獨一項氏子耳。必不有救趙之命，而令沛公先入關；必不有縞素之舉，而令沛公至彭城。然則，沛公之得以正名而蹙楚，與天下諸侯之敢於叛楚而爲漢，皆始於義帝之立與義帝之弑，則其敗之者，皆范增之謀也。夫增何以稱人傑哉？然則爲人傑者宜何如？曰：勸之以仁義，而禁其詐力。任賢使能，據咸陽而争天下，此帝王之業也。夫義帝雖不立可也。

功人論[一]

昔者鹿走秦郊，瞻烏爰止。勝廣之儔，斬木揭竿，群噪逐之，列卒滿澤，罘網彌山。高祖與蕭相國實從鞭弭於中原。然而强不羽，力不布，狡不耳、餘。會鴻門，獵滎陽、京、索間，卒遇軼才之獸，駭不存之地，幾危者數矣。而中原之鹿，卒爲劉氏羹。册勛行賞，論者以爲何之功居多。而帝亦曰：『丞相何，吾功人也。』

維考其時，從定咸陽，蕩窠穴也。收圖秦府，寤秋駕也。數漕轉關中粟給山東，軍興用不乏；具糗粻，飽狺猘，而搏兔狡也。厥功楚楚翼翼，巍巍峨峨，艷西京之紀録，而大者乃在舉淮陰侯信一事。

夫信，漢氏之韓盧也。超軼絶塵，若亡其一。方其弭耳城下，摇尾漂門，僉曰是狸德也，執飽而止。歸楚，楚人操戈；就漢，漢人械足。何獨持而獻之於王，王就相之，大奇其質，解其纓縻，飽之蒭豢，俾得馳逸足於郊關。林麓墟起，百武齊奔。或群或友，伏榛翳莽。魏、趙者，邛邛距虚也；齊者，騊駼也；楚者，蝘蜒、窮奇也；龍且者，貙、豻也；成安君者，東郭㕙也。鼻口相呀，蹄爪交峙，眈眈焉思以肆其搏且噬之毒。

[一]《許鍾斗文集》卷二題無『論』字。

王乃命盧駕宋鵲東下，爲之賦《盧令》而遣之。擊靈鼓，舉烽燧，儵眒[一]凄浰，雷動熛至。蒐大梁而徼卻安邑，薙井徑而割鮮泜水。狩歷下，而强田之宗亦奔觸讋伏，俯首而就羈。射中獲多，掩草蔽地。此一發之功也。而掩兔轔鹿、射麋脚麟者何人？發縱指示者又何人也？若垓下之獵，以必鬥之獸，負嵎而處，坌躍則巑岏震動，嗥咆則風雲變色。硠硠稜稜，若華岳、不周之將崩。乍伏乍起，乍奔乍躓，辟易而莫之敢攖。卒乃跂跂斯奔，授首江涘，洞胸達腋，脟割輪淬。江以東無不饜其肉而寢處其皮者。此再發之功也。不知其轥蝘蜓而軼窮奇者何人？而發縱之指視之者又何人也？

蒐苗既終，獵人獻功，取其血膋，與彼脾臄，以享列祖，以洽百禮。主人乃召獵人而賜之五鼎之調，曰：『今日之事，獲若兩獸，惟爾之功。』獵人亦飫而詫曰：『今日之事，惟余之功爲最。』蓋其識韓盧者，獵人也；能用獵人者，主人也。韓盧不遇獵人，終困櫪餘之糠粃；獵人不遇主人，亦技窮而無所施。宜乎何與高帝，卒相保以成功終。劍履斯煌，帶礪無虧，寵冠群臣，而澤流苗裔也。

雖然，信之奇，何顯之；何之功，亦信成之。楚漢五年之獵，忮心猶不悛。高祖獵雲夢而良弓斯橐，吕氏獵關中而走狗乃鑊。漢固少恩，何亦匪厚。五鼎之調，何獨飫之，何能無恧心乎？昔會稽之棲，蠡舉種治内，拮据二十年，越用以昌。沼吴之後，蠡遺種書，使去越，而自身歸江湖，當世知之。噫！使何與信終始如是，吾無間然矣！

[一] 眒，《許鍾斗文集》卷二作『狎』。

評延篤仁孝論[一]

昔漢延子者，論仁孝行於世。原本後先，參合同異，旁引曲譬，援古證今，可謂至詳且密，無復瑕瑜。然愚竊以爲篤猶未離乎漢儒之見也。漢之爲儒者，大抵工於注疏而疏於理解，沿其流而忘其源，習之而不察，將使後之學者，知心而不知性，知浮慕爲仁孝，而不知其所從入之端，故不得不辯。

今夫大河之流也，渾渾浩浩，瀦積石，倒孟門，放吕梁，疏之爲伊、洛、瀍、澗，導之爲汶、泗、濟、漯，何莫非河。然苟未嘗登崑崙，泝于闐，而窺其渾渾浩浩之所從出，終不可以言河源。故夫沿其流而忘其源，延子之所以有遺論也。

延子之言曰：『孝在事親。』是也。然孔子不云乎，孝也者，塞乎天地，横乎四海？既已塞天地矣，横四海矣，事親果足以盡孝乎？曰：『仁施品物。』是也。然孟子不云乎，『仁之實，事親』。以事親而爲仁之實，品物果足以盡仁乎？事親不足以盡孝，夫孝也，而僅可謂之『德歸於己』乎？品物不足以盡仁，夫仁也，而僅可謂之『功濟於時』乎？

自古仁人必爲孝子，孝子必爲仁人。達道有五，所以行之者三。宰予以食稻衣錦忘其親，夫子

[一]《許鍾斗文集》目録卷二題下有『館課』二字。又，《許鍾斗文集》題無『論』字。

深譏其不仁。吾未見夫仁之爲枝葉而孝之爲根本也，仁之爲四體而孝之爲腹心也。且其言曰：『二致同源，總率百行。』既已有二矣，安得爲同？且其所謂源者何在？而所以率之者又何物也？

吾以爲：仁，性也；孝，則吾性之發端。好生如傷，子元元，惠鰥寡，施及昆蟲、鳥獸、草木，則吾性之磅礴充塞。譬如果之有核，從核得芽，從芽得幹，從幹得枝葉華實。當其未也，雖一核之微，而枝葉華實，種種生意，已包函於其中。然指枝葉華實，而謂此核之作用則可，遂謂之核則不可。夫以果木之有枝有葉有華有實，而遂謂之核，猶以人之能子元元，惠鰥寡，施及昆蟲、鳥獸、草木，而遂謂之仁也。吾不知其所謂源者何在？而所以率之者何物也？

夫見道而不見其源者，未始不爲支離汗漫之論，以誤天下後世。夫子之稱管仲曰：『如其仁！如其仁！』蓋有感之言。而延子遂以是仁屬之仲也。若曰仲能如是，是亦足以盡仁矣。繇是觀之，延子之視仁固淺矣，則其爲此論也何惑？

羽翼已成論[一]

昔者留侯招四皓定漢太子盈，人皆以爲脅。余曰：『非脅也，良蓋窺帝之欲，而順以導之者也。』何以知之？曰：『以帝之言知之。』

[一]《許鍾斗文集》卷二題無『論』字。

『羽翼已成』之言，此帝之愚戚氏也，然而帝之肺腑見矣。何也？人臣之悟主，固非一竇，大都不中其所病，不可以得志。叔孫，腐儒也，不通時變，而漫以尋常書生之談，爲帝道説，此何足以回帝意者？

帝之欲易太子，非爲戚氏也，爲吕氏也；非爲如意也，爲太子盈也。吕氏以鳴晨之資，險巇之謀，剥信刜越，令功臣人人解體，是掫太子之羽翼也。太子柔脆，中外稔聞其所爲，用不測之恩，施不測之辱，以鼓舞天下士者，恐未能如乃公，是太子亦未能自生一羽翼也。

夫以母悍而子弱，怨且忌之者多，而羽且翼之者少，則中原之鹿，幾何不爲他人羹？此帝之所慮也。淮南之變，帝不自將，而欲將太子，豈帝生平之英風猛氣，至此而薾哉？亦欲其破賊立威名，而遺之羽且翼以成之也。蓋至於太子不將，帝卒往，而帝之欲易太子之心，始決然。

帝沉幾者也。樹子未易，而輕播青衣，逆鱗之規數陳，而金玦之意益章。蓋亦故爲此意，以觀中外將相士大夫屬係太子之心謂何耳。周昌諫，帝心喜矣；叔孫諫，帝心又喜矣。迨至四老人者，松顔鶴髮，翩翩左右追隨，大爲太子張羽翼，帝之心益喜太子之能得士，益喜吾之有子，爲可付天下事，無憂矣。故雖逃其父而翼其子，帝不憾也；雖輕士善駡之言近於戆，願死太子之言近於劫，帝不憾也。帝之所憂者，憂太子之磬控豪傑、顛倒賢俊，不能及乃公，非憂其勝乃公也。憂天下以吕氏之故，携心於太子，非憂其死太子也。故曰『煩公幸卒調護』。此帝之肺腑也。語戚氏曰：『彼羽翼已成，不可動。』亦帝之肺腑也。然帝之示四皓也以真，示戚氏也以假而露其真。此則帝之權數神機，所以爲不可及，而良之所謂『難以口舌諍』者也。

或者謂帝晚年心蕩，溺愛尤物，大本既揺，侘傺不堪。似爲迫於羽翼之難動，而萬不得已然者。噫嘻！此豈足以知帝哉！帝之意，豈故令天下知哉！信之王也，嗔可作喜；太公之在鼎上也，嚬可作笑；伏弩之中也，傷胸可作捫足。孰謂神機權數如帝，而不能以幻言愚一戚姬哉！不然，四皓老秃翁也，帝果惡其羽翼，除之易耳。即令不除，而彼以八十瀕死之人，欲爲太子張羽翼於高皇百歲後，吾知其骨已朽矣，帝豈真畏之哉！故夫帝之心，良知之；良之所以中帝心，帝不知也。帝之自言曰：『吾不如子房。』而後之論者亦曰：留侯『善藏其用』。嗚呼！惟善藏其用，此其所以爲子房也。

天子按轡徐行論[一]

嘗讀周條侯傳，觀其持重養威，摧敗廓清，於漢家勛無兩矣，父勃不如也。予夷覈其故，亞夫所以能樹名若此者，則非亞夫之能，而文帝成之也。其所以成之者，則不在彌留遺囑之日，而按轡徐行，蓋始基之矣。

夫爲將者，必躡足行伍之中，身更數十百戰，上功幕府，而後可以懾服衆志，可以强國而威敵。

[一] 本篇《許鍾斗文集》不載。

亞夫，故條侯孱子也，其行則恂恂焉儒者，非有踸踔、科頭、蹴蹋、蹶張之能，足表異於天下。細柳之役，命下之日，人固不以閫外爲亞夫重矣。且其昔時信族、越烹、布誅、何械，雖以絳侯之勛望，亦且赭服就犴，惴惴焉若羊豕之垂鼎俎，而後解縛者，亞夫蓋亦耳且目之矣。毋論人不以閫外重亞夫，帝亦疑亞夫之不以閫外自重也。迨其勞軍之舉，天子之詔閣下，令不馳驅之禁，凜然鈇鉞，帝始私喜所任之得人，喜亞夫之勝任，而克世其父風也。

然獨計以爲君有重禮，而後將有重權，而後重賞有所勸，重罰有所懲，國家之重器有所恃以無虧。吾賤之，孰令貴之？吾輕之，孰令重之？於是按轡軍中，屈首以就大將之約束，令見者駭且愕曰：『大將軍誠尊矣，重矣！向也端委在朝，毋敢齒馬，毋敢蹴芻。一旦分符閫外，而敢令於天子！天子何人也，尚爲之罄折乃爾，吾屬又何人也，而敢不惟將軍令是聽？』

是故金璧填廡，輝煌焜耀，有功者執馘以來闐，人曰：『大將軍賞也！』天子賞之也。鏦釬交錯，劓□亂垂，宰人攸獲，盤伏膏斧，人曰：『大將軍罰也！』天子罰之也。油幢雲擁，虎帳風嚴，一呼萬諾，彪虎震讋，人曰：『大將軍令也！』天子令之也。天子不有其威推之將軍，將軍不能有其威借之天子。天子知將軍之可與集事，故屈志下之而不辭；將軍知天子之可與共功，故張膽荷之而不懾。

君子曰：『非漢文之仁柔，不能容亞夫；非亞夫之方略，不能取重於漢文。』然以予論之，帝亦非真柔者也。馮唐面折而色變，袁絲却座而心憤，此其中尚未能忘夫介介者，獨屈節一亞夫哉？誠知夫戎狄猾夏，禍非尠也；推轂仗鉞，三軍委命，權非微也。軍在内當畏天子，而忘將軍；軍在外當畏將軍，而忘天子。内畏天子，則士無二志，而國本不摇；外畏將軍，則將有專寄，而國勢以制。昔者司馬徇莊賈，孫子戮愛姬，而齊、越二主俱置不問者，亦以二臣所出微，不如是不足以威衆耳。吾誠重其才，安可不隆其禮；誠冀其績，安可不厚其權？是故按轡之行，非爲將軍屈也，爲天下生靈屈也，爲宗社長久之計屈也。

《詩》曰：『上帝臨汝，無二爾心。』亞夫有焉。《易》曰：『王三錫命，懷萬邦也。』文帝之謂與！自是强胡遠遁龍荒，金甌固若覆盂，而漢家四百載之基業，永垂於無斁。孰非按轡之舉，有以壯其威而基其績也哉！

雖然，亞夫之才俱優矣，勛亦燦焉。惜其晚節尚食取箸、狐矢斯張、塗豕鬼車、婚媾爲寇，相忌之隙開，而許負之術驗。作史者至以『守節不遜』詆之。余以爲亞夫之功，文帝成之也，亞夫之遭景而不克終也，毋亦文帝豢之與？噫！景亦少恩矣。藉令其勞細柳軍，亞夫且坐扞詔大不敬誅矣，安望其貽之後也！

翟公書門論[一]

太史公有言：翟公罷廷尉，賓客無一人至者。及再爲廷尉，賓客欲往，乃大書其門以拒客。嗟夫！熙熙穰穰，爲利來往，人情大抵然耳，客亦何足深罪？吾獨不罪客而罪公，不罪公之謝客於終，而罪公之來客於始也。始之不慎，其終則又何説？

是以君子之始也，必慎其所以交者。太上以道，其次以心。交以道，則不爲利豢也；交以心，則不爲貌飾也。始而以利，欲其終以道，不可得已；始而以貌，欲其終以心，不可得已。故孔子以道德仁義來天下士，天下之士矢心相從。逐於魯，削於衛，厄於匡，而終無去志。此誠相結以道，而相孚以心者，固未易以此望翟公也。

若信陵之客，甘以三千人赴秦軍，自分必死而不辭。田横之客，誓與横俱存亡，卒能遂志於海島之中。此徒一時意氣相邀，其於道交，概乎未之有聞者。彼翟公之時，豈皆無其人耶？何二人之客，能不叛於死生之際，而翟公之客，輒改節於富貴貧賤之交耶？二人蓋庶幾相許以心者也。翟公之客，則豢於利，而爲貌飾者也。始胡爲而來乎？既胡爲而去乎？今胡爲既去而復來乎？其始之來也，不過以一附驥尾，寵利可立致，而相率爲卑疵纖趨之態。其仗鋏而居公門者，非其受劍而説，

[一] 本篇《許鍾斗文集》不載。

挾色而謁，則其厚貌深情，而中無一物，若平原君之十九人者也。一旦時勢既去，向之可艷可羡者，既已瀟然無存，而回顧其卑疵纖趨之態，又若甚爲可耻，則屏迹而遁，掉臂而散，寧能得而用之？蓋利存則來，利亡則去；利亡而復存，則既去而復來。來也非我德，去也非我疏。方其來之時，已萌夫去之之心；其去之機，既復見夫來之之日。始終固此一人也。昔何見而親之，今何見而疏之？與其疏之於今，孰若絶之於昔；與其絶之於人，孰若絶我所以來之道耶！故凡爲利而來者，其終未有不弊者也。

翟公之客，猶叛公於貧賤之後；春申之客，乃賊君於富貴之時。其叛之也，爲不得所求也；其因而賊之也，爲所求既遂，而無復有顧望於其人也。古人有言：『市，朝則滿，夕則虚。』繇此言之，豈必夕乃虚哉！朝而得所求，則朝去之矣。翟公之客，皆以市交者也。彼曰：『一貧一賤，交情乃見。』特其未得所求焉耳。向使所求既遂，則門外雀羅，豈待罷廷尉之後而後設耶！

嗚呼！市交之士，誠可絶也。吾獨病夫公之絶之者，非其道也。語云：『鳳凰鵂鶹，不同木而棲；麒麟野麕，不同穴而處。』公誠悟市交之失，而進正直之儔，大書其門曰：『有能面刺我之過，彰我之善，如毛、薛二公者，則客之。有能爲我市義，自結於百姓，如馮先生者，則客之。』縱未可以得道交之士，而利交與貌交者，庶幾屏足去矣。今所書云云，無乃偏中無度，而示人以不廣耶？

太史公自羞遭李陵之難，不得親舊請托，以陷於腐刑，故其辭發憤慨嘆，多致不平於翟公之客，而不知翟公有以取之也。予故不罪客而罪公，以戒後之輕得士者。

孫奭無逸圖論[一]

人臣之告君，於其所優爲者而勸之，則不若就其不足而勉之。就其不足而勉之，其悟主也常難；然主一悟，而其裨益非淺。於其所優爲而勸之，其入之也常易，然常不足以中人主之膏肓，而藥石其所病。古者上臣之竭忠矢謨，雖防微杜漸無所不至，然未嘗不視人主之短長，而爲之計。《書》曰：『予違汝弼。』《詩》曰：『衮職有闕，仲山甫補之。』夫所爲弼其違而補其闕者，正所以中人主之膏肓，而藥石其所病者也。

執是以論，孫奭《無逸》之圖，意則美矣，而直獻之於仁宗，要非所急焉耳。奭以帝爲何如主耶？其果温恭節儉者耶？抑恣睢自快者耶？抑亦外爲温恭節儉之文，而中藏恣睢自快之心者耶？《無逸》之言曰：『先知小人之依。』又曰：『無淫於觀於遊於田。』姬公之勉成王，大端若此而已。奭以帝爲果不足此耶？帝果淫於觀於遊於田，而不知小人之依者耶？史稱帝恭儉，四十二年如一日。其間細節吾不暇，且論大者，如服浣衣，耕籍田，中夜忍一羊之費，后苑觀割麥之勤，真所謂温恭節儉主也。是周公《無逸》之言，乃帝之所優爲者也。優爲矣，而又勸之，何也？非爲是之不足以勸也，其所當弼違而補闕者，猶有急於此也。其所急者，正其所不足者也。故人主之度貴廣大矣，而

[一] 本篇《許鍾斗文集》不載。

公孫弘以此勸武帝，非也。人主之德貴節儉矣，而貢禹之規元帝，非也。人主之量貴含忍矣，而張公藝之諷高宗，尤非也。何也？謂非其所不足也。

國家之務，莫大於辯賢奸而專委任。而千萬年長久之計，又莫大於申中國之體，而抑蠻夷之心。仁宗雖稱温恭節儉，而知人之明、靖亂之勇，或有所未逮。當其時，内則章得象、夏竦、士遜等，相繼爲煽惑之謀，而韓、范、富、歐，不得安其位。外則西賊竊發，驁慢至甚，甘爲之輸幣[一]求和，而不能一決討罪之詔。至使豪傑無所展猷，僉壬無所懲奸；小夷醜虜，有輕中國之心；萬世子孫，有不可測之患。若此者，豈細故耶！奭獨不能規而正之耶？獨不能舉夫君子、小人之情狀，與夫戰攻守禦之勢，畫一圖以進耶？

嗚呼！奭誠非識時務也。奭誠識時務者，則其進於帝也，勸之分别淑慝、親賢遠奸，如歐陽修《朋黨》之論可也；勸之興師問罪，仗義執言，如韓琦討賊之疏可也。不然，如范仲淹之《百官圖》，富弼之邊務十三策可也。彼《無逸》之圖，即不進，無損也。奭之所進者，乃帝之所已能者也。夫君已能是矣，而吾復以是勸之，則將謂君人之道盡在於是，安於其所守，而不復求其他。故太宗晚節鮮終，鄭公有《十漸》之疏；敬宗盤遊無度，文饒有《丹扆》之箴；神宗力行新法，介夫有《流民》之圖。類皆因其違而弼之，因其闕而補之。未聞有不度長短，而漫爲不急之言以導之者也。

[一] 幣，原作『弊』，據文意改。

夫《無逸》之説，蓋周公之説也。爲臣者，得如周公之誨君；爲君者，得如成王之守成，是亦足已。而吾獨不足於孫奭之規仁宗，何也？蓋周成王之時，周、召、畢、散，濟濟在列，僉人已盡黜伏，九夷已盡來賓，成王惟無逸之道守之，故端拱穆清，而天下用寧。若仁宗之在當日，豈成王比耶！正邪雜進，難於裁决；奸宄乘間，未易剔攘。區區守恭儉之道，雖足以清君德，而未足以整王綱；雖足以偷一時之小康，而不足以奠萬世之弘址也。故君子之告君也，既度其言，又度其君言之，而非格言不敢進也。言善矣，而非濟當世之急務，裨主上之闕失，亦不敢進也。若奭者，知進言而未知度君者也。不然，《尚書》數十篇中，禹、益、皋陶之謨，伊之訓，説之命，召之誥，孰非讜論，孰非帝鑒，而獨取周公之《無逸》，又何耶？

叢青軒集卷四

同安許獬子遜甫著

文部

表

册立暨册封文武百官賀表[一]

伏以天開昌運，前星映日月於重霄；帝錫周親，綴旒壯藩宣於下國。分辯而志乃定，名正則事攸成。兹豈人謀，允繇宸斷。臣等誠歡誠忭，稽首頓首。竊以元良者，一人係萬邦之本，分均則以年，寵均則以賢；封建者，先王公天下之心，親之欲其貴，愛之欲其富。往牒所載，三代有道之長，其福皆繇長君；祖訓有言，親王在國無事，其樂過於天子。故大禹雖割愛塗山，而迨其王也，必傳敬承之胤；武王非忘情唐叔，而比其長也，僅啓汾晋之封。蓋朝覲、謳歌、訟獄之歸，當自識主；而

[一]《許鍾斗文集》目録卷二題下有『館課』二字。

天地、宗廟、山川之托，必須擇人。恭惟皇帝陛下，文武受命，仁孝格天。當春秋鼎盛之年，思宗社靈長之計。謂父之有子，如天之有元，一元成其大而天道益昌；宗之有支，如地之有瀆，四瀆安其常而地維乃奠。不繇當軸，盡屏屬垣。事在不疑，官占無枚卜之舉；謀自神授，卿佐無定策之功。聿涣德音，適當良月。諗天地以及祖宗，辯號名而定封域。瑶山雲繞，祥兼叶于桃夭；兔苑風和，慶預開乎燕喜。克明克類，快睹龍鳳之翩翩；宜弟宜兄，行占華鄂之韡韡。蓋安太子，亦所以安諸王；正東宫，乃所以正天下。典禮雖有獨重，恩澤原非偏枯。遠綏烈祖在天之靈，神心與人心而胥悦；近慰聖母獨居之念，子道以父道而益光。臣等將順聖謨，欣逢昌會。德非周太保，忝厠弼丞；才愧漢長卿，濫竽遊從。幸吾君之有子，世德作求；知四國之是儀，爲善最樂。伏願益思盡倫，備求全美。就身爲教，教之爲君、爲父、爲子，而前後罔非正人；法祖爲箴，箴及乃心、乃德、乃猷，而夙夜無忝休命。庶幾本支百世，永奠運祚于金甌；壽考萬年，長享泰寧于玉燭。

臣等無任瞻天仰聖、踴躍歡忭之至，謹奉表稱賀以聞[一]。

[一] 謹奉表稱賀以聞，原無此七字，據《許鍾斗文集》卷二補。

擬恭遇詔恩徵還各畿省採榷内使敕所在撫按等官存恤百姓廷臣謝表[一]

伏以宸衷天啓，興除曾不崇朝。聖政日新，恩光覃及下國。朝端動色，野外傾心。臣等誠歡誠忭，稽首頓首。竊以大造以至仁爲心，雖收藏弗廢生長；人君以不貪爲寶，行撫字即在催科。王政之行也，以休以助，爲諸侯度；賦法之壞也，用二用三，而父子離。防於未然，是爲唐宗之黜萬紀；復於未遠，亦爲漢武之止輪臺。然皆未能使一念不得已之情，昭然見諒于權宜之始；而百凡不忍人之政，斷然必行于更新之餘。如今日者也。

兹蓋伏遇皇帝陛下，剛健握符，慈祥普物。遇災而懼，因父母心以知天心；視民如傷，思百姓足即是君足。謂夫宇宙之秘藏在山海，秘藏之弗固，安能興雲出雨以潤群生？閭閻之脉理在關梁，脉理之不通，安能酌盈注虚以濟萬姓？求魚而竭澤，胡以繼之？亡羊而補牢，未爲遲也。爰宣綸綍，遍飭筦樞。任萬物之生，期並育而不害；如日月之食，雖有過而必更。黑衣還掃除之班，誰云豺狼當道；黔首荷解推之賜，豈曰杼軸其空。碩鼠適彼樂郊，翩其反矣；鴻雁集於中澤，胡不歸與！彼山川之有靈，固欣欣以相告；即草木之無識，亦莘莘而向榮。孰謂造化不仁，始占太平有象。

[一]《許鍾斗文集》目録卷二題下有『館課』二字。

臣等職司糾繩，愧乏回天之力；道在將順，幸叨補衮之功。四國于宣，敬當奉以夙夜；一人有慶，豈暇計及身家。伏願居逸思艱，厚終善始。出令不惟反惟行，爲國不以利以義。使黄童白叟，欣享舜日之長；而海澨山陬，永頌堯天之大。

臣無任瞻天仰聖、激切屏營之至，謹奉表稱謝以聞。

擬宋御製念邊五言詩賜近臣屬和謝表〔一〕祥符三年，鄉試

伏以天子守在四夷，式念安攘之大計。聖朝咸有一德，聿追喜起之休風。錫瑞自天，輸丹有地。臣等誠惶誠恐，稽首頓首。竊以安危互爲倚伏，爲戒在方盛之時；文武本無重輕，偏詣非多能之聖。無荒無怠，姚虞績奏乎來王；曰毖曰懲，成周誼重乎交儆。嗣是而後，風斯邈矣。曲習房中之娱，頓忘甲胄；治安馬上之陋，蔑事詩書。庭草燕泥，賡歌乏廟謨之略；長鎗大劍，賈勇非儒雅之風。豈期同心同德之朝，兼收乃文乃武之烈。兹蓋伏遇□□□□，天錫智勇，聖亶聰明。惠中國以綏四方，坐明堂而朝群后。澶淵一駕，風清漠北腥膻；天雄九軍，氣壯關南鎖鑰。猶以治不忘亂，敵國盡在于舟中；和自能安，折衝弗逾乎堂上。爰勒睿藻，追駕大風。寄疆埸之遐思，屬詞臣以賡和。若雲，若朔，若涿，若易，阨塞具在目

〔一〕本篇《許鍾斗文集》不載。

前；或招，或討，或守，或攻，機權運之筆下。寫諸琬琰，榮逾飛白之書；播彼貔貅，喜溢淄青之詔。允矣，王者綏靖之石畫；妙哉，聖人鼓舞之微權！

臣等材謝請纓，籌疏借箸。豹學深慚乎倚馬，狗尾更愧乎續貂。白面窮經，徒能誦《六月》之句；赤心謀國，竊欲壯十乘之猷。伏願在逸思勤，愈以山濤之外懼爲念；慎終如始，益以賈誼之全盛爲憂。使燕雲十六州之區，奉版圖而納職貢；犬戎數百年之主，獻琛球以隸象胥。

臣等無任瞻天仰聖、激切屏營之至，謹奉表稱謝以聞。

擬唐命翰林學士陸贄條陳當今切務贄引易否泰損益爲對上褒納之謝表[一] 建中四年，會試

伏以明王好問則裕，每懸鞀懸鐸而求言。盛世主善爲師，聿尚象尚詞而證聖。心深慮始，妙契畫前。豈期三絶之陳言，重瀆九重之採納。臣贄誠惶誠恐，稽首頓首上言。

竊以古訓有獲，聖人所以極深而研幾；成憲無愆，君子不忘居安而樂玩。自神馬獻瑞，而《易》教大行；迄鳴鳳希聞，而衮闕莫補。尊卑闊絶，誰知否泰係上下之交；民財交窮，詎念損益爲盛衰之始。忠無不報，徒屬虚言；虐我則仇，惟庸罔念。

[一] 本篇《許鍾斗文集》不載。

恭惟□□□□，睿德性成，虛懷天牖。未明求治，念每切于救時；折節下賢，功不輟于稽古。遂令草茅呫嗶，遽蒙衢室疇咨；取其千慮之愚，用塵乙夜之覽。臣竊念經術所以經世，獻頌不如獻規。

易者變也，弊窮不變，則朽索可虞；爻者交也，志隔不交，則調羹安賴。乾本上，坤本下，上下自有體統，安用別白太明；山愈高，澤愈深，高深遞爲變流，何事誅求無藝。中以行願，寧内陽而外陰，毋内陰而外陽；孚以惠心，寧不損以爲益，毋不益以爲損。斯大來小往，其慶拔茅之征；民悦道光，爰致涉川之利。第《六經》之道久晦，而《易》教尤爲寂寥；一鳴之斥屢行，而奏牘僅稱故事。詎意苦口之論，翻成會心之譚。居雖高而聽則卑，聖不自聖；耳雖逆而行則利，言豈徒言？

伏願因文見道，酌古證今。聞善必行，毋徒採其華而忘其實；有爲則是，益思樂其始而勉其終。則過靡不改，善靡不遷，聖德懋修於日進；而平可無陂，往可無復，國祚永固於桑苞。

臣無任瞻天仰聖、激切屏營之至，謹奉表稱謝以聞。

疏

旱灾示儆敬陳用人行政要道以助上下交修疏

臣聞王者受天明命，以撫方夏。其喘息呼吸，嚬笑喜怒，無一而不通於天。天之仁愛人主也，善則降祥示之勸，否則降殃示之罰。其失未甚，則有怪異以儆戒之，如日食、星飛、山崩、地震、犬禍、蟲孽之類，無害於天下，而有關於人主。其失既甚，帝用不臧，而猶慮其不返也，則有沴厲以譴謫之，如水旱、凶荒之類，大不利於人主，而大有害於天下。然則水旱凶荒者，乃天之所以譴謫人主，而非特薄懲以示儆已也。人主處此，尚可視爲細故，而晏然莫之省憂乎？

伏見比年以來，旱魃爲災，農民失職，三輔之間，野無青草，民多易子而食。京師故仰給東南漕輓，今水涸且盡，大爲運道梗，主計者持籌而莫知所措。夫京師，天下之腹心，運道又京師之咽喉也。腹心不充，何以令四體；而咽喉一斷，則腹心將何所托命？天變若此，臣實畏之。

自古變故之興，未有無故而來，亦未有無故而去。其轉移旋斡於人主之一念，如金在範，如響應聲。臣經術儒也，請旁引以經術，證以時事，無有所諱，庶幾少裨救禳之助於萬一。

謹按，《京氏易傳》曰：『欲德不用，玆謂張，厥灾荒，其旱陰雲不雨。』『上下皆蔽，玆謂隔，其旱天赤三月。』夫人主所與共天下者，惟是三公、九列、百執事耳。公孤可疑，誰復不疑者？卿執不任，誰復可任者？而今伏蒲之請，概意爲市恩；折檻之舉，概目爲沽名。上不敢以實情與下，下亦不敢以實情與上。堂陛既懸於九閽，門庭遂遠於萬里。則所謂張與隔者，今或有之，而又甚也。

《洪範》言：『僭則恒暘。』解之者曰：『上號令不順民心，虛嘩潰亂，則不能治海内，故其咎僭。』『刑罰妄加，群陰不附，則陽氣勝，故其罰常暘。』乃今之號令可知已，刑罰又可知已。無名之征，無藝之求，日甚一日。始曰『聊以佐軍興』，軍興罷而亦且復然。始曰『聊以助大工』，大工就而亦且復然。械繫遍於簪紳，釁序鞠爲囹圄。弱者有覆盆之悲，强者爲揭竿之謀。馬窮則逸，獸窮則攫，人情皆然，其何能久？則所謂號令不順與刑罰妄加者，今或有之，而又甚也。

救張之弊，莫若崇虚受；救隔之弊，莫若廣忠益；救僭之弊，莫若與民同欲，而毋犯其所惡。自昔稱王省惟歲，卿士惟月，師尹惟日。臣以爲王省，則卿士、師尹莫敢不省。歲和，則月日亦無不和。今欲反灾爲祥，易歉爲豐，其責端有所在。伏願陛下渙發德音，嘉與海内更始，疏其壅，無復釜鬵之虞；搜其蠹，無復竭澤之憂。以此照臨百官，百官誰不象指？以此煦濡萬國，萬國誰不仰流？

蓋聞地天爲泰，泰則陰陽和而雨澤降。一人比，天下爲比，比則人心親附。其象爲地上有水，其應亦如之。成湯六事自責，而桑林之禱立應。宋神宗覽鄭俠《流民圖》，罷新政，一時澍雨沾足。前事之效，可見於此矣。陛下幸不以臣言爲狂，略賜採擇，則天下幸甚。

肅紀綱正風教以維治安疏[一]

臣聞：紀綱者，上之操也；風教者，自上出者也。不可使下之人有所借，而下之人亦非徒然而能借也。借起有所失，上失之而後下得借之。借之者有辭，而失之者不知其所以收；失之者益甚，而借之者益牢乎其不可奪。故夫今之壞我紀綱者，非其名爲壞紀綱者也；亂我風教者，非其名爲

[一]《許鍾斗文集》目録卷二題下有『館課』二字。

亂風教者也。其説固曰：『吾不忍其陵遲澌盡，而代爲作之，而代爲修之。匹夫而假天子之權，古有行之者，而吾猶可以幸無罪。』而不知其弊乃甚於不作與不修。何則？大權不可以下借也。

今夫戍卒之嘩也，貂璫之横也，青衿之持長吏，而長吏之傲其上也。當官者之習爲墨也，競也，媢也，訐也；俗之習爲靡也，偷也，詭也；文之習爲浮也。人以是爲紀綱、風教之憂乎哉，而臣猶以爲未也。是數者其害有形而救之有方，是烏足爲天下之大患。天下之大患，乃在於幸其小快而忘其大禍，炫名而無實。使夫有志之士，識微之臣，知之而不敢言，言之而不敢盡。言及之則以爲過計，而不言之則莫知其所終。此臣所以謂大患也。

曩者荆襄之變，悍然逐税使，沉官較，出萬死以抗至尊。當事者慮其爲亂，因循置不問，事亦隨息。然而不知此税使與官較者，誰之使耶？既已被詔書而出，即名爲天子之人矣。天子之人有罪，天子以法誅之則可耳，豈庶人所敢議哉？即甚憐其長上之無罪，而欲理其冤，伏闕可耳，請劍可耳，私爲尸祝俎豆之勿絶可耳，亦何至於執干戈而與天子爲仇！匹夫而敢於仇天子，此其漸必有不可言者矣。且其所謂長上者，與天子孰尊而孰親也？天子既爲刑餘而辱縉紳，小民復爲長上而仇天子，然而淺見者猶曰『藉是可以儆上心』，曰『是固不可激』。噫！勿激之誠是也，而誰爲之，使狼戾至此極也？後有效尤而動者，其將何以堪之。將一切置之乎？抑株連而置之法乎？抑首惡誅而餘者貸乎？而上之所名爲首惡者，乃下所稱爲好義負氣、不顧生死利害、剛正發憤之人也。法安得加誅？誅一人則環視而起，如此而尚謂有紀綱乎？令天下人懷是心，而尚謂有風教乎？然猶曰『彼口實者礦税耳』，礦税已當不復然，此可朝更而夕定也。

今又有沿習而不察，其來有自，其執有名，欲非之而莫得其端，欲返之而未易爲力者，曰講學。夫講學之習非戾也，而在今世則爲甚戾。蓋今之世，與春秋戰國之世異矣，與漢、唐、宋、五代之世則又異。其在春秋戰國時，有道德家，有楊墨家，有陰陽家，有法術家，有從横家。家各爲教，而後不可無孔孟之學。漢、唐、宋以來，有遊言，有遊俠，有釋老。而上之所以羅士者，又或以博學，以宏詞，以詩賦，以對策；射策不盡，以明經。故不可無周、程、張、朱之學。乃今之爲周、程、張、朱與爲孔、孟者，遍天下皆是矣。師以是教，士以是習，隸之學官，升之司徒，貢之天子。組織而爲文章，彪炳而爲事業，軒揭而爲節義，何莫非學？而乃必於文章、事業、節義之外，别立一理學之名；於傳、注之外，别標一宗旨；於學較之外，别尋一師門。果何説也？

不過曰：『上之所以教我者，糟粕耳、羔雉耳，是皆無當于身心性命。真有意于身心性命者，必如是而後可。』不知其舍累朝列聖之所表章而逞臆説，是無上也。因之以爲名，是行私也。童而習焉，壯以是進，已乃盡忘其故，是背本也。以膚見眇説，而欲駕之古先聖人之上，以自爲尊，又何無忌憚也！以明盛熙洽之世，而乃有無上、行私、背本、無忌憚之徒，肆行而莫之懲，則風教安得而不頹？紀綱亦安得而不廢？然而是固不可禁也。禁之，則曰：『吾以翼聖道。』夫未有名爲翼聖道而可禁者也。欲反其本而漸正之，不過曰嚴考較之條、重科目之選，使入吾網者皆真儒，而無所慕乎其外。然而司考較者，安必皆良主司；而科目所得，安必皆碩士也。蓋亦有之，而間有不然，則好異者，遂以恣其喙。此臣所謂沿習而難變者，此也。

昔東漢之末，有君、俊、顧及諸賢，而世道始衰；有董卓、袁紹之徒，相繼與宦竪爲難，而國始危。彼君、俊諸賢，其意固未嘗不善；而董卓、袁紹之徒，其初心亦豈遂敢于爲惡。特其居紀綱風教之地者，不知所以馭之之道，遂使移風易俗之權，下聽于士君子，誅亂討逆之權，下聽于悍卒與武夫，則其勢必至於此而無怪也。然則當今之世，有可以亟去之亂萌，而去之不蚤；有可以漸返之士習，而返之無其具。雖堯舜復生，未易爲理。

草莽愚臣，不勝私憂。獻其狂瞽，惟陛下採而行之，則天下幸甚。

策

第一問[一]會試

聞之，君猶天也，公孤百執，風雨露雷也。風雨露雷，不可侵天之權；而無風雨露雷之用，亦不可爲天。君猶心也，公孤百執，股肱耳目也。股肱耳目，不可奪心之官；而廢股肱耳目之力，亦不可爲心。故斷欲獨，不獨則莫適爲主；任欲兼，不兼則莫與爲輔。任不可廢斷，廢斷則輔勝其主，而主勢夷；斷不可廢任，廢任則主棄其輔，而主勢孤。

[一] 會試第一問至第五問，《許鍾斗文集》未載。

三代以前尚矣。裔是而降，晋文壓楚，兼任而勝，而得不獨在任也。臨敵用先軫之謀，事成賞子犯之功，則不以任廢斷也。晋武伐吴，獨斷而克，而得不獨在斷也。羊祜、杜預之倫參其謀，王渾、王濬之徒制其兵，則不以斷廢任也。辛鹹甘苦，不以口斷，而決於庖人，庖人重於君矣，然君終不斥庖而代之割。清濁高下，不以耳斷，而決於伶人，伶人重於君矣，然君終不去伶而代之調。法家者流，以版法揚權挈主鑒，而一二願治之君，亦有綜覈名實，不任三公，猜疑群下，盡屏左右，以自爲明。皆見其偏，而不見其全。總攬之與旁落，卒亦殊途而同歸矣。

皇上留心萬幾，二十九年一日，豈不勵精省成，求臻上理？然愚以爲斷則斷矣，而未知集衆思以爲斷。故或心知其然，而持之不信；心知其非，而去之不果。用賢則若轉石，遠佞則如拔山，失斷而因以失任也。任則任矣，而未知鏡群品以爲任。故或智謀事，而愚間之；賢當權，而不肖撓之。享敝帚以千金，阨騏驥於太行，失任而即以失斷也。兩者皆失，而不任之弊尤甚。原其所繇，一在疑，一在嗇。主心惟不疑也，一疑則焉往而不疑。埋輪之疏，或意爲釋憾；伏蒲之請，或意爲市恩。空頭之敕，或意爲賣重；徙薪之謀，或意爲窺瞰。其不任也，則疑之爲也。主心惟不嗇也，一嗇則焉往而不嗇。譽欲自己集，而不欲與人以爲名；恩欲自己收，而不欲與人以爲德；事欲自己出，而不欲與人以爲重；利欲自己筦，而不欲與人以爲潤。其不任也，則嗇之爲也。

夫疑，非明主不能疑也，要在知所疑而疑之。寧過防於宵人，毋厚猜於同德，則雖疑也，不害其爲信矣。嗇，非剛主不能嗇也，要在知所嗇而嗇之。寧寡恩於憸壬，毋失禮於豪傑，則雖嗇也，而不害其爲廣矣。愚以爲其道又在無私，在知人。無私，則是非定，而内無所淆，故能斷，又能即斷以爲任。知人，則賢奸明，而外無所眩，故能任，又能即任以爲斷。

風雨露雷，無日不受職於天；而天非至健，風雨露雷不爲使。股肱耳目，無日不受命於心，而心非常清，股肱耳目不爲用。孟子曰：『君正，莫不正。一正君而國定。』愚端爲今日望云。

第二問

自古命官之制，莫善於唐虞。于時教、養、工、虞、禮、樂、刑、曆，分布而不以攝也，並建而不以兼也。禹不以胼手胝足爲勞，而稷不以降種播穀爲鄙；益不以烈山焚澤爲粗，而夔不以擊石拊石爲賤；伯夷不以典禮爲無權，而皋陶不以明法敕法爲近於法家。各司其事而無越局，共成其事而無鰥官。蓋師師濟濟，稱極盛已。

嗣是而降，或主陜以東，或主陜以西，東西各鳩其粲，而周道隆。或治内不治外，或治外不治内，内外各宣其力，而越圖昌。侵與曠之名，無從起也。

説者曰：『人材品不同，職司亦異。故材不足則曠，有餘則侵。職煩則曠，簡則侵。』而不知材何不足之有？矇修聲，瞽司火，侏儒扶盧，戚施直鍾，專其心則無不足也。材亦何有餘之有？畫方不畫員，宜川不宜陸。歷塊者不必逐鼠，銜城者不必窒穴，專其心則無有餘也。職亦何煩簡之有？會計牛羊，雖小數，孔聖不舍之而言高；戴星出入，雖勤劬，巫馬期不因之而尸禄，專其心則無煩簡也。

惟心不專，而後有曠之患。農夫非不善爲耕，睹遊食者一擲百萬，則耒耜廢矣。紅女非不善爲織，睹倚市門者一笑千金，則機杼廢矣。凡曠不同，而所以曠者類然。心不專，而後有侵之患。畫者舍狗馬而畫鬼魅，懼狗馬之易識也；歌者舍《白雪》而歌《下里》，懼《白雪》之難工也。凡侵不同，而所以侵者類然。此因曠以成侵，彼因侵而益曠；曠與侵迭相乘，而人與職轉相齮。展轉激射，寧有窮已！

故古之善守官者，不惟不曠，而且有以禁人之侵。如郎官守符璽之重，轉運拒資糧之檄，京兆按神策之罪，銀臺正封駁之失。如軍有壘，如屋有藩，雖有侵官，無敢染指矣。不惟不侵，而且有以禁人之曠。如宰相不答錢穀之問，執法不親案牘之煩，中書不參樞密之謀，大將不與弊吏之典。人自爲殿最，人自爲功罪，雖有曠官，無敢藉口矣。

然愚以爲欲去二弊，莫如戒惰窳。惰窳戒，而人求精於職之内。求精於職之内，則無暇及於職之外矣。莫如抑躁競。躁競抑，而人不敢生事以爲名。不敢生事以爲名，而益思因事以效功矣。又莫如省議論。議論者，事功之蠹也。省之而競者無所乘以憾人，惰者無所托以自解矣。又莫如明分守。分守者，名實之程也。明之而窳者百計不能掩其拙，躁者脅息不敢伐其巧矣。以此正風俗則俗雅，以此振紀綱則綱舉，以此竪勛伐則伐多。

夫天下而無侵與曠之患也。天下而有侵與曠之患，則是説者倘亦可舉而行之否？

第三問

蓋聞事主者，事庸主易，事英主難。主有爲善之志，迎其機而導之易；主有不善之萌，逆其勢而折之難。凡所謂英主者，皆聰明睿智，負不世出之資，强毅果敢，奮然有獨行不顧之氣。不特勇於爲善，亦且勇於遂非；不特勇於收名，亦且勇於任謗。彼其於是非可否，無所不昭灼。昭灼矣，而猶且復然，則必有不可以是非可否諭者也。禍福成敗，無所不懸斷。懸斷矣，而猶且復然，則必有不可以禍福成敗動者也。

周公，大聖人也，當日君臣之間，情意之綰結何如，精誠之潛孚何如，體貌之隆重何如，猶且恂恂懇懇，如奉嚴主。今觀《鴟鴞》《無逸》諸篇，其思哀以切，其氣柔以和，讀之令人悽愴而不寧。蓋千載有遐思焉。然而流言之疑，居東之變，亦卒不免也。矧我於君何如哉？彼以叔父至親，求之而不得，而我欲以一介草茅得之，則難。彼以聲望素著，求之而不得，而我欲以新進羈旅得之，則難。彼以積誠感動朝夕誘誨，求之而不得，而我欲以區區章疏寂寥數語得之，則又難。忠臣至此，用心良亦苦矣。

是故其道不在直，而在諷；不在忿激以冀一遇，而在優游以期必入。勢本急也，而故爲不急以嘗之；意本逼也，而若爲無意以中之。知其所盈者氣也，而勿與之争氣，徐以俟其氣之自平；知其所憚者理也，而勿與之争理，徐以俟其理之自明；知其所溺者欲也，而勿與之争欲，徐以俟其欲之自清。所不畏者天變也，而勿復以天變動之；應有遲有速，當其遲而且謂我誕也。所不恤者人叛也，而勿復以人叛愓之；發有隱有顯，當其隱而且謂我迂也。所不顧者清議也，而勿復以清議屈之；議有過當與過激，當其過當與過激，而且謂我挾也。一念而有善者，機也，勿復以全求，全求之，恐其畏難而中輟也。一念而有不善者，機也，勿復以顯暴，顯暴之，恐其恣肆而無忌也。

《睽》之二曰：『遇主於巷。』《坎》之四曰：『納約自牖。』夫人臣非不知巷遇之非正也，而與其巷而遇，猶愈於不遇；非不知納牖之非直也，而與其牖而納，猶愈於不納。自古上臣用此術，而一言回天者不少。吾獨喜夫諫幸東都者，以不諫諫；申救遷謫者，以不救救也。蓋人主之心，方其有所甚溺而不返，雖有流連荒亡之戒，如水投石耳。惟曰徐加修葺，則萬乘舉動，有必不可輕者，安能勿尼？此所謂似隨而實規也。方其有所甚怒而不解，雖剖心明其無罪，祗益之怒耳。惟曰親老可念，則同然至情，有必不可没者，安能勿動？此所謂似緩而實急也。

解紛者不控拳，救鬥者不搏戟。諫以不諫，救以不救，於談笑顧盼之頃，而施斡旋變化之力，斯其用機亦已奇矣。而猶未也，又有進於是者，則不以機而以誠，不以口舌而以心精。舜之於瞽瞍也，祗載齊栗，卒致允若。雖頑嚚者，可變爲蒸乂，則誠精之故也。故曰至誠感神。夫以頑嚚不可化誨者尚爾，矧吾君英主也，勇於遂非，亦未始不勇於爲善；勇於任謗，亦未始不勇於收名者乎！金縢之事，嘉禾之書，周公其明徵矣。吾又願事君者以是爲法。

第四問

天下小人一而已矣，而君子則有二：有爲國之君子，有爲名之君子。爲國者以國事同異，如甘苦酸鹹，期於適口。故或都俞一堂，而不稱依附；或方員互用，而不失協恭。爲名者以身事同異，如碧蒃青黄，期於奪目。故當其意氣相倚，則其附如羶；及其聲名相軋，則其疾如仇。以國事同異者，國收其利，而身享其名；以身事同異者，身收其名，而國受其害。夫使名歸於身，而害歸於國，君子亦何樂乎有是名也？往事可徵已。

自和衷倡於虞廷，其來已遠。嗣是而下，同心共濟者，代不乏人。如魏以精明，丙以長厚。而長厚者，不訾精明之爲刻；精明者，不訾長厚之爲迂。期於爲國一也。房以善謀，杜以善斷。而善斷者，非謀罔與爲慮始；善謀者，非斷罔與爲收功。期於爲國一也。姚以尚通，宋以尚法。而尚法者，非通罔與爲救時；尚通者，非法罔與爲持正。期於爲國一也。

不必同，不必不同，惟爲國而同，則同非苟同；不必異，不必不異，惟爲國而異，則異非苟異。即如師德薦仁傑矣，而仁傑不知師德；王旦薦寇準矣，而寇準不知王旦。君子終不以仁傑與準爲薄德者，惟其爲國之心同也。

元祐、紹興之君子爲國，雜以爲名。故或以君子攻小人，或以君子攻君子，君子之風薄，而國勢卒以陵夷。東漢之君子爲名，不知爲國。故始以君子擊小人，終以小人戕君子，君子之名窮，而危亡亦隨其後。

夫君子之擊小人者，爲名也，而君子之名愈高，小人之忌亦愈甚。君子之攻君子者，亦爲名也，而君子之黨愈孤，小人之擠亦愈速。即以新法一事言之，熙寧時政在金陵，則群指金陵爲争端。争者固以爲國，而急於改弦以希盛治者，亦未始非爲國也。乃詆之太過，遂生厲階，則亦非熙寧諸君子之得也。元祐時政在司馬，則又指司馬爲議端。議者固以爲國，而急於救焚以從民望者，亦未始非爲國也。乃辯之太疾，幾爲怨府，則亦非元祐諸君子之得也。

夫君子與小人爲冰炭，猶可言也；君子與君子爲矛盾，不可言也。君子與君子爲報復，猶可言也；君子慮其不勝，而至藉小人爲報復，不可言也。大抵隙愈開，則伺愈密；術愈拙，則撼愈工。以愈工之計，而撼愈拙之術；以愈密之心，而伺愈開之隙。始以爲國害，卒以爲身害，理勢固然，無足怪者。

故善爲國者，不可不窒小人之竇，而不可不和柔以殺小人之怒；不可不伸君子之氣，而不可不惕號以集君子之黨。庶幾和衷之風可復，而丙、魏、姚、宋諸君子，不難踵美於千載矣。

第五問

善謀國者，不可不原其所始，亦不可不慮其所終。今天下號泰寧矣，非有周家强侯擅命、尾大不掉之虞，非有兩漢外戚閏位、黨錮毒流之慘，而中外岌岌，常有隱憂。非有唐世藩鎮擁兵、跋扈跳梁之禍，非有宋室夷狄吞噬、腥膻左衽之殃，而智士凛凛，常懷過計。則其故何也？愚以爲其病在國體，在民情。

夫國體不可使褻也，一褻則不可復張，而今日之褻極矣。刑餘刀鋸之人，口銜天憲，而横行郡國，小民不敢言，有司不敢問。始猶專制一隅，侵藩臬大吏之柄；今且露章上陳，奪補闕拾遺之權。始猶貂璫自相引重，握符分閫而稱外臣；今且亡命共爲窟穴，昂眉攘袂而抗簪紳。墨綬爲之折腰，豸繡因而斂衽。詩書何罪而囹圄，守長何辜而械繫。蓋國體之褻，莫褻於今日矣。

民情不可使離也，一離則不可復合，而今日之離極矣。開採鼓鑄之令，上鑠天地之精，中絶山川之脉，水陸無復厝足，鷄豚不免夜驚。始猶曰『暫以佐軍興耳』，今西事平，軍興不復費矣，而瑣屑日甚一日。始猶曰『聊以助大工耳』，今二殿成，大工不久罷矣，而刻急日甚一日。居者側目而視，行者負翳而避；存者不能庇其室廬，没者不能庇其丘壟。蓋民情之離，莫離於今日矣。

國體一褻而不張，則士氣亦漸而頹薾。於是高者興挂冠之思，卑者習朵頤之態。雖有金剛，可爲繞指；雖有素絲，可爲敗絮。往者王振、劉瑾輩，其事可鑒也。民情一離而不合，則不逞將乘而煽動。於是强者倡揭竿之謀，弱者爲蟻附之計。其貧已甚，則不安於貧；其弱已甚，則不安於弱。往者劉六、劉七輩，其事可鑒也。

夫以皇上聰明神武，卓越前代，苟淵然遠覽，慨然易慮，去此非難也。而乃若有所係、吝而不果者，何也？得無以廷臣不善爲逢迎，而非此輩無以成其尊乎？司農不足於經費，而非此輩無以厚其蓄乎？然愚以爲皇上有天下，而不知享有天下之尊。夫王者，父天母地，以撫方夏，自天而下，自地而上，誰非吾臣？因此而衮冕以見南郊，玉帛以朝萬國，至顯懿也。暇時與一二儒臣，纂述道德，追三五之遺烈，紹洪永之雄風，至郅隆也。不此之務，而猥與刑餘刀鋸者，競酣歌於長夜，争勝負於馬蹄，何自輕若此？愚又以爲皇上有天下，而未知盡籠天下之利。夫王者膺圖受貢，以一黄輿，則四海而外，六合而内，誰非吾土？屯政舉而遊惰無不服耜，萑葦無不受籍，歲入當以億萬計。鹺政修而商旅無不輻輳，泉貨無不流行，歲入又當以億萬計。不此之務，而猥與華門圭竇者，較盈縮於錐刀，逐豐斂於尋常，何自苦若此？

昔人有言：人臣患不節儉，人主患不廣大。今日誠有意爲民情國體計乎，則愚請以廣大之説進。

叢青軒集卷五

同安許獬子遜甫著

文部

頌

萬壽無疆本支百世頌并序

上以文武並用享太平，東征西討，無思不服，受天之祐，莫不戩穀。二十九年之八月，萬壽節，諸元老更進厥謀，爲上祈天永命。執玉來賀者，遍海内外國，咸集闕下，颺言曰：皇帝有大功德於天下三：日者朝鮮有難，且淪爲倭，議捐弗捐，可以取弗取，存亡繼絶，德最厚。先則寧夏，後則播州，微上且爲虜、爲戎、爲猺，教化之外，上以德格天，獲福其又可量！屬元子學成日就，遂正青宫，餘各分封福、瑞、惠、桂，如制。則又颺言曰：此之爲大順，爲大慮，雖千萬世其未央，天下用乂，邦用昌。

臣章句儒也，不敢舍所學以事上。既聽畢，則又拜手稽首颺言於末曰：臣也少而學詩，則以爲歌咏明聖揚盛美者，莫辯乎詩。『受天百禄』『萬壽無疆』，《天保》之所以答君也，而其實必本於惠宗公、懷百神，神乃攸歆，福乃攸同。故其詩曰：『吉蠲爲饎，是用孝享。禴祠烝嘗，于公先王。』又曰：『如月之恒，如日之升。如南山之壽，無不爾或承。』『陳錫哉周』『本支百世』，周公之所以述文德也，而其實必本於衆多之賢士爲之助。故其詩曰：『思皇多士，生此王國。王國克生，維周之禎。』又曰：『濟濟多士，文王以寧。』

今上既超然涣發德音，特舉曠典，如綱斯張，天下事其何事不可爲，天下人其誰不引領而跂爲望？安見古之所稱惠宗公、懷百神、親多士者，不繼見於今？而今之所稱萬壽無疆、本支百世者，不更隆於古也乎！臣於國家無能爲役，惟是業在筆札，則效在筆札。敢以普天臣庶所歡呼忭舞交口揄揚者，盛爲頌於今日；而又以私心所願望者，預爲頌於將來。頌曰：

於皇烈祖，受命於天。篤生明聖，以撫八埏。維此明聖，大德光前。翕受如地，行健體乾。誕享遐紀，春秋八千。云過其曆，於萬斯年。於赫我皇，受天眷命。篤生元良，宗社之慶。克明克類，克孝克敬。温恭寬仁，匪教繄性。遂正儲貳，以順天常。如海重潤，如日重光。濟濟藩服，分茅四方。各守厥宇，來享來王。兹豈人謀，曰繇天只。誰其將之，絲綸在耳。無疆之休，施於孫子。惟宗及支，咸膺帝祉。百世綿延，於今伊始。

疏河注海頌

聖人在上，德格蒼穹。雖有灾沴，終焉允功。馮夷爲孽，厪我宸衷。咨爾臣庶，疇作司空。誰宣予力，萬流其東。爰有帝臣，在公夙夜。戮力胼胝，自冬徂夏。東極滄溟，西抵太華。萬艘順流，大田既稼。帝曰俞哉，賴天之祉。疏鑿既成，奠我疆理。嗟我征夫，亦既勞止。來汝臣工，誰勞予紀。臣拜稽首，天矜下民。事追堯烈，篤生至仁。拯彼昏墊，平成再新。德厚如地，澤流如川。宜勒貞石，於萬斯年。纘我之績，勿忘其先。

贊

卷阿王多吉士贊并序〔一〕

古之明王，所稱無逸，非盡無逸。苟燕遊、嬉笑、流連之中，而不忘乎憂盛危明之警，惓惓以奏多士匡王國爲念，則雖逸無逸，雖逸不害。《卷阿》之詩，召康公從成王遊卷阿之所爲作也。於時所稱引，略不及於宴酣歌舞、戈獵馳騁之娱，金鼓鐃吹、笙匏絲竹之聲，旂旟羽旄之美，獨繫心於國家天下。曰：『惠宗公、懷百神、綱四方。』其所寤寐而必得者，亦不在乎俳優侏儒奔

〔一〕《許鍾斗文集》目録卷五題下有『館課』二字。

走逢迎容悦之徒，而獨屬意於馮翼孝德之士。曰：『王多吉士，媚於天子。』於此見盛世之君，未嘗以一樂忘天下、忘賢才；盛世之大臣，亦未嘗以陪後乘、分日月之末光爲榮華，而獨以興賢育才、集衆廣忠爲己責。得士之力，用能益篤前烈，保世以滋大。説者又謂周道方隆，符瑞見，鳳凰[一]集，召公感而作此詩，蓋以多士比德於鳳云。故其詩曰：『鳳凰於飛，亦集爰止。』又曰：『鳳凰鳴矣，於彼高岡。』夫鳳之爲靈誠信矣。昔之爲遊觀之樂者，即有奇花異草、珍禽怪獸，極天下之瑰瑋宏麗，而苟不見鳳而聞其鳴，不名爲盛。而是鳳也，苟生不適時，不當至治之國，亦不名爲靈。然則當時明天子之能得士，與多士之能擇主而效忠，乘時而展采，比隆唐虞，而澤獨盛於千百世之下，是皆可贊。贊曰：

天祚明德，群髦如雲。後先疏附，絶類離倫。維彼文考，壽考作人。姬公吐握，白屋是親。
初遊鄉較，遂升於庠。樂正擢秀，司徒貢良。太平無象，鳳凰非祥。孰如得士，得士者昌。
萬鎰拱璧，爲王圭璋。千尋名木，爲國棟梁。懿彼後王，緬想前烈。後車千乘，羅陳俊傑。
休容在御，師濟在列。好樂無荒，罔淫於逸。倚彼多士，川岳貢禎。來自陬澨，廊廟是登。
乘時展錯，星朗霞蒸。克稱心膂，亦曰股肱。一人多助，四國咸寧。鍾鼎是勒，旂常是銘。
我用非贊，諗我同升。既稱傑士，匪文猶興。矧兹昌會，聿觀厥成。勉哉自奮，遥駕周京。

[一] 鳳凰，原作『凰鳳』，據《許鍾斗文集》卷五改。下文三處『鳳凰』同，不另出校。

本朝從祀四先生理學贊[一]

薛文清贊

河汾倡道，復性爲功。居敬窮理，異流同濵。著述雖眇，實踐則工。絶學有繼，皎日當空。

陳白沙贊

曾點旨趣，孟子工夫。才誠合一，號稱醇儒。主静爲教，詩章自娱。迹疑佛老，道則程朱。

胡敬齋贊

餘干之學，主敬爲先。蚤年存省，晚近自然。謹獨功切，防微意玄。不淄者俗，不愧者天。

王文成贊

文駕韓蘇，功軼郭李。大德不官，棄如泥滓。良知闢途，至道伊始。後有聖人，百世可竢。

[一] 本朝從祀四先生理學贊，原缺題目十字，據《許鍾斗文集》卷五補。

墨贊六首[一]

玉杵玄霜墨贊

長卿方病渴，劉伶欲解酲。神仙如可接，藍橋漿正清。

石室觀書墨贊

河洛事已遠，圯橋迹亦虚。誰人有玄契，能解石中書。

仙居樓閣墨贊

山河大地本虚空，空中何處安樓閣。仙人樓閣杳難尋，遥見雲間雙白鶴。

鼎黄耳墨贊

雖則有足，其行以耳。薦其馨香，多受帝祉。

異魚吐墨贊[二]

取爾腹中墨，寫爾腹中書。但解相思意，勿訝故人疏。

[一] 墨贊六首，原缺此題四字，據《許鍾斗文集》卷五補。按：《許鍾斗文集》卷五共六首，底本僅四言四首。另《異魚吐墨》《夢人遺墨》二贊則收入卷二『五言絶』，似有割裂之嫌。據《許鍾斗文集》編次移至此。

[二] 異魚吐墨贊，原無『贊』字，據前數題補。

夢人遺墨贊[一]

昔人夢得筆，之子復得墨。魑魅何處藏，山川當失色。

銘

緑硯銘并引

此宋少帝所遺硯也。出海二十餘年，今始得之。噫嘻！在彼爲亡國之資，在我爲清真之玩。好醜何常，惟所用歟！銘曰：

明星點點老松姿，滑似凝脂圜似璧。萬丈文光映紫宸，蛟龍守此年三百。

銅雀硯銘

文人之珍，上應東壁。匪女則存，雄圖安覓。爲問九錫功名，何如荒臺瓦礫。

[一] 夢人遺墨贊，原無『贊』字，據前數題補。

墓誌銘

葛母張孺人墓誌銘

錢塘葛水鑒喪祖母如母，在京邸爲位，晨夕哭奠如在家。一日，手一編泣謂余曰：『此吾祖母孺人實録，子其爲我誌之。不有祖母，不有寅亮兄弟至於今。蓋寅亮實有母而弗克子我，有父而壯年鋭意進取治外事，子我不如母。亦有嫡母而祖母弗令之子。甫五歲，歸自母家，母子不相見者若而年，煢煢惟祖母是以。祖母撫之曲至，得所願，怡然若不知有母，且不知有母而嫡者。母以子故憂思，疾且死矣，祖母以寅亮至，與訣曰：「而毋慮，吾必能成而子，報汝地下。」往歲寅亮舉於鄉而祖母病，今年徼一第，以子有莫逆之雅，將求子一言爲祖母壽，而祖母亡。嗚呼！痛哉！何忍道？雖然，壽死與壽生等壽，子其勿忘。』

謹按：孺人張姓，生於錢塘安吉里。父鑰，母俞氏，俱望族，有家範。孺人少而貞静，寡言笑，年十七，歸於葛氏之先君子曰東橋公。有子曰大成，遊成均，受山東高密縣丞，即水鑒父也。

東橋公性至孝，孺人爲事舅姑謹，鷄鳴起中饋，視二尊人膳。即丙夜，舅姑不就寢不休。東橋公善治生，以四壁起家，孺人佐以勤且嗇。一切斥華彩，手自執女紅，治絲枲窮日夜。東橋公好施，孺人善體其意，有所欲與，無吝色。東橋公有妹適孫者，早寡，孺人憐其獨居，歲時問餽不絕。姑病革，囑以所遺財物，盡畀孫氏女，孺人即如命畀之，無有所餘。東橋公病，孺人割臂羹以進，病遂瘳。又病，又如是者再，卒無有害，人以爲積誠所感云。

丞公始知學，孺人課之嚴。每北上必躬爲治行，臨行撫其背曰：『勉之！而母幸無恙，男子固自志，幸勿以我爲憂。』既而數奇歸，則又勞且慰之曰：『命也！將有大吾門者，不在汝，必汝之子。』指水鑒曰：『是兒也，必成汝志。』

歲庚子，水鑒以鄉試第一人成進士，丞公亦謁選得高密。丞公念孺人老，迂途歸家省之。孺人曰：『而今官矣，而小高密乎哉？吾慮汝負丞，不慮丞負汝。』已而疾作，遂不起。

性慈悲，歲齋食者三之一，即弗齋，食弗兼味。余在京邸，數與水鑒過從，自奉亦然。問之，則曰：『余非持釋法，持我祖母孺人教也。』蓋其內教大抵如是。孺人生於某年，卒於某年，得壽若干。子一，即丞公。孫二，長即水鑒，次寅賓，與水鑒俱側出，孺人掬之如水鑒。曾孫某，某出；曾孫女某，適某。以某月日卜葬於某。銘曰：

孰生乃英，孰成乃名。不有善成，孰知所生。成者歸報生者於地下，雖百世其有餘榮。

祭文

祭李松汀文

嗚呼！人之生世，無所不可知，而有所不可知。所可知者，朝端有公論，閭閻有是非，雖匹夫匹婦之愚，而莫之或欺。所不可知者，一人之喜怒，弗夷弗時。而尤不可知者，天道之與善人，乃有豐有嗇，有畀有遺，靳弗盡施。

曩者，先生抗疏青鎖，凛然弗避流竄之辱、斧鉞之殃，亦惟是爲天下大本計，是隱是圖，夫豈無當於皇衷？而先生無禄，一斥弗庸。邇來主上加意元良，遂正東宫，諸所缺失，漸反故常。豈異人議？亦惟是先生疇昔之畫是聽是從。並時以言事去者，方且彈冠相慶，連袂升朝，而先生無禄，乃以疾終。

愚不知國家之於先生，胡爲乎用其言而棄其人？造物之於先生，胡爲乎厚與之以名，而薄與之以榮？雖然，其言行，而先生之所造於天下不輕；其名成，而造物之所以寵先生者，雖不有九列六事之貴，而其榮已過於三旌。

名者，豪傑之所競，而造物之所忌。故彼蒼之於先生，不惟不盡與之以高位重禄，而且不盡與之以修齡。然茍名之既成，而使海内士屈指而數曰：『吾鄉之以直諫顯者，肇自李先生。』則雖不獲盡享其位與其齡，而先生其何愧於九京。

先生尚饗。

祭周復庵文

萬曆辛丑，仲秋既望，周復庵先生以疾卒於家。訃聞，仲先乃就邸中爲位，哭奠如常禮。而其同年友許某乃得以清酌之奠拜，且哭於先生之靈而告之曰[一]：

嗚呼！自先生以經學節行師吾閩，而閩人士無不知有周復庵先生者。自仲先以文章雄海内，而海内士無不知有周仲先。其知先生者，則自仲先未第時，而已知先生之有後；其知仲先者，則又因仲先而知仲先之有祖，如木有根，如水有源。然而約而論之，皆非真知。真知者，則謂以仲先之才之養，即不有積累猶顯。而以乃祖之生平卓卓所自竪立，即不有後猶傳。

蓋仲先少也而孤，母子煢煢，惟先生是以。先生日夕撫摩而教督之，俾其母以完節終，子以文鳴。仲先之視先生，在孫猶子，在祖猶父，孫之身即祖之身。仲先之以功名嚮用於時，則乃祖爲不没也，豈非以其後之人乎？而愚以爲，苟無可知，奚必有後；苟有可知，奚必有後？無可知者，即有賢子孫，人爲祖父幸之而已；有可知者，即子孫而賢，人反以其不售於身，而售於子若孫爲祖父惜。

[一]『萬曆辛丑』至『告之曰』，原無此段文字，據《許鍾斗文集》卷三補。

夫使天下之人不以爲幸，而以爲惜，則是天下之知先生也，尤甚於因仲先以知先生，先生其又奚藉於仲先！

仲尼有言：『夫孝者，善繼人之志，善述人之事。』仲先如有志於善繼與善述，則所以益顯厥祖，使令有知者，當亦必有在矣。死如有靈，仲先歸以吾言誄先生，先生其必不以吾言爲不然。

尚饗。

公誄馮座師文

嗚呼！先生生以何自，逝以何爲？其生也，竊疑彼蒼之有意；而其逝也，則莫不怪夫造化者之杳冥顛倒而不可推，胡付畀之獨異，溘一去而莫追。豈斯文之不幸，與生民之無禄？抑亦禄位名壽之不可以兼享兮？此有所盈者，彼有所虧。

然以先生之位晋三旌，不爲不榮，而人猶以爲未售其智；名滿方夏，不爲不盛，而人猶以爲未竟其施。荷天之眷，無間終始，不爲不遇。而生前之石畫，與死後之忠謨，未行其十一，若猶不能盡副乎主知。禄秩上卿，不爲不厚，而屬纊之際，蕭然無擔石之貯，與錐刀之遺。胡天於其所謂盈者，尚未厭乎人望；而於其所謂虧者，乃使人嘆息而齎咨。信乃生民之無禄，與斯文之不幸。先生雖有意於當世，亦安能回曦馭於崦嵫！

嗚呼！琅琊海岱之秀，自昔所稱爲賢聖豪傑之隩區。然羊叔子、房文昭，有王霸之略，而詞藻未優。左丘明、東方生、禰正平、左太冲之詞藻富矣，而本來之德性問學，抑亦未之或修。雖以力行所學，如管幼安、孫明復之敦篤，而守僅止於一壑與一丘。孰有如先生之備善全美兮，用世志姬吕之事業，而文章溯洙泗之源流。蓋所謂虧者，曾能有幾；而所謂盈者，已洋洋乎萬世與千秋。信得天之既厚，更此外以何求！矧以先生之達襟朗識，已視形骸爲委蜕，死生爲宵晝。方兢兢以得正而斃爲無憾，亦遑恤乎身世之去留！

某等樗櫟下乘，偶辱兼收。痛儀刑之既遠，欲步趨而無繇。敬陳杯酌，永决明幽。進以伸知己之私慟，而退則抱世道之隱憂。

尚饗。

誄曾座師文

嗚呼！人之生世，患弗聞道；聞道矣，患弗遭時。先生於兹，可謂兼之。人之生世，有盛位者不必有令名，有令名者不必有修齡。先生於兹，實兼有之。人之生世，有利有鈍，有得有喪；當其得時，誰能勿喜，及其不得，誰能勿悲？先生於兹，可謂一之。人之生世，有同有異，有怨有德；同我者爲斷金，異我者爲矛戟。先生於兹，實云忘之。

嗚呼！先生之心，風光月霽。先生之量，海闊天高。先生之言，和風甘雨。先生之學，兔絲牛毛。

明明我后，先生啓之。赫赫皇儲，先生奠之。濟濟多士，先生擢之。多士成才，先生育之。凡百狂瀾，先生障之。大雅云亡，先生復之。誰爲異端，先生闢之。誰爲先正，先生翼之。先生而存，誰不儀之。先生而没，誰能似之。爲文以誄，涕斯隕之。魂而有靈，庶幾享之。

尚饗。

祭陳大行乃祖父

嗚呼！人莫不願以其身顯，而公之所謂顯者，不於其身，於其子；不於其子，於其子之子。雖然，子父一也，與其顯於厥身，孰若安坐而享其子之爲逸；與其顯於厥子，亦止於厥子，又孰若留未竟以遺其子之後人之爲大且遠也。父有父而弗克父，而子以代之父；子有子而弗克子，而父以代之子。代之父矣，而所謂顯揚光大者，反有加於其父之爲子；代之子矣，而所謂長育成就者，反有加於其子之爲父。是公始能教其子以及其孫，終能成其孫以及其子。而公之子雖弗壽，猶爲壽；弗養，猶爲養。公之身雖弗顯，猶爲顯也。公又何憾！

尚饗。

雜著

士品臣品辯[一]

今夫一人之身而已，當其未仕則爲士，已仕則爲臣，臣與士一人而已矣。孔子曰『隱居以求其志』，此以臣而士者也。『行義以達其道』，此以士而臣者也。孟子曰：『禹、稷、顔子，易地則皆然。』此士而未嘗不可爲臣，臣而未嘗不可爲士者也。其原俱本於道德，其用俱可致於事功，其心俱不濡染於富貴，而其要俱務實而不求名。故士有品，臣亦有品。品俱欲高，而不欲下，下則其品不足稱也；俱欲真，而不欲僞，僞則其品不足稱也。然而其品則同，其地則異。不究其異，不可以反其同；不辯其地，不可以定其品。

今夫士者曰：『吾高尚其事，天子不得臣，諸侯不得友。』而臣則不然，朝廷之分，尊尊而卑卑。士者曰：『吾有道則見，無道則隱，危不入，亂不居。』而臣則不然，不避艱險，扶顛而持危。士者曰：『古之人，古之人，吾上嘉唐虞，而下樂商周。』而臣則不然，爲下不倍，不敢生今而反古。士者曰：『吾大道不器，言俎豆不言軍旅。』而臣則不然，巨細精粗，内外勞逸，惟命之從。士者曰：『吾是是而非非，有高世之行，則不憚負俗之累。』而臣則不然，專欲無成，而疑事無功。士者曰：『吾

[一]《許鍾斗文集》目録卷二題下有『館課』二字。

見善如不及，而見不善如探湯。』而臣則不然，爲谿爲谷，藏垢而納污，不以能絶小人爲賢，而以能容小人爲大。

大抵士在事之外，而臣在事之中。士之守己欲峻，而臣之效功欲實。士直以行其志，而臣曲以行其權。真能爲士，未始不可以爲臣，而不可即士以爲臣。真能爲臣，未始不可以爲士，而不可即臣以爲士。遲學稼圃，孔子賤之，而及其仕於魯也，魯人獵較，亦與之爲獵較。樂克適齊而從子敖，孟子耻之，而其有事於滕，乃自爲輔行而不羞。伊尹樂道有莘之野，雖以成湯之賢，尚不肯事之而却其聘，及其從湯，乃受命而事桀。子思不肯以一介友千乘之君，曰：『事我則可，友我則不可。』及衛人之難，乃得屈之以臣節，守死而不敢去。此爲士與爲臣之别也，亦士品與臣品之所繇定也。墨子兼愛，不惜頂踵以利天下。王通隱居，亂世而獻太平之策。此士而疑乎臣者也，吾不知其所爲士也。黨錮諸賢，與群小共國，而好詭激以相高；江左名流，當華夷雜處，中國多事之秋，而祖清虚以自廢。此臣而疑乎士者也，吾不知其所爲臣也。然則爲士與臣者宜何如？曰：定其品以待其遇，處則樂顔子之樂，而出則憂禹、稷之憂。

與同館訂志文

今夫志之在人也，猶志燕而燕，志越而越，志一定，而終身之業從之。然燕之適者，誰能勿車；越之適者，誰能勿舟？欲適燕而南其轅，適越而北其首，必不得之數也。而要之皆不可以言志。真有志者，則必具舟車，盛糗粻，問道於常所來往而後可。『志伊尹之志，學顔子之學』，非先民之言乎？而愚則以爲，志與學，非二事也；伊與顔，非二學也。顔子即簞瓢自給，理亂不知；而當其爲邦之問，概然欲行夏時，乘殷輅、服周冕、舞虞韶，揖讓而治天下，則未嘗一日而忘伊尹之志。伊尹即伐夏救民，功在牧野；而乃其耕莘樂道，誦詩讀書，則未嘗不與顔氏之學互相印證。於千百世之下，學者學其所志，志者志其所學。志者長駕遠馭、萬里一息之胸襟，而學者其所繇以致遠之具也。

孟子之言士曰：『尚志。』而舉其實，曰：『居仁繇義，備大人之事。』惟備大人之事而後稱士之志，則有志者，果不可以無事矣。三品之説，自古稱之：或志道德，或志功名，或志富貴。雖所志不同，而其不可以無事則一。世豈有踽踽而居，介介而立，不能卑疵纖趨，陰陽窺瞰，乘人以鬥捷，而得爲志富貴者乎？則未有鞭之不動，策之不前，柔如繞指，隨如轅駒，而得爲志功名者也。亦未有德性之不尊，問學之不道，聲色貨利之不能不邇不殖，富貴貧賤之不能不淫不移，而得爲志道德者也！

夫子曰：『志於道，據於德，依於仁，游於藝。』道包德與仁與藝而爲道，其道乃大。志合據與依與游而爲志，其志乃真。彼世之棄焉而不學，學焉而弗要其成者，其志概可知矣。陽明子有言：『學莫先於立志。志立而學半。』吾則以爲，志莫要於植學，學植而志全。

追責武氏[一]

竊以鳴晨野鷄，中原幾於走鹿；當堂飛燕，禍水迄以滅炎。洛中播南風之謡，司馬絶系於七世；宣華賜同心之結，聚麀貽笑於千秋。稽前代之覆車，實今時之明鑒。奈何高宗亂父之嬖，李勣逢君之私！一言喪邦，佳婦之托何在；二聖拱極，女主之讖已徵。自兹而倚福作威，猫妃醉骨於碧甕；又甚而反恩爲怨，瓜子抱蔓於黄臺。陰水栗烈以垂異兮，三月雨雪九月梨；弱李零凋以變常兮，一半天尊一半佛。仇新邑者，堪作採薇之賦；憫故宗者，誰興種田之歌？虐焰内稔，撰告密羅織而頌經；穢德外彰，誇羽衣木鶴而作賦。爰致親賢稱戈於中土，椒戚掩耳於嵩山。太常賤工，剖心而發憤；武邑下士，張膽而抗疏。乃猶虎視狼顧，凌轢朝紳；鍾鳴漏盡，戀污宸極。帝子竄首於青宫，久閉天日；后姪垂涎於黄屋，幾摇河山。幸而休休國老，植桃李於公門；濟濟多士，備參术於藥籠。發折衝之符，而鸚䳇翌折；借尚方之劍，而蓮花根鋤。乃知天柱圮，則煉石之勛始昭；地維崩，而斷鰲之業斯偉。

[一] 此篇《許鍾斗文集》未載。

初，元忠爲洛州長史，張易之恃太后之寵，其奴暴亂都市，元忠杖殺之。及爲相，太后欲以易之弟昌期爲雍州長史，元忠曰：『雍州重地，昌期不經事少年，曏在岐州，户口逃亡且盡，今不可使。』太后默然而止。太后女主，易之其私人也，尚能抑其所好，以從元忠之議。矧夫明主居首出之地，所宜任賢勿二，去邪勿疑，以弘蕩平正直之化，而可爲女主之不若乎？

《傳》曰：『見賢而不能舉，舉而不能先。見不善而不能退，退而不能遠。』夫舉而不能先，則衆賢喪氣；退而不能遠，則群小無復顧忌。其弊非止於不見而已。太后既知易之兄弟之奸，而狎其淫邪，使居宫掖，宜乎任賢之美不終，而元忠有嶺南之禍也。

元忠既爲相，又嘗面奏：『臣承乏端揆，不能盡忠致命，使君側肅清，而坐視小人横邪不禁，臣之罪也。』太后不悦。繇是諸張深怨之，以爲不去元忠，終爲己患。乃譖元忠嘗言『太后老矣，旦暮之人耳，不若奎自二於太子，可以長享富貴』。太后怒，下元忠獄。大抵小人欲中人以奇禍，而去其所忌，則必駕爲大逆非常之事，以激怒主心。太后非不知諸張之傾邪，不足深信，而卒使宰臣有囹圄之辱，蓋繇讒口之惑人也。然天之所厭，必奪其監。厥後五王反正之謀，與諸張所譖元忠之言何異，而太后曾不之覺。則夫身之不正，而深心以防患者，果何益矣！

昌宗又知鳳閣舍人張説素嗜利可動，乃賂以美官，使證元忠，説許之。太后召入，同官宋璟謂曰：『名義至重，鬼神難欺，不可陷正助邪，以干天譴。若獲罪流竄，其榮多矣。事有不測，當叩閤力争，與子同死。努力爲之，萬代瞻仰在此舉也。』及入，太后問之，説未對，昌宗從傍迫趣説使速言，説曰：『陛下視之，在陛下前猶逼臣如是，况在外乎？臣實不聞元忠有是言。』語云：『伐國不問仁人。』張説以文章名世，素所自待何如，乃至來二張之賂，其人可知矣。然宋璟既明知元忠之枉，不面陳其無罪，而激説使證之，蓋亦知太后之信讒，難以口舌争也。説既陰受其賂，而許其請，則已身入二張之黨，使其黨自相攻發，則不攻而自破。『解紛者不抗拳，救鬥者不荷戟』，宋璟於是乎得其術矣。

于是易之、昌宗計倉皇無所出，遽呼曰：『張説與元忠同反。』太后問其狀，對曰：『説嘗謂元忠爲伊、周。伊尹放太甲，周公攝王位，二者俱非人臣也，説以此待元忠，非欲反而何？』説曰：『易之小人，徒聞伊、周之語，安知伊、周之道？伊、周爲臣至忠，古今共仰。陛下用宰相得盡如伊尹、周公，其亦可矣，不使學伊、周，當使誰學？』太后曰：『説反覆，宜并繫治之。』

臣常恨伊、周以至忠之心，而令天下後世以爲口實。夷考其事，伊尹蓋未嘗放，周公亦未嘗攝也。天子諒闇，百官總己，蓋古人之制。伊尹不過仿而行之，特其當時桐宫往返之迹爲稍異。周公如果攝王，則其陳訓於王也，必不復曰『拜首稽首』，曰『嗣天子王』。是放非所以語伊尹，攝亦非所以誣周公也。以爲放與攝者，蓋出於後世好事者之口。而聖賢之論，亦遂原其心，不復白其迹。使後之臣子，若王莽、曹操之倫，則借伊、周以自文。若易之、昌宗之輩，則借伊、周以陷人，其禍可勝道哉！

上梁文十五齡作[一]

伏以君子攸寧，周詩叶百堵之咏；仁者有後，晋國植三槐之堂。松茂竹苞，地靈必資乎天巧；翬飛鳥革，物采益展乎人文。肆予不敏，肇創新規。安樂慕邵子之窩，高大仰于公之里。揖淳風而卜晨，董公輸而削墨。駕格澤以爲椽，應閶闔而闢户。墉奠五帝，拱列三光。環百雉其若帶，聳雙峰而作屏。

時協穀旦，玄冥爲之清氛；地鎮名區，含雷爲之封宇。雅意乎華門圭竇之風，匪崇夫金棖碧瑠之麗。茅茨不剪，對堯舜而談典謨；蓬户洞開，放乾坤以入襟袖。囊中爛蝌斗之簡，則四壁騰輝；門外聚德星之車，雖一徑非窄。屬將事於修梁，用陳詞以見志。

梁之東，扶桑近矚主人宫。舉頭尺五見紅日，披衣坐嘯領春風。

梁之西，鴻漸萬仞與天齊。攝衣憑陵山絶頂，回顧足下白雲低。

梁之南，天公爲我掃烟嵐。仙旗天馬並争妍，遠近朝拱如列簪。

梁之北，神京掄才逮下國。起家北向扶帝室，勛名萬世映刻石。

[一] 此篇《許鍾斗文集》未載。

梁之上，廣寒宮裏何瀟爽。騎鯨直上折桂枝，俯視塵寰千萬丈。

梁之下，閭井繁華誇萬社。我願王心垂蔀屋，處處暖哺樂皇化。

伏願上梁之後，德隨日就，業與時成。應詔金馬之門，握管青黎之閣。使明珠還合浦之室，爍日月而光四方；神龍奮滄海之波，沛雲雨而沾萬户。上以奠國祚於苞桑，大厦孔固；下以躋民風於擊壤，比屋可封。近則蘭桂馥馥，特萃衆祉於一門。遠則瓜瓞綿綿，永嗣丕基於百世。

叢青軒集卷六

同安許獬子遜甫著

文部

書牘

答朱中丞

朝廷以閩海重地，靳不妄與節鉞者，三四載于兹。頃特詔起公田間，與所甚惜弗惜，所以寵公甚大，所以造我閩亦甚大，公宜不得辭。

閩故羸國也，邇又特甚。民不寇自殘，帑藏不兵自耗，吏承風競爲貪墨，即不墨不免。此明公所親見，亦賴明公極力維持，始幸無事。今者徼天之靈，當大壞極弊之後，遂有更化傾否之人如明公者，改弦而代之理。蓋信所以大造我閩，我閩安可一日無公？

世謂名下不足以得人，實未始不足以得人。晋雖失之殷深源，竟得之謝安石。蓋東山之志，與有意爲名者原别。故公之去也，民失怙恃，國失藩宣。比其來也，知與不知，無不仰公如膏雨，倚公如長城。此其故可思已。不佞閩人而抱閩慮，既喜朝廷能用公，又知公必能用閩。故於使歸之日，特勒數語爲公賀。

其餘縷縷，惟祈炤亮，不宣[一]。

答王荆石

某之於翁也，甫數歲，始知學，即已誦其言。又數歲，而翁爲天子之宰，日贊廟謨，施及方内，被其澤。今又十餘年，而獲與翁之象賢爲同榜兄弟，有握手之歡，於翁得稱年家子，分其焜耀。誦其言矣，被其澤矣，又分其焜耀矣。夫以某之於翁，私受其大庇如此，而未嘗片紙隻字，自通左右，非固仍習疏懶，苟自棄絶。蓋以天子之宰嚴重，疑非後進之士所敢輕望其下風。而又翁之所謂言若澤焜耀及人者，乃天下人人所共沾，亦非區區所攘爲私德。

忽辱先賜勞問，過自挹損，獎借有加，焚香莊誦，且喜且愧。且以翁守道太峻，去太蚤，恨不得出翁之門下，親受其長養培植，以成其材。雖然，斯乃生民之無禄，亦豈一人之私恨！方今天下事蓋可知，廟廊上安可一日無翁，亦安能一日有翁？使翁當日而不去，所謂愛君必防

[一] 不宣，原無此二字，據《許鍾斗文集》卷四補。

其漸者，當自有方，必不至有今日之天下。翁而不去以至今日，見天下之所爲愁苦無聊者至於如此，道不行而言不用，亦必不能一日安其身。然與其不合而去，去而孤主之恩，絶民之望，以遺其憂於後之人；孰若蚤釋重負，於朝政清明、天下無事之日，蕭然物外之爲安且樂耶！

雖然，翁之心，其真能安樂乎此？否耶？謂真能安樂乎此者，非知翁心。翁之心，蓋終以吾君不堯舜爲恥，而以天下有一夫之不得其所爲憂。若曰責不在我，而釋然遂其安且樂於物之外者，竊恐仁人之繫心於天下國家，當不如是。

某愚無似，何足知翁？蓋誦其言久，庶幾有見焉。是以敢道其一二，不知我翁以爲可教否？炎蒸日上，萬祈珍攝，爲國自愛。餘惟台炤，不宣。[一]

與黄中丞

山東提衡兩都，當四方舟車輻輳之衝。邇來凋敝特甚，易騷以變，非公宜莫能爲。公處兹土久，習知利病，有文武壯猷，爲吏民所畏愛。聖明簡在而畀之節鉞，蓋真得人，知克有功，公其畢力以奉揚天子之新命。日者天心降康，特舉曠典，天下事駸駸可爲。礦稅宜不久報罷，此正公綢繆善後之時也。否則就中調停，以蘇民困，俾不至大壞極敝，在知大計者，宜有權宜，何意

[一] 餘惟台炤不宣，原無此六字，據《許鍾斗文集》卷四補。

策及儒生？不佞於國家無能爲役，惟冀明公即日功成治定，遂登台鼎，更樹鴻駿。使執筆札者，有以藉手爲史籍光，則不佞幸甚。

餘惟炤亮，不宣。[一]

與李按君

入我明，聲教大開，而粤東遂稱重地。以明公才名，持斧于兹，蓋信聖明簡在，權匪輕假。此地夙稱肥衍，多寶貨，吏兹土者，不枭自貪，明公攬轡之餘，固宜望風回面。惟是税使横噬，海内騷動，禍連章掖，正賢者所宜用心。不佞與有杞人之憂，輒僭言及。計非明公莫能調停旋斡，以善其後，故敢苟冒未同之戒，以效其區區。伏惟炤存，曷任瞻注。

與徐匡嶽師

恭惟老師門下，道爲世儀，言開聖籥。明正修之絶學，溯孔曾之嫡傳。某即生隔千載，尚勤私淑之恩。矧兹屬在門墻，寧忘步趨之想？惟是弱植渺修，未窺閫奥；瞻前忽後，徒嘆高堅。昔者從事雕蟲，既薰心功名之路；今則陸沉金馬，復濡首詞賦之場。悠悠歲月，幾負此生。每一齊心而讀

[一] 餘惟炤亮不宣，原無此六字，據《許鍾斗文集》卷四補。

問辯之録，迥如悍卒參禪，坐馳千里。即欲修一札而覿下風，茫如亡子之謁所親，輒捫心而自愧。

雖然，生苟知學，寧能馳枳棘而舍康莊；悟非昔賢，終期繇文章而見性道。所賴大匠妙隱括之能，不棄枉木；造化普生成之德，無遺朽株。庶幾先知先覺之徒，行必著而習必察；已百已千之後，愚者明而柔者强。則鄙生幸甚，斯道幸甚。

書不盡言，百惟炤亮，不宣[一]。

與王辰玉

去年春貽書所知，曰：『此行不喜一第，喜識一王辰玉。』今辰玉去矣，去又不果來。迴而思之，向所謂企慕十餘年不得見，今又未知幾何年而復得叙促膝之歡。人生離易合難如此，撫今追昔，能不累欷！

去冬有歸志，擬便道從虎丘山下，走快艇，一日夜抵太倉，先謁相國老年伯，挹其議論丰采，以徘徊想像乎古之所謂名公卿賢士大夫者，而後退與辰玉遊弇州園，搜奇剔怪，盡東南之美，庶幾少償夙願。而今似未能也。則所謂離合不常者，非獨辰玉，即在吾許子遜亦未能自必。雖然，此心未已，終須一遂，謹藏斗酒菰蓴俟我，毋謂戲言。

［一］不宣，原無此二字，據《許鍾斗文集》卷四補。

年侄來，弟從西山回，不及櫛漱，往視之，云奉家尊人命不見客，已逃之西山去矣。念辰玉不見，欲再見一王辰玉，亦不可得。嗟嗟，辰玉，何太絶人！外候老年伯書，乞爲上之。餘惟炤亮，不宣。[一]

與李芳瓊

別後有楚豪購上客百金，不佞自計力能得之，飛騎龍福寺中，云已促裝去矣。人生離合，固自有數，人力亦可奈何。

老丈才固自豪，調自古，加以沉頓之餘，養當益厚，庶幾後發先至者。惟以古人神情，肖以今人肌膚色澤，使勿爲世眼所駭怪，則可矣，非固欲老丈舍所好從人。既名爲時文，自宜與時上下。如《十翼》雖古，終不能復追典謨。蝌斗變而篆隸，篆隸變而爲鍾、王、顏、柳諸法。詩則《三百篇》，有蘇、李五言，又有建安，有江左，有盛唐五七言律、排律。時代固然，其無足怪。樻桴土鼓，不可以薦清廟；污樽抔飲，不可以羞王公。商彝周鼎，不可陳於百戲之場；封建井田，肉刑兵車，不可治後世之天下。試使古之能文之士，如左丘、屈原、司馬遷、相如、揚雄、韓退之之徒復生今世，未始不可以即古文爲舉業。而即今之善爲舉業者，亦未始不可即舉業之中，而復見左丘、屈原、司馬遷、相如、

[一] 餘惟炤亮不宣，原無此六字，據《許鍾斗文集》卷四補。

揚雄、韓退之諸作者之精神。惟得其精神，而遺其面目，此真能學古人者。不古不可以爲今，不今不可以爲古。老丈高明，當自得之，其又奚用予言？余所論者，蓋文體耳。

拙稿初出，頗有時名，諸有識者，以爲文體復歸大雅。此正吾丈得行其志之日也，勉哉努力[一]！

勿負所期。餘惟炤亮，不一。[二]

擬上沈龍江

某自少時，伏讀公爲宗伯時所爲舉業式頒行天下者，則已知當朝有沈龍江先生，鋭意斯文，以世教爲己責。既壯，守其轍不敢變，遂叨一售，官中秘。未數月，而公膺天子之新命，入贊大政，爲天下宰。某私喜自語：賢者固不負其位。位宗伯也。宗伯主文章風教，即以文章風教爲己責。宰臣知天下政，獨不以天下政爲己責乎，而釋之乎？

文章雖係世道污隆，於天下之利病安危，要不甚急。若大政一失，則所關於天下甚大，所關於公之出處亦甚大。自古大臣以禮進退，始終其節不污者，世多有之。其去而復起，而能厭人望者鮮矣。其復起爲天子之宰，而能厭人望使無憾者，則又鮮。蓋非獨任大責重者之未易爲力也，亦以望

[一] 努力，原作『弩力』，據《許鍾斗文集》卷四改。

[二] 勿負所期餘惟炤亮不一，原無此十字，據《許鍾斗文集》卷四補。

方新則難塞，一不如意而苛論我者倍常時。

始爰立之命下，人曰：『上以人望用公。』有曰：『非也。利其衰且弱，不争事，可以惟吾所欲爲。』又有非之曰：『否。果若此，曷若無之之爲愈也。』閣位闕不備者久矣，果若此，曷爲獨畀公？蓋以公忠勤可屬，又久居田間，習知天下人情所苦樂，行且視公所引當否爲舉罷。及公之辭也，人謂公必不來。夫公嘗位上卿致政，功立名成，年七十餘，老矣，復何求而來？有應之曰：『然。公功立名成，又老矣，復何求而來。倘其來，必不苟。』又有曰：『然。來而苟，不如不來。』有謂：『今天下有一事，乃舉世所共毒，而上心所甚甘，曩欲罷而不忍罷也。公雖争，必不聽，來何益？』有謂：『上久虚大位待公，必有以異公。且既嘗欲罷之矣，公争之或聽，其可以來。』嗟乎！聽與不聽，於公何所重輕？獨所爲争不争，與争之力不力，則天下之所爲覘公而高下其議者，盡在于是。

昔里革罟正也，而斷魯公之罟；屠蒯膳夫也，而徹晉侯之膳。張釋之公車令也，追止太子梁王之車，且劾治其大不敬狀，至使人主爲屈己謝過，而後得釋；郅鄆門尉也，死拒車駕毋得夜入所轄門，至移從他門乃得入。此皆卑官小吏，能舉其職，卒光史籍，令名無窮。矧上此什百者乎！

故職苟舉矣，雖以罟正、膳夫、公車令、門尉之官卑寵薄，而猶爲道行。職苟不舉，雖貴爲公相，而猶爲道不行也。苟足以行其道，雖以罟正、膳夫、公車令、門尉之官卑寵薄，而人猶願爲之。苟不足以行其道，雖貴爲公相，而人猶耻之而不爲。

若曰：『吾自有潛移默奪之術，無事乎悻悻決去就，若小丈夫者之見。』則非某愚所能知也。

某淺陋無知識，惟習聞孔子所謂『大臣以道事君』之義，謹拭目觀公之所爲。惟公審所處，幸甚。

與劉公子

甲午歲，辱知老師翁，師翁忘其愚且陋，即以第一人相待。于時即未敢謂必然，然心識之弗敢忘。今春徼一當，未暇以得當爲喜，而先以知己者不及見爲恨。蓋海内知己雖多，然師翁識我於根荄。

師翁已矣，其功德在我閩，聲名在宇内，尚自耿耿不没。從古稱有盛德大業而不克享者，當有後且益大，其在我諸昆，幸努力昭前之光明。不佞弟屬在通家，不勝翹跂。厚貺謹領，外具墨卷一部，拙稿六册，惟檢入。

老師祖安否何似，統此候問，不悉。〔一〕

與李見羅

一離門墻，遂覺蓬心。區區修證之念，既爲習氣所累，又爲伎倆所奪。忽奉瑶函，寵以教語，茫若亡子之見所親，驚喜之餘，愧汗不少。

〔一〕『厚貺謹領』至『候問不悉』，原無此三十字，據《許鍾斗文集》卷四補。

某自佩服大教，于兹有年矣，粗知自好，不敢泯泯。閒嘗以語於人曰：『取天下第一等名位，不若幹天下第一等事業；幹天下第一等事業，不若做天下第一等人品。』然言則如是，實或未然。反而求之，未能真見夫簞瓢陋巷所以可樂，窮通順逆、得喪寵辱所以可一，聖賢所以必可爲。

每一開卷而閱古人，便如腰纏十萬，而入百貨之場。語任俠，則慕戰國四公子；語悲歌慷慨，則慕燕趙諸少年；語權謀，則慕管、樂；語總核，則慕申韓。於莊周、列禦寇、東方朔之徒，則喜其宏放無礙；於東漢獨行諸賢，則喜其苦節；江左則喜其流麗。司馬穰苴、韓、白之流，則喜其善用兵，戰必勝，攻必取。左、馬、屈、賈、韓、柳、歐、蘇諸作者，則喜其善紀事與屬詞。出入衝突，常爲心患；眩亂反覆，莫知所歸。

既而揆之於道，以爲無益，則又欲隱括是數者，而折衷於仁義中正之域，以庶幾于孔子所謂兼智廉勇藝之全，而文之以禮樂者。既而復自笑曰：學問固自有源，亦自有真。世有神仙之徒，能點鐵成金，終不若以金作金，久乃無弊。吾而習心盡忘，烏用取徑於此？苟其未忘，則雖尺尺寸寸，周規而折矩，禹行而舜趨，亦止可名爲智人、廉人、勇人、藝人，不可名爲禮樂。所謂真能節禮樂，致中和者，乃不當如是。然而牽於所嗜，亦未能決然舍去，如勞苦倦極者之求休息，病者之求瘳。

嗟夫！俯仰百年，爲日有幾？鷄鳴而駕，日出而馳；日之將中，而尚徘徊參差，臨岐路以於邑；迨其日暮，不知將安所稅駕也？

方今世道亦大可知，其在老師，進而商鼎鉉之業，固不如退而明道淑人，以俟後之君子。即某輩欲蹩躄有所竪立，亦不如反而求之身心性命，庶幾不負此生。奈何館事方殷，未得遽去。累欲具疏請告，又爲主者所阻，未便如志。甲辰歲徑拂衣歸矣。此時葛巾長嘯而來，復逡巡法堂前，北面稱弟子，吾師尚曰：『此子可教否？』

餘惟炤亮，不宣。[一]

與李斗初

不佞自髫齔[二]時，熟讀《十八子制義》，已知足下之名久。惟是蟣伏海陬，與通都大邑隔絕，無繇荆識爲慰。

忽奉手教，重以大貺，且喜且愧。少暇讀潯關之約，則又私喜。足下留心世故，大爲有用之學，非復經生倖取一時，緣飾章句爲華彩者比。稅使出，海内騷動，江以西尚然按堵，蓋足下之功多也。此後位益崇，造福益大。不佞辱在詞林，將採摭其尤表表者，藉手爲史籍光，且示吾閩有人。

足下勉旃自愛。餘惟炤亮，不宣。[三]

[一] 餘惟炤亮不宣，原無此六字，據《許鍾斗文集》卷四補。

[二] 髫齔，原作『髫齕』，據文義改。

[三] 餘惟炤亮不宣，原無此六字，據《許鍾斗文集》卷四補。

答陳中丞

今之滇中，非昔之滇中也。徵求無時，如鼓駭馬；加以豺狼當道，禍同殃魚。非持大體爲調停，烏能幸以無事？繇此言之，明公非止宜滇中，而滇中則非明公不治。

自古與權璫共事，而卒能潛機以濟者，遠則郭汾陽、韓忠獻，近則王新建、楊文襄。心苦謗多，理不盡無。言念古昔，足用自慰。

《莊子》有言：『虎之與人異類，而媚養己者，順也；其殺者，逆也。』欲爲逆，寧欲爲殺耶？正直所以遇君子，艱貞所以防小人，心迹之判久矣。雖有游言，公論自在。信而行之，願勿爲意。

不佞末學，偶徼一當，謬承褒獎，愧何敢當！惟是中間期許雖過，不敢不勖。從來諸薦紳及鄉中長老相規勸，未有及此者。乃明公儼然辱而命之，敢不拜賜。

方今以天下第一等人，做天下第一等事，非明公而誰？惟明公勿以一時之心迹爲可虞，而以終能安國家定元元爲實驗，則不佞幸甚。

辱厚貺，未能報謝。餘惟台炤，不宣。[一]

[一] 辱厚貺未能報謝餘惟台炤不宣，原無此十三字，據《許鍾斗文集》卷四補。

與程太守

從中朝士大夫，竊聞明府風猷標格甚盛，以爲宜在左右侍從之列，庶幾有所補益。及是命下，喟然悼屈，以爲才大而小用之，不宜。雖然，以温陵而得明府，則温陵之七邑徼天矣。詢之來人，俱云明府善吏治，老吏不能欺。近得家弟輩書，又云善校士，所校不失尺寸。泉士夙稱多材，口亦難調，每一榜下，輒嘩不厭，至是皆服，毋敢嘩者。

越人以禁方游列國，所至分庭，其入秦則爲小兒醫，要以功見效，至者爲賢，安論大小哉！不佞則不徒喜温陵之能得明府，且喜明府之能用温陵，小其心而大有所造也。宋以兩府大臣居方州，居常失望鞅鞅，放蕩琴書山水自娱樂。其能精勤不恥吏事者，范文正、韓忠獻數人耳。然名聲卒用此起，遂不久償所負。繇此言之，温陵竟亦寧負明府，明府勉矣！

邑父母王君，同年友也。曩共觀政，習知其才。兹在宇下，果稱任使否？渠自以年少不經事，大懼血指；不佞則謂君第往矣，大君子在上，受成策而展布之，當有成勞，勿憂。安溪之高，亦年友也。夙有才望，守亦卓然，當自受知左右，不佞其無容言矣。

所處冷局，空緘無侑，知在炤原。

與陳公子

去秋計偕，擬欲道南城，祗謁老師翁，領教言，冀有所益。會不便徑去，至淮，乃聞訃音，駭且慟，若有所失。抵京邸，聞楊年丈自南城來，亟往問喪狀，又聞身後囊橐蕭然，僅能還櫬故里。若而孤煢煢，幾不能具飦粥爲朝夕計。傷哉貧也，益慟不自勝。

雖然，竊喜我老師之遺我諸昆不貲也。語云：『廉吏不可爲而可爲。』如天不泯仁者，後當有繼且益大。諸昆幸勉哉，毋怠。不佞弟辱在通家，當翹跂以觀厥成。内有不腆之奠，惟叱入是荷。[一]

與汪雲陽師

邇欲修尺一奉候，則聞已衰絰北歸，是用悵然。大師母以眉壽享令終，生前寵命，死後旌褒，於人心固亦無憾，顧奈彼一方民何？

方今礦税滿天下，重足側目，彼方民怙恃仁人若父母，顧一朝而棄之，其何以生？老師去吾閩

[一]『不佞弟』至『叱入是荷』，原無此二十五字，據《許鍾斗文集》卷四補。

三載，迄今尚謳思不絶，想今日江以西民情，視閩當什百不啻也。敝同年張君，初離鉛槧，遂宰大邑。命下之日，徬徨向不肖問策。不肖對以無他，惟法彼中鄉先生所以惠我温陵七邑者，往惠彼中士民，則彼中士民幸甚。若夫隨時相機度務，使不詭於人情土俗，以無獲戾於上下，則理人者當自面受策於左右，非經生所能逆知也。

外有不腆之奠，惟檢入。老師母安否何似？令婿方君，統此致意。餘惟炤亮，不宣。[一]

答池明州

素未荆識，遽辱教誨，至稱引聖門相與告誡之旨，懇懇款款，欲其兼收智廉勇藝之全，終之以禮樂，此爲真知我者。

如所稱文字之知，蓋猶其小，知我乃當如是。走雖不敏，敢不勉進成人之列，苟蹈温飽之戒，以忝明公之誼。今夫執不相識之人，而卒投以夜光之璧，無不按劍相盼者，其所投之人非也。苟遇其人，雖卒投何害？走雖未敢遽謂其人，固竊有志，此心勿忘，尚願請益。伏惟始終修我，使卒有立。使天下稱明公爲不失人，且不失言，則其言與其人，俱於當世有榮施矣？

餘惟炤亮，不一。[二]

[一]『外有不腆』至『炤亮不宣』，原無此三十字，據《許鍾斗文集》卷四補。

[二] 餘惟炤亮不一，原無此六字，據《許鍾斗文集》卷四補。

答劉凌蒼

我丈以古誼古文詞，創起我邑中。某從海陬私淑一二，且以爲今人，且以爲古人。

忽奉大教，慇懃滿紙，啓函讀之，不意古人乃復面命我于今，欣慰之餘，更切注想。粤西去天萬里，民無覆盆，緊誰之賜？我丈樹德，于今伊始，嗣登台鼎，更流鴻駿。海内士屈指吾閩，又不意今人能幹古人事業。不佞某辱在梓里，其與有榮施。

使還，聊布腹心，并致謝悃。餘惟炤亮，不宣。〔一〕

答蔡元履

杪冬辱手書，甚忙且病，未及裁答。嗣後伏枕者彌月，每以足下言當藥石，則霍然自起。念與足下促膝不數數，乃遂能攻所不足於我，此真古誼，殊非今世貌交可比。南中僻静，有山水之致，足下夷猶其中，興自不淺。

竊怪今人書箋學晋魏，詩學唐，文學兩漢，近則北地、濟南、江左，不患面目不肖，只患模擬太工，愈工愈拙。須於此外陶鑄百氏，獨出匠心，方能爲古人，方能不爲古人所牢籠。北地、濟南、江

〔一〕「使還聊布」至「炤亮不宣」，原無此十六字，據《許鍾斗文集》卷四補。

左，能爲漢唐晋魏，未能不爲漢唐晋魏，此其所以終爲北地、濟南與江左也。足下才氣足可自雄，故敢效其區區。

倘有鴻便，勿吝嗣音。餘惟炤亮，不宣。[一]

又與蔡元履[二]

辱大教，方再請益，詢之來人，則聞足下乃重疊在衰絰中。知足下至性哀號，思慕良苦，其少自愛。

始足下去時，二尊人尚健無恙耳，不虞及此。其得及此以終，大事無憾，不可謂非天也。顧於以慰孝子之心則得已，謂所生何？既弗昌於厥身，又弗享以厥子，天道之報施何如哉！然畢竟不没以是矣。

曩於王父母之行，盛道令先公孝友敦厚長者，宜以殊禮禮之，且可以風今。即無及己，顧尚有可爲者，諒不宜遂已。

內有不腆之奠，少布鄙私，惟叱入。餘祈炤亮，不備。

[一] 餘惟炤亮不宣，原無此六字，據《許鍾斗文集》卷四補。

[二] 又與蔡元履，原無『與蔡元履』四字，據《許鍾斗文集》卷四補。

復劉太公

去歲答令長孫世兄書，未嘗敢以一札輕瀆長者，念七十老人，息機日久，感今追昔，徒增累欷。不意乃辱長者先存之言，則不肖爲得大疏懶之罪於門下。雖然，長者即不言，不肖則豈敢忘！令孫功名事，倘可自效，豈敢有愛也。自惟素寡合，在貴處用事者，相識尤少。獨有敝同年林君爲無錫，差可與語。來書一函，可自送去，當有以相成也。老師遺德在閩，閩人士謳吟思慕不絶至今，爲其後之人者，勿慮不顯。餘惟珍攝，以膺厚祉。令孫統此致意，不悉。

答張輔吾

曩接桐城阮節推，盛道其鄰父母之新政，以爲難得。近得汪老師書，又以其鄉之父老子弟，得有良父母爲厚幸。吾儕初在事，即有此等作用，將來殆未可量。辱在知愛，喜可知也。同年王迴溪，謁銓得我邑，首問邑中人才，弟首以及我爲言，吾丈便中可再嘘之。布衣之交，昔人所重，此兄得蚤得俊，吾丈擔頭自是輕得幾分。前者欲言吾丈於詹別駕，數造謁弗獲一面，以爲無甚得力乃止。渠乃未免俗態，頓以帕儀相餽，雖不能却，心甚愧之，相見可爲弟致謝。若丈之厚貺及弟，則又蛇足矣。廉吏也安得有此，得無虚其腹而實我乎哉！想伯夷之所樹，故自可食耳。朔風漸厲，萬祈珍攝。餘惟台炤，不宣。

答王心一

朝廷知丈治行，不旬歲再試大邑。清苑[一]去帝都尤邇，名迹日夕公卿耳目中，少有善狀，毋慮不達。矧行能卓異如丈者，能復有幾？我丈勉旃！清苑之不能久棲大賢，猶無極也。辱大貺，謹對使拜受。賤名得附大製，假以不朽，何幸如之。餘惟炤亮，不宣。

與李東山

曩者聚首爲歡，未能多日，而年丈試政百里去，悵惘如何。貴治吴文軒與舍親楊子，俱以東封事詿誤，留滯長安市中。弟數從楊子遊，因識其人慷慨壯往奇士，與爲深交。渠去家久，子幼，近乃兄死，子又幼；渠以詿誤，勢未得歸，奸人乘而爲利，家事翻覆殊甚。倘能扶植，俾令勿墮，則百世之德也。

[一] 清苑，原作「清宛」，清苑爲明代保定府轄縣，據文義改，下同。

夫以仁明父母在上，豈使下有苦而無告？而以不佞弟之辱在同籍，亦豈有數千里馳書，而不能爲其故人徼一盼之惠，以鳴其不平？是以過不自揣。妄瀆清芬，千惟留神。

答劉雲嶠師

辛丑追隨數月，而老師遂出都門，某匆匆祖道，誠難爲情，私心蓋日夕望前驅之至止也。居諸如流，忽以兩週，未獲修尺一致候，乃辱手翰遥逮，殷殷垂注，慰誨有加，銘佩之餘，愧歉多已。方今元良日就，海内欣欣有太平之想，論思獻納之地，要可一日無老師輩，從容後先。南中風景雖佳，恐未便久卧也。至如某賦性狂疏，涉世日淺，孤立畏途，屢虞瓦毁，又安可無有道君子，素負先知先覺之望，與知己之雅者，一起其沉痼！敬因鴻便，略布腹心。餘惟台慈炤亮，無任瞻戀。

答楊年丈

一沙、石壁旋閩，親知寥落，言念老丈，古誼雅情，令人注想不已。辛丑之役，弟留不盡以待後來，其在老丈勉旃。陳老師後事，極不敢忘，顧彼間相孚者少，即努力不過如此。要以吾儕報效知己，必先死者而後生者，此弟夙所自盟，時未可耳。弟素不善擬題，

又寡合，即他人無從得之。[一]

承雅惠，謝謝。餘惟台炤，不宣。

答吕益軒

詢之來人，知兄才鋒初試，政聲奕奕，亟往語朱老師，以爲吾門有人，甚幸。退而思之，命世真才如兄，乃爲適用；碌碌俯仰隨人，徒費大官，累百許子遜輩無益也。喜溢常況，愧亦如之。後面之期，意在覲歲，然邊海重地，兄宜不得來，弟則無不可歸。歸時從一奚奴，肩輿直抵虎渡橋，與兄把盞臨流，交臂譚心，眺望山川，睥睨今古，一洗簿書案牘之塵，超然世情物態之外，不亦大愉快乎！

敝友陳士參，于弟有解推之恩，誼不可忘。既蒙曲造，更願終始。倘有成勞，勝于身當之矣。辱厚貺，未能報謝，惟台炤不宣。[二]

答李芳瓊

别後親知益稀，接手教，恍如面譚，喜可知也。

[一]『弟素不善』至『無從得之』，原無此十六字，據《許鍾斗文集》卷四補。

[二] 辱厚貺未能報謝惟台炤不宣，原無此十二字，據《許鍾斗文集》卷四補。

吾輩方爲舉業時，恨不得一操觚古作者之壇，今日臨局，方覺不易。須於十年中盡讀古人書，而以十年工夫陶揉之，將來所就，庶可自成一家。而今全未也。要以學古而未至，猶愈於爲今而有餘，則疇昔之語命之矣。小女姻事，家大人已有所主，是以難於報命。年來多病，獨自擁衾，他事未遑也。來翰云云，老丈蓋聞之誤，然此情想亦不斷耳。泉中古硯，京師視爲重寶，明年計偕，可尋致絶美者一二枚。

餘惟炤亮。幸甚。〔一〕

答王辰玉

讀來翰，心惘然，不勝離索之感。然此自是人間至樂，雖重念兄，抑亦羨兄，且愧兄也。弟無似，仕則不能，隱又不得，中間委瑣，蓋未易道，亦不敢爲兄道也。

昔夫子獨以出處語顔淵曰：『用之則行，舍之則藏。』夫既或用之矣，雖欲勿行，惡能勿行？既或舍之矣，雖欲勿藏，惡能勿藏？必有所挾，以善其行且藏者，是爲難耳。故曰：『惟我與爾有是夫。』『得志澤加於民，不得志修身見於世；窮則獨善其身，達則兼善天下。』古之人，惟孟子識得此意。故夫真能隱者，乃真能仕者也；而真能仕者，亦未嘗不可以隱。弟今日偶厠仕路，而適遭乎隱

〔一〕『來翰云云』至『餘惟炤亮幸甚』，原無此四十七字，據《許鍾斗文集》卷四補。

之時，雖懷欲隱之志，而未得乎所以隱之具，非吾兄其誰望焉！異日抵兄園中，當爲問兄隱以何道，出以何時。曰：『辰玉不出，我何必仕；辰玉出，我又何必仕也！』

餘惟台炤，不備。[一]

與王二溟

都下分袂者，三載于兹矣，而未嘗一札自通左右。蓋緣懶得疏，習慣已久；亦知台丈大度，不以煩細繩我也。

不佞弟鼇躄風塵，日無寧晷，遥望鄉關，時增愁況。惟每接南來人，從容詢台丈治狀，則大喜，以爲辱在宇下，伏庇爲多。言者皆曰：吕龍溪、尹扶風之治辨，王司理、黄穎川之寬和，群喙同然，倘不爲譽。然愚獨以爲國家設官分職，大小相制，能否相伺，所患者非體統之不嚴、法網之不密，特慮束濕太甚，令人救過不贍。雖有才者，無所展布四體，則其害治甚大。繇此觀之，龍溪君之得以治辯聞，其徼福假靈于當路之大度君子者，蓋亦不少。夫理天下者，理一郡者也。持是以往，孟氏所謂『好善優於天下』者矣。

方今賢路漸開，朝端方懸股肱耳目之寄，以待台丈。台丈其厚自勉，以需大用。屢接家報，知

[一] 餘惟台炤不備，原無此六字，據《許鍾斗文集》卷四補。

家父及舍弟輩沐恩殊深，此自台丈高誼，非所敢望也，然私心則豈敢忘。[一]散館後歸期不遠，尚容面罄。

餘惟台炤，不宣。[二]

別李九我

于鄉大老中，遭遇台下最後，而台下之屬望不肖最深。

昔人所稱知己，道義意氣爲上，文章次之。昔人所稱爲有功世教，每以教育天下英才，誘掖造就，使不失其性爲急務，而汲引又次之。某何幸而得此於左右。某嘗誦翁之文，慕翁之名，今又見翁之用心。即甚不敏，豈敢苟自竪立，以負台下惓惓屬望之意，以羞吾黨之士也。

役還，謹此布悃。餘惟台炤，不宣。[三]

答徐宗師

某自元旦即已卧病，近遭曾老師之喪，伏枕不能走視，展轉悲吟者累日，此諸敝同年所共知共

[一]『屢接家報』至『則豈敢忘』，原無此三十三字，據《許鍾斗文集》卷四補。
[二]餘惟台炤不宣，原無此六字，據《許鍾斗文集》卷四補。
[三]役還謹此布悃餘惟台炤不宣，原無此十二字，據《許鍾斗文集》卷四補。

諒也。又自去秋八九月間，忽得非常之症，幸而不死，至今精氣俱耗，頂髮盡脱。每一開卷，便覺頽然，不自聊賴。蓋大病之後，神情未復，其理宜爾。尊稿之删與序，當以屬之能者，其非病軀所敢任也。

老師以明道淑人爲心，其欲引某而納之聖賢之域，不可謂非知某且愛某者。但某賦性椎魯，原無學問之實，安敢謬附學問之名。夫無學問之實，而居學問之名，是以僞事老師，而以虚聲欺天下也。即此一念，已不可以入堯舜之道，尚安論學！且老師講學數十年，高足幾遍海内，何須取足於許某一人，而後言信，而後道尊？狂瞽之見如此。

幸在炤亮，不宣。[一]

别館中諸前輩

某無似，于行輩中最爲駑下，過承台下眷注，方力自湔拔，以副雅懷。

而麋鹿之性難訓，林泉之戀實深。一離都門，儀刑日遠，翹想清光，可勝瞻企。伏念某疏謬種種，自逭無繇，所恃台下覆庇而扶植之，使無大戾，以爲清時羞，則所造就于不肖者更厚，不肖則何敢忘！

［一］幸在炤亮不宣，原無此六字，據《許鍾斗文集》卷四補。

役還，肅此布謝。餘惟炤原，無任惓惓之至。謹啓。〔一〕

答葛屺瞻

始弟在長安，而老丈南歸，益軒在閩。今弟將歸閩中，擬取途錢塘，與老丈爲吴山西湖之會，而老丈在留都，益軒復留滯燕市中爲羈客。人生離合有數，欲如曩時對榻劇譚，白眼世上，相視而笑，可易得也？

風土作惡，疾病惱人，弟已孟浪光陰之日久矣。不朽大業，端有望於吾黨。白下佳麗，有山水之致，更無外事，足可自力，願言勉旃。承諭云云，其人雖屬枌榆，素不相識。弟之寡合，丈所知也。近時益軒事，不過伏枕竊嘆而已，其何能爲云云。

餘惟台炤，不宣。〔二〕

與徐老師

丘大行至，奉讀大教，期念諄切，知老師不我遐棄，雖數千里外，無異左右，感可知也。病中得之，踴躍更倍。特恨殘魔未脱，未能即至左右，領面命，攄積懷耳。

〔一〕「役還肅此」至「之至謹啓」，原無此十八字，據《許鍾斗文集》卷四補。

〔二〕云云餘惟台炤不宣，原無此八字，據《許鍾斗文集》卷四補。

忽接尹海蟾丈，聞老師有三年之慼，又且不日抵家，則又怵然望外，殊自失也。伏而思之，曩者不肖北上，老師在越；老師還朝，不肖來閩。今者不肖方勉强計就道，而老師復自薊而南。一彼一此，如相規避。有百年知遇之恩，而不得一日聚會之樂，良可嘆已！要以離合有數，此懷終當有待，則老師終有以命我矣。海蟾丈行能卓然，大是良吏。閩粤不遠，亦微聞其政聲否？炎蒸日上，南天更酷，千祈珍攝，爲國自愛。

餘惟台炤，不宣。[一]

與陳華石

弟初以病告，謂爲故事，果然一病兩年，骨立日甚，大懼弗克負荷。以此事君，稱不欺已，第不知守身事親謂何耳？丈固愛我者，亦憐其憔悴乎哉！

久聞南旋之音，是用翹跂，而病軀兼以僻處，咫尺弗能自達，心甚恨之。人生離合有數，脂車若在明歲之春，庶幾或可一面。否則，當懸長安中榻相待耳。輔吾丈畢力營一葬地，乃爲惡成者所持，進退維谷，不知我丈能爲之地否？海内同榜雖多，如吾三人，足稱一體。老年伯母安否？統此候問。

餘惟台炤，不宣。[二]

[一] 餘惟台炤不宣，原無此六字，據《許鍾斗文集》卷四補。

[二] 『海内同榜』至『台炤不宣』，原無此三十字，據《許鍾斗文集》卷四補。

答洪含初

孟秋人去，附尺一奉候，想達矣。爲敝邑之不足以久淹從者，當事者擬以南銓相待，然曾是爲恩臺重乎哉？抑來何遲也！不佞去書生，還得一書生，既做不得古人文章，又做不得今人事業，悠悠歲月，茫如拾汁。反不若分符郡國，遥借天子之寵靈，猶足有所竪立。丈夫得志行道，須自宰割，安用碌碌隨人！

近得知友書云，諸族姓子弟好生事凌人，動開怨府。人言若兹，當不盡無。此不佞素所側目搤腕不平者，奈何尤而效之？屢有書譙讓，未審能有瘳否？不佞謬得一前，爲世指目，諸舊怨概置不問，曰：『以志吾過。』如之何其舊之未去，而復以新者益之乎！衆怒難犯，誰受其不祥。理不可告，當有法在。後果不悛，如人所言，願悉論如法，毋有所貸。非特以三尺衛民，令小民有所憑依；抑小懲大戒，其所以保全我族姓子弟，使勿陷於惡；與所以保全不佞，而完其令名。爲德甚大，豈不拜嘉！

不佞處此，緩則厚毒，急則傷恩。惟有委之於官，使執法者自爲懲治，而有過者自爲創艾，庶幾得策。惟恩臺信而行之以必，則不佞幸甚。

餘惟炤亮，不宣。[一]

與鄭學博

貴里施君謁銓，復得敝邑師。不肖見施君，則盛道老師意氣慧眼，不讓渠尊人龍岡先生，欲令立碑學中，示後之人有永。渠當時已領諾，想不虛矣。老師方策閥垂休，爲時嚮用，其亦何藉於此！惟是受知左右者，當自不忘。

雖然，爲文學則傳『儒林』，試政則傳『循吏』，具是不負平生矣。區區一第，重輕亦安足計！貴省吴按君將出都門，不肖勤以老師見屬，渠以乃孫及門，故與不肖深相結納，諒亦無不用情也。前有一札附臨江府陳君奉候，未審曾已達否？

辱厚貺遠來，謹對使人拜受。餘容嗣布，不一。[二]

與陳臨江

行色匆匆，弗敢屢瀆閽人，然大意不過如前邂逅所稱。峽江惡地，乙榜望輕，日夕惴惴，惟獲戾上下是懼。勉加扶樹，使以最聞，秋毫皆明公之賜也。

[一] 餘惟台炤不宣，原無此六字，據《許鍾斗文集》卷四補。

[二] 『前有一札』至『嗣布不一』，原無此三十五字，據《許鍾斗文集》卷四補。

夫傅、華二君，受知在不佞後，而言乃在先，不佞愧之。惟明公垂念，使不佞有以藉手爲知己者效，即不佞幸甚。此老居家則孝友，處鄉，鄉人稱其廉直，在敝邑爲諸生師，概不納脩脯，資貧士業，好獎進士類，所識拔皆知名士，此不佞素所稔知。今在峽江，未知作何狀，然當不至變前所守，失其常心，以辱明公之舉。

餘惟炤亮，不宣。[一]

答吴安節[二]

曩方持斧出都門，甚嚴，不敢請間。既而自恨以小嫌廢公誼，終愧古人。夫忘人之德，掩人之能，以成己之高，而使膺簡命，舉刺人才，急欲得人同升如明公者，終有不能盡知之嘆。蓋非古人所爲。故敢因鴻便，遂陳左右。

峽江知縣鄭耀，乃某之師。曩作敝邑教，廉不取貧士一金，所識拔皆知名士。如某則尤所憫，念其貧，時分篋中金而佐之學者。而某時尚微爲齊民，未得與庠士齒，則尤難。

耀，閩縣人，爲八閩都會。某後以鄉會試往來其家，又知其于孝友最著，今世爲人如此者有幾？明公與某相知無間，不復疑其他，其必知耀也無疑矣。夫以耀之爲人，固自可知。而區區猶以爲言，

[一]餘惟炤亮不宣，原無此六字，據《許鍾斗文集》卷四補。

[二]《答吴安節》《又答吴安節》，原目録作『與吴安節二首』。

蓋亦示天下有知己之感云爾。令孫岳岳，自是遠器，不知後來亦知有許先生否？大抵爲師者，必實有可稱道之賢，無可忘之誼，而後可以薄德責其弟子。

稅使從横日甚，江以西惟明公是賴，明公勉之。餘惟炤亮，不宣。[一]

又答吴安節

睽違經載，未嘗再通問訊，知門下大度，不以疏節罪我也。

吴干之劍，雖陸斷水剸，終是尚方近御中物，門下今其時矣，顒望，顒望。不佞迂朽無似，近遭馮老師之喪，數月忽忽如忘。曩時識我於根荄者，有武進之劉，其在鄉場則有餘姚之陳，俱後先凋謝。不意臨朐公復疆年長往。自念性既寡諧，賦緣又薄，慨然以寸竪未能，不獲少酬知己，報國士之遇爲恨。峽江得藉鼎力，不負鄙私，分毫皆門下之德也，感何可言！令孫學識殊長，决科何疑，中間不無彈射論文耳。

辱厚貺，敬謝。餘惟台炤，不宣。[二]

[一] 餘惟炤亮不宣，原無此六字，據《許鍾斗文集》卷四補。

[二] 辱厚貺敬謝餘惟台炤不宣，原無此十一字，據《許鍾斗文集》卷四補。

答張尚霖

不數月，辱遠翰相聞問者三四，重之以大貺，知兄每飯未嘗忘弟也。乃弟亦每飯未嘗忘兄。矧兄以千里逸足，碌碌槽櫪中，尤令人有憐才之嘆。弟則豈敢忘鉅鹿之戰，項羽以九江布嘗秦軍，俟其渡河戰少利，然後沉船破釜，示士卒無還意。今弟已幸不爲黶、澤[一]，此亦我兄沉船破釜時也。甲辰歲，敬當掃室以待前驅。外具領絹一端，香墜二枚，惟檢入，不一。[二]

與林京山

周年丈去，附尺一奉候，想達矣。近遭馮老師之喪，忽忽如忘，諸事百不及一。兹因陳章閣之行，瞿然念門下拮据風塵，援筆欲寄數語，乃臨楮又無可言，徒增離别之感而已。

此中人盤根如山，信未易治。前人以不了事遺門下憂，門下非深心，安能善其後？要之，彼我俱有公論，苟真爲三尺之所必問，亦遑恤一家之是非。李斗野在京邸，數向不佞論時義甚勤，蓋以課兒故。不佞則爲言門下此道甚精，累百許子遜不及也，渠因托不佞先容一語於門下。渠長者，議

[一]黶澤，原誤作『壓澤』，據文意改。黶，張黶；澤，陳澤，俱秦漢之際人，張耳部下。

[二]『外具領絹』至『惟檢入不一』，原無此十五字，據《許鍾斗文集》卷四補。

論常依先正，言如其心。倘其來請，幸勿以忠告爲諱。

餘惟台炤，不宣。[一]

答盛太史

不佞某謬徼天幸，從諸君子後，時奉芝宇，拾珠玉於咳唾之末，足稱遭逢。使車西馳，日月以冀，忽接貴翰，捧讀，乃知門下尚爾高枕也。然私心不勝瞻注，遥望藍關雙鳧，庶幾倏然從空而下。方今朝廟山林，人各爲政，論思啓沃之地，安可一日無門下輩，從容後先？秦中風景雖佳，恐未宜久卧也，惟門下圖之。

餘祈台炤，不備。[二]

與高兩目

别台丈者幾何時矣，每聞行能有異，輒用爲喜。

安溪雖小，足稱劇縣，能於此中著聲，亦自不易。第以台丈而爲安溪，則真所謂牛鼎烹鷄，非其

[一] 餘惟台炤不宣，原無此六字，據《許鍾斗文集》卷四補。
[二] 餘祈台炤不備，原無此六字，據《許鍾斗文集》卷四補。

任也。人情變態如風雲，稍以形勢相君，便自氣色可畏，想今時人惟台丈及迴溪兄當不復爾。風塵外人，海内有幾？言念同心，足用永懷。不佞弟落莫隨人，無一善况，加以年來多病，桑梓之念轉深，不日當促歸裝，則把臂亦自不遠。安溪有山水之致，固願寓目；第以遊客而勤館人，則似不便。要以數千里歸來，咫尺知己，決不令對面參商也。

書不盡言，伏惟崇炤，不宣。〔一〕

與林光碧

某自蠖伏海陬，則已傾注高風之日久，得締龍駒，曷勝雀躍。去歲辱貴翰，適卧病床蓐，至今蓬垢，不敢問户外事者，一載於兹。是以弗獲遣一介之使，鶩尺素，致慇懃於左右，即甚疏節，豈宜至是！然總非敢爲慢，大度者自宜諒其無他。三輔股肱近地，俗稱僥愿易治，要令吏法民懷，既富而教，則有韓馮翊、尹扶風之遺規在，門下肯多讓乎！郎君岳岳，自是遠器，幸加追琢，以大其成。

病中不能多叙。惟台炤不宣。〔二〕

〔一〕書不盡言伏惟崇炤不宣，原無此十字，據《許鍾斗文集》卷四補。

〔二〕惟台炤不宣，原無此五字，據《許鍾斗文集》卷四補。

寄家書

散館後，本擬請告，今似未能也。本院入場，以科爲序，今年前輩病起者多，則新科未能多及，不及尚當再需，則歸期未可卜也。徽天之靈，但使二人康寧安樂，雖久去膝下，可無離憂。

區區只爲祖塋一事未完，時常展轉，有如懷刃。不知近來地理，曾有下落否？有下落便可舉事，即不觀美不妨。宦而貧，貧而葬不得厚，苟無歉於此心，亦何恤乎世眼？葬而薄，不猶愈於不葬乎？夫爲貧故欲需厚葬，日復一日，以至於久，雖非事親之禮，猶不失爲孝子之心。若曰『懸之以待風水』，是工于爲一身與子孫之計，而忍於先祖父也。以此爲心，縱得吉地，靈必不妥，天必不相，地豈能祐？吾祖喪暴露已四十年，正如饑渴之極，不擇甘美。矧禍福惟人所召，原來不繫乎此。但得平穩地，得以安死者魂魄，得便歲時祭掃，無誤大事，雖少後福，固所甘心。而苟以此心見諒於祖考，見知於天地鬼神，則冥冥之中，所爲陰相我以無疆之福者，又未始不繫乎此，亦何憚而不爲也？今夫閭巷細人，少知禮義，尚能勤勞筋骨，減損衣食，鬻賣田廬，以終大事。吾父子幸荷先人之積累，得有今日，而此事尚闕，是名爲縉紳先生，而反不若閭巷細人之知義。吾前人名爲有後，而反不若閭巷細人之祖父，蚤得受其子孫一拳石、一抔土之封。使吾後世子孫，所以爲其祖父者，而皆若此，亦何苦而積詩書以遺之，擇吉地以庇之也？邇來海上漸有寇警，倘有意外，尤不可言。言念及此，可爲寒心。

家中有《文獻通考摘要》二本并祖遺集，可因便寄來。不悉。[一]

與伯書

接家信，見兩弟書，知子榮弟已受室稱成人，家中雍睦有加，甚喜。堯弟即婚稍遲不害，要當擇禮義之門而委禽焉，乃稱吾家婦，爲吾家造福不淺。吾祖宗書香積累數世，至於今始發，發正當[二]數世未艾，保而持之，使有永在人。

諸伯叔兄弟貧困久，素所悼念，伯又老矣，非敢盡望爲不肖食貧、束手待殍如昔日。但造化忌盈亦忌驟，凡事俱當以漸，如古人所稱善居室者，利以漸收，家以漸殖，饒人取豐，我獨取嗇。非特遠怨全名，亦是留不盡之福以遺子孫。

祖喪暴露幾四十年，此豈可緩？緩之不過欲待風水，正恐風水不足甚憑耳。且葬事亦不必甚厚，當此末世，倘遇兵火，悔之何及！反不若苟成事之猶足以塞責也。

朔風日嚴，願加珍攝。餘不盡。[三]

[一]『家中有』至『寄來不悉』，原無此二十二字，據《許鍾斗文集》卷四補。

[二]發正當，《許鍾斗文集》卷四作『發亦當』。

[三]餘不盡，原無此三字，據《許鍾斗文集》卷四補。

與肖浦叔祖

八十老人，萬里貽書，啓函讀之，驚喜之餘，更覺悽愴。

惟不肖困而得發，叔祖亦破而得全，自非造物欲亢吾宗，不有今日。今幸無事，宜益加珍攝，以享後福。楚王失弓，不病無弓；塞翁喪馬，豈願有馬哉！

餘情耿耿，不悉。[一]

啓

請曾老師啓

伏以名世應五百載之昌期，先逢知己；皇家奠億萬年之長計，莫急樹人。故伯樂空冀北之群，而造父閑以銜轡；卞和剖荆南之璞，而昆吾重以礱磨。俱繇共濟以成能，未有兼總而奏績。自非造化在握，安能曲成不遺。

恭惟大師相曾老師閣下，五緯凝晶，九苞焕采。匯雲夢洞庭之秀，擷杜蘅菌桂之芳。知性知天，靜觀乎喜怒哀樂未發以前之氣象；言易言變，直徹乎陰陽健順相生不已之機緘。錦雲遥應乎臚傳，

［一］餘情耿耿不悉，原無此六字，據《許鍾斗文集》卷四補。

聖明簡在；蓮燭近映乎禁草，圖史增輝。知人能官人，再擢棘院之秀；先覺啓後覺，重造鱣堂之英。採菲葑豈遺下體，化朽腐並效神奇。仰睇德星，喜見連珠之入闕；宏開册府，驚看群玉之照人。元氣貯崑崙，揮灑巨靈之山水；榮光攬河洛，錯綜五老之圖書。豈宜鏤月凌雲，效刻鵠雕蟲之小技；將使通今學古，收補天浴日之大猷。東箭貫犀，鏃羽更資其深入；西金耀虎，淬磨尤利其發硎。某等共勖丹心，言光青史。遠答二祖八宗之培養，仰酬聖君賢相之登延。方今梧井澄烟，桂輪浴露。北辰開斗極，玉衡運而列宿盤旋；東觀敞蓬萊，紫氣臨而群真舄奕。黄姑佐勝，斜垂萬里銀簾；素姊多情，推上一輪冰鏡。

謹啓：八月某日，列三旌之筵秩，陳九奏之清音。魯酒尊開，泛霞卮於三島；燕金臺迴，來赤舄於重霄。藉秦晉之休休，妄希彦聖；挹姬公之几几，潛抑吝驕。自隗爲基，鑄顔有地。身依東觀，肅臨師保之嚴；酒近南山，齊祝君王之壽。

下情無任歡忭激切之至。[一]

與李年丈啓

恭惟台丈命世真儒，救時良牧。文跨班、馬而上，治在趙、張以前。暫試牛刃於專城，終空冀群

[一] 下情無任歡忭激切之至，原無此十字，據《許鍾斗文集》卷四補。

於皇路。不佞某幸叨梓誼，實竊鄰光。聞之採風者，僉曰借寇；詢之掄材者，急欲徵黃。千里風清，遥送琴聲於單父；一天月白，近瞻舄影於洛陽。始信吾黨有人，誰云文士無用。顧惟方今，政幾竭澤，民急望雲。中涓橫而豺狼當道，上供濫而杼軸其空。所願弘施汪穢之恩，勿靳隨車甘雨；更展經綸之手，呼還合浦明珠。臨楮不任瞻注之至。

謹啓[一]。

復林光碧啓

恭惟姻翁臺下，七閩間氣，一代名英。時逢履端，日迓新祉。暫寄東山之卧，終應北闕之徵。名以退而益高，今日之司馬也；德雖潛而必見，門下其猶龍乎！某自托肺腑，實切羹墻；雖勤御李之思，未慰識荆之願。對瑶緘而踴躍，奉瓊貺以周章。謹勒數行，對使祗謝。

餘惟崇炤，不宣。[二]

復林扶蒼納采啓

恭承台命，以令三公子約婚于不佞某之次女曰某者。惟吾兩家，以羈旅之交，遂訂百年之盟，

[一] 謹啓，原無此二字，據《許鍾斗文集》卷四補。

[二] 餘惟崇炤不宣，原無此六字，據《許鍾斗文集》卷四補。

兹固氣求，良亦天作。道遠未獲躬齋洗告於宗公及二尊人，受其成命。然以兹嘉典，兼獲德門，揆於神人，具宜愉志。矧余小子，敢不承受以迓厥祥。是日也，旭陽當户，近分帝里之光；淑氣盈庭，遥祝蘭階之祉。開緘有喜，臨楮倍忻。

謹復[一]。

[一] 謹復，原無此二字，據《許鍾斗文集》卷四補。

叢青軒集拾遺

序

中山蔡年丈制義序

當世以經術程士，士顧于經術外，稟受先秦、兩漢、昌黎、眉山諸君子若功令，而于關、閩、濂、洛之格言邈如也。夫豈以關、閩、濂、洛之醇儒爲無當於作者？嘗試與論其世而叩其所欲爲，則必曰：『寧爲此，不爲彼。』試與釐正得失，參合同異，而問其去聖人之言孰爲近，則必曰：『關、閩、濂、洛爲近。』聖人之言，蘄於平易正直，使人易知而易從，傳之萬世而無弊，則其所以示人者，不過若此焉止矣。故夫平易正直而爲言者，皆欲其要之久而無弊者也，而非蘄於驚人之耳目爲論，而蘄於驚人之耳目，其起於舉業之興乎！

孔子曰：『周監於二代，郁郁乎文哉！吾從周。』蓋魯人獵較，孔子亦獵較。由此觀之，聖人惟不爲舉業耳。聖人而爲舉業，則雖以吾仁義禮樂之譚，而稍取夫馳騁辨博之才以自傳，亦所不廢。惟其辭止於達意而不幸於詭遇，聽俗之所爲而徐挽其所趨，斯以爲聖人而已矣。

夫人情甚拂其所好則不樂，不因循其素習而漸引之至道，則未易使之舍所好而從我。余嘗上下古今，謬意斯文，每惜眉山之才之識而不軌經術，遂入於縱横；伊川、考亭道爲世儀而不嫺於婉縟雄麗之辭，遂令後世以其言爲芻狗。雖夫辭之不嫺未足爲伊川、考亭病，而世尚若此，蓋亦可嘆已。

吾友中山蔡丈，少有志於聖賢之學，服其教而守其説者幾三十年，而其文又足以發之。余蓋讀其文而有感也，故不辭而爲之序。

（《許鍾斗文集》卷一，明萬曆刻本）

江左高使君詩序

明無詩涉濟南、江左，而詩道大振，然亦用是弊。余觀今人能不爲濟南、江左者蓋寡，君江左人而所爲詩超然自恣，不類江左之習，則又難。古人有言：『詩言志。』觀君之爲人，與其生平慷慨所譚説，而詩可知已。君數扼搤，好譚世事，而於武事尤豪。異日爲國家銘燕然，揚威萬里之外，二者俱用身爲政耳，更不借才于誰氏矣。

（《許鍾斗文集》卷一，明萬曆刻本）

周濂溪先生集序

聞之曰：『人生而静，天之性也。』近得裒濂溪先生遺集，凡若干卷，前後無慮十數萬言。其於窮理盡性之旨，不啻詳矣，而其要皆不出乎主静。

静者，何也？無極而太極之體也。太極之體，無聲無臭，無有形象，無有接構，是無極也。無極者，静理也。凡言静者，皆與動爲根，而此獨不與之爲根；亦皆與動爲仇，而此獨不與之爲仇。未嘗動未嘗不動，未嘗不動而卒未嘗動。所謂動而生陽，乃時動之動，而非如世情之膠擾；静而生陰，乃時静之静，而非此静理之真詮也。蓋此之爲静，乃立於動與静之先，如萬物之必本乎祖；又參乎静與動之會，如百川萬壑之必會於歸墟。

必如世俗之見，則人生有静，是人生有陰而無陽。而所謂太極者，本是純陰，安事生陰？本自無陽，何處生陽？既已爲陰矣，而復生陰，是枝指也；本自無陽矣，而忽生陽，是附贅也。先生之學，無乃流於苦空寂滅，而佛老之所以亂天下也乎！是非知主静，亦非知先生者。

《易》曰：『時止則止，時行則行；行止異時，而皆歸於止。』先生亦曰：『動而生陽，静而生陰；動静異時，而皆歸於静。』主静者，主其理也。存天之性，體極之理，是即所以主静而立人極者也。學者能於静理而有會焉，則吾心自有太極，而於是書思過半矣。

（《許鍾斗文集》卷一，明萬曆刻本）

電白縣高陽許氏家乘序[一]

蓋建木干霄，無非根深之驗；江河行地，總屬源遠之徵。人之克致，其瓜瓞綿延、螽斯衍慶者，非先祖之積功累仁，曷能臻此。然祖德之發揮愈長，斯孫謀之閥閱益顯，澳羅基佈，簪纓非僅萃一方也。苟無譜而聯之，則昭穆混淆，尊卑失序，彝倫攸斁，莫此爲甚矣！此家乘之修，從古之孝子慈孫，所以亟然者矣，非至性之流呈也。然而家乘豈可易言修哉！慕前哲之芳名，不辨源本，而附會以宗之，非可以爲孝也；昧先人偉績，不加核實，而妄誕書之，非可以爲忠也。支子爲子，繼別爲宗，雖百世云遥，均屬遺體，苟以其疏遠而删之，非可爲支也。忠臣孝子，節婦才人，乃間世一出，獨叨烈祖精靈，苟視爲常以忽之，非可以爲信也。至於匪竭鳩類、作奸犯科，抱異姓螟蛉之子混爲親嗣，此乃爲有玷於家乘，苟不且深究而削除之，又非義之所在也。諸義既明，修之乃爲有常，而尊祖敬宗收族之道，亦昭然若揭矣。

考吾許氏，神農之裔，伯夷之後，太岳衍派，郡號高陽，代有偉人焉。故品題人物，處郡有二龍之稱；搜索賢才，敬宗居學士之列，無非後人所欽羡者。然譜無確據，不敢妄爲牽引，貽憾先人，乃

[一] 此篇題前原有『廣東省』三字。明代無『廣東省』之稱，删去。正文中『幹霄』之『幹』，『源遠之征』之『征』，『八曰佩』之『佩』，『厘訂校正』之『厘』，或因繁簡轉换致誤，今改爲『干』『徵』『珮』『釐』。全文重加標點並分段。

先公積德累仁，而子孫依享其福也。

惟我始祖，孝康元公爲江西袁州都督，三世祖吉成公爲湖廣憲司副使，五世祖祥公始遷居萬安上洛，七世祖貴公爲禮部尚書，生八子：長子曰瑚、次曰璉、三曰瑶、四曰環、五曰琳、六曰琅、七曰珂、八曰珮，豫章、閩粵到處成宗，皆籍貴祖之餘勛焉。瑚公卜居南靖，而漳、泉二郡，則瑚公之裔也。本本原原確有明證，夫豈有附會牽引歟！

余叨承祖德，獲荷天恩，名題雁塔之上，宴奪瓊林之首，敢不以家乘之修引爲己任乎！於是陳牲奏樂，邀烈祖之靈於在天；洗爵稱觴，候諸父之光於在廟，各携宗佑之藏書，而釐訂校正，鳩工鐫印，垂之萬年，俾孫曾云乃展譜讀之，而尊祖敬宗收族之心，遂油然而生矣！其在《詩》曰：『永言孝思，孝思惟則。』《禮》曰：『至孝近乎王，至弟近乎霸。』《尚書》曰：『以親九族。』又曰：『惟孝友於兄弟。』胥於譜，而統集其美矣，因弁數言於首。

明萬曆二十九年辛丑科會元翰林院編修日講起居注，福建省同安縣廿四世許獬頓首序。

（許經任、許南秀主編《許氏遺書》，轉引自許績鑫《金門第一才子許獬》，金門縣文化局，二〇〇六年，第三一八——三二〇頁）

祭文

祭五十郎

維我祖宗，積德流光，代有顯人，至於今十二世，而多才輩出，益昌熾以光大。某父子先沾國寵，遂有爵命。嗣是者彬彬踵起，蓋又未艾。夙夜追惟我祖宗所以培植積累之功，信鉅且厚。夫萬物本乎天，人本乎祖，某父子不敢忘天地生成之恩，其敢忘我祖宗之大庇？是用陳辭以薦，伏祈尚饗。

（《許鍾斗文集》卷三，明萬曆刻本）

祭家始祖

維我祖考，世有文行。抱璞弗售，俟後之人。某父子並沾國恩，以有命服，技弗效於當年，澤竟流於孫子。噫嘻！祖孫一脉，子父一體，神而有靈，亦何啻於身親見之。尚饗。

（《許鍾斗文集》卷三，明萬曆刻本）

疏

擬敕九邊將士實修戰備城守毋得出塞邀功希叙疏

臣惟：國家之事，莫患于虛。虛則國未必受其利，而已蒙其害。人臣之弊，又往往出于虛。虛則已可以有其功，而不恤國之釀其禍。因仍漸久，類有然者，而在九邊爲尤甚。

蓋今之馭虜者，遼左、隴右則談戰，薊門以西、樓煩以東則談款，此其概已。夫遼歲之虜，虜亦數大折衄；而邇者延寧、松海之間，在在秣馬厲兵，撊然出塞，凱音霄徹，捷書□□薦勛祖廟，布大喜于天下，歲無虛月，此豈不足明武節而攝戎心哉？惟是玉關之贄通，則僥倖之竇啓；靈筌之賞行，則覬覦之情多。日以出塞報而虛以實，在邊陲所不明言，而廟堂亦置不問，夫試度九邊之勢，虜即不入，能擁數萬衆馳劍伊吾，蹀血祁連，運行四遠而糧不絶乎？能成師以出塞，壓壘三軍，決機兩陣，以殲群醜乎？降胡健卒，投虛伺間，以僥天之倖，俘馘于老稚，能刈勁酋，破精騎，雄行以逞乎？虜即入，能應聲而俾無貽屠掠乎？能援桴當隊，縱擊而横驅之乎？擄獲載運，燎原彌望，能無小飾乎？數者皆所未能，而膚功日奏，優叙時蒙，吾憂其虛也。吾憂其虛而小之冒彝典，大之開邊釁，徒以一人之私而壞國家九伐之柄，以一時之賞而貽國家數世之患也。

夫戰守恃吾所備，無恃而忘自備，國事之謂何？且即欲威行出塞，亦必有陰陽淺深之術，迭示而交攻之，于彼則形分，于我則力厚，然後可以得志。乃彼部落之錯雜，易于合力以向我；而我九邊之涣散，難于併謀以制敵。日惴惴憂不格焉，而况可啓之釁乎！如近日遼左失亡，大將軍恬不能問，貽中國羞，可鑒已。兼之□酋鷙鷙，非敢爲蹀血之會，嗚鏑長城之下也。有要而請，一衆齊足以辨之，寧渠至煩師頓甲，使狡□奸走險之思，恣怒□之憤，以速衆敵而樹遠禍哉？無亦多方撫慰，以使其勢之不合，而九邊諸境，如所爲練卒、繕城、足餉者，無日不討而備之，雖猝有烽燧之警，未必大舉，而吾亦不坐受其困。時固吾圉，安吾常，吾未嘗言功，而國家亦不大受其害。不然，一邊瑕而九邊皆瑕矣，人臣虚冒其功，而寔禍被國家矣。故臣之不欲輕言出塞，非怯也，謂不修備而務搗巢者，虚也。彼周言城方，又言薄伐，而三捷之期，與孔亟之戒，交相勵也，其意深哉！此萬世制馭長策，周歌之以遣帥，令敕之以備邊。是在聖明垂念而已。

（沈一貫輯《新刊國朝歷科翰林文選經濟宏猷》續卷，明萬曆廣慶堂刻本）

啓

請耿座師啓自壬辰三榜門生並請

伏以藝林采秀，同時薪櫄于閩南；蘭省掄才，次第茹連於闕下。化均大造，根托公門。恭惟門下，才富掞天，望高懸斗。曠宇涵洞庭之月，和風噓衡岳之雲。悟新建之良知，洙泗通融一脉；踵司徒之芳躅，乾坤並聳雙台。鐸振海濱，勤耳提而開覺路；鑒流秋水，從面命而照靈扃。文體力挽如文忠，人倫共推爲德操。論之鄉者貢之朝，如持左券；遺于先者録于後，總屬彀中。諸生荷大賢而爲之徒，老師爲君子而耻其獨。服官者得按職而視已行之事，初進者猶乘暇而聆不倦之談。真曠世之奇逢，爲清時之盛事。卜日張具，約集同門，屈重師臺，借光嘉會。雁序秩于左右，誼敦在三；蘭芬郁於一堂，榮誇拔十。

（李日華輯《四六全書·四六類編》卷十一，明崇禎魯氏刻本）

書牘

再答黄中丞

士君子有遺大而才見，遭詘而行愈明者，於明公一人見之。

某嘗從鄉中諸薦紳而得明公之爲人。詢之山以東諸老，而惟明公之政得其大者。是其除殘剔蠹，爲人興利，令在官者無貪吏，境無窮民。豈特一方之翰乎，蓋社稷之鎮也。方將樹功台鼎，流輝史籍，爲八閩川岳增色。某辱在枌榆，與有榮施多已。當今獨斷自上，廷臣唯唯受成策，惟分符仗鉞專制一方者，庶幾得行其志。明公勉旃！勿謂時之不易。

餘惟台炤，不宣。

（《許鍾斗文集》卷四，明萬曆刻本）

與徐老師

去春徼一當，未暇以得當爲喜，而先以不負老師知人之明爲幸。蓋海内知己雖多，然老師識我於未遇，且拔我於必不遇。方家居時，聞有三年之戚，即欲走一札奉慰，且致不腆之奠，道遠未能也。揭榜後，詢之來人，又云台駕且至，是以遲疑未果。然未嘗不日夜側耳鑾聲，而望前騶之至止也。近見金公祖，乃云老師就道當在明歲之春，私心悔且懼，以爲緣疏得慢，當得棄絶之罪於左右。雖然，知我愛我者固諒其無他。方今國事已幾不救，老師恐亦高枕不得，不如蚤來，猶有良圖。至如不肖以區區章句而縻大官之俸，不知知己者亦有以發其聾聵否？秋風漸凉，千祈珍攝，爲國自愛。不一。

（《許鍾斗文集》卷四，明萬曆刻本）

答李按君

再奉大教，拜命之辱。

惟門下以宏才雅望，屢按大藩，攬轡之餘，吏治民風，自宜蒸然有變。長安雖去蜀中數千里，不佞固願樂觀其成。今夫得空群之足者，或試之一日千里，或試之峻坂之蟻封，而終則收之天閑，以備鳴鑾清節之用，苟非其會，固不輕出。今日門下之能見矣，朝端自當有以收門下。門下厚自勉，以需大用。

使還，聊布腹心，惟台炤不備。

（《許鍾斗文集》卷四，明萬曆刻本）

復洪父母

曩日辱在甄陶，今兹徼一當，伏庇爲多。屢欲修尺一奉候，爲甚忙所奪，忽接遠翰，重以大貺，驚喜且愧。至語及家大人冠服事，則更東南向頓首稱謝。

不肖三十年攻苦食淡，所營何事？施及所生，勝於當身受之矣。惟恩臺政績流聞，英聲四達，不日膺璽書，爲天子股肱耳目之臣。竊恐敝邑之父老子弟不獲終有我公，而家大人亦不能終托二天之庇，以惠徼於下執事耳。令弟經寰年丈，屬在通家，情義更倍。其不得時時過從爲促膝歡，則不肖疏懶成癖，亦猶昔日之事恩臺也。山林如是，在朝亦然。嗟嗟許生，畢竟無賴。外具程墨數册，希叱入。

餘惟炤亮，不宣。

（《許鍾斗文集》卷四，明萬曆刻本）

命世大賢，久棲百里。不佞深以敝邑之父老子弟得久留賢父母爲喜，而爲朝端憂乏材。

答洪父母

今者銓路一清，中外庶無薪積，徵黄之詔不日出國門。不佞則又豫喜朝端之有人，而以敝邑之不得久留賢父母爲憂。寒族人多，得無獲戾於三尺，蓋仁侯有道之化，抑亦曲庇多已，敢不銘謝？餘惟炤亮，不宣。

（《許鍾斗文集》卷四，明萬曆刻本）

與鄭師尊

臨江命下，華君則飛書促不肖亟以老師爲言。不肖見臨江，方欲有所陳請，渠即云傅、華二君先之也。因嘆老師平生樹人，今食其報，即言不言，無能爲重輕。然老師之能知人、能得士，與傅、華二君之不背本，具見於斯矣！

乃不肖則又謂，以老師今日刻苦所自竪立，自足最上考，受知當道，安用先容？先容者，士伸於知己，自當爲知己效耳。京中風塵惱人，懷抱日惡，屢欲具疏請告，庶幾道貴治，再瞻光範，領教言爲慰。奈館事方殷，今玆未便。悠悠此心，長托夢魂。朔風日嚴，願言珍攝。

餘惟炤亮，不宣。

（《許鍾斗文集》卷四，明萬曆刻本）

答鄭拙我

辱大教，兼之厚貺，知老師之惓惓不肖，雖今猶昔也，不肖則豈敢忘！邑士子爲老師立碑，其文以屬不肖。自知不文，不足以發揚盛美，然以疇昔之誼，固不得辭。今其草具在，以嫫母而譽西施，識者得無掩口乎？汪老師處奠儀，前附張懷寧致之，有報命矣。吳按君書則附報代之役。

餘惟珍攝，以膺厚祉，不備。

（《許鍾斗文集》卷四，明萬曆刻本）

與林京山

别後苦寒，非肩輿擁火不能出户外，知途中凄楚更倍也。春闈矣，想已抵任。與掾吏百姓等相見，得毋謂此故浙中神君，夙稱行能異等，不可欺否！朞月雖近，是亦爲政，願使所在見德，勿爲因循苟且之治，以抵塞一時，則雖宰天下猶可，何有於京山？

永嘉吏近以一事見托，不佞素迂疏，不能向權貴人作軟語，因謝置之，然於心終不能不介介，以爲是門下之所屬也。然門下當自有以知我矣。周年丈回，特附數行奉候。

餘惟台炤，不宣。

（《許鍾斗文集》卷四，明萬曆刻本）

又與林光碧[一]

縣歸不數日，即聞門下以拂衣至，又以咫尺弗獲一面，殊用駭恨。

秋深稍能自健，擬從一二知交南遊，挹天柱夕陽之勝，因過門下爲信宿之譚，以慰鄙私。第恐病未能也。東山隱卧，大是高致。但吾輩遭遇聖朝，公論久當自白，即欲丘壑是耽，恐未便如願。辱厚貺，敬對使拜嘉。餘惟台炤，不一。

（《許鍾斗文集》卷四，明萬曆刻本）

又與林光碧[二]

某杜門至今，病魔猶未盡脱。

去冬之獵，匍匐來還，而諸親舊來往寒温之節，百不一備。姻翁不以簡傲見罪，而儼然手札存

[一]《許鍾斗文集》卷四有《與林光碧》三篇，此文爲第二篇，標題原省作「又」，今改作「又與林光碧」。

[二] 此文爲《與林光碧》第三篇，標題原省作「又」，今改作「又與林光碧」。

之，重之以大貺，非肺腑之愛，何以及此！某且感且愧，無容致辭。所恃高明稔知其鄙朴，而諒其無他，則某幸甚。

家大人統此祗候，不既。

（《許鍾斗文集》卷四，明萬曆刻本）

與王溧水[一]

日者行色匆匆出都門，方欲修一酌言別，則已弗及，恨之，恨之！溧水大邑，盤根者多，簿書案牘之積如山，非我丈才名，宜莫能治。古人所稱寄命不小百里，我丈樹駿垂鴻，於今伊始。異日宰天下亦如斯已！不佞弟去書生，還得一書生，既做不得古人文章，又做不得今人事業。悠悠歲月，茫如捕風。反不若分符郡國，遥借天子之寵臨，猶足有所竪立。易言多譽，乃利在遠。勉哉，我丈！毋負所期。舍親典史王敷，前於京中曾已面囑，諒無容贅。

餘情縷縷，惟炤亮不宣。

（《許鍾斗文集》卷四，明萬曆刻本）

[一] 溧水，原誤作『漂水』，溧水，縣名，據文意改。下『溧水大邑』同。

答楊衡琬[一]

驅馬南來，舊疾復作，伏枕不敢窺户外者彌月於兹，是以不得修一香一帛之儀，致奠于老年伯母太夫人靈下。而貴翰遠至，兼之大貺，儼然先之。弟且感且愧，何能致辭？所恃寸肝相照，諒我於形骸之外，斯乃古人所稱莫逆之知耳。

益軒事，相知者俱爲搤腕，渠獨放浪西山山水間，怡然得也。在官而能官，處困而能逸，此其所以爲益軒與！吾丈大器夙成，兼以沉養，讀禮之餘，稍留神世故，以需大用，則不世之業也。勉旃自愛，節哀是宜。餘惟炤亮。

（《許鍾斗文集》卷四，明萬曆刻本）

答孫黄縣[二]

讀來翰，拜命之辱。惟文宏抱，初試即能使所在見德，處爲醇儒，出爲循吏，異日殆未可量也。預賀，預賀！

[一] 琬，原作『畹』，《叢青軒集》目録卷六作『琬』；正文缺文。楊聯芳，字衡琬，福建南靖人，鄉試、會試均與許獬同榜，據《南靖縣志》改。

[二]《叢青軒集》目録卷六作『答孫黄縣嗣刻』。

百里雖小，是亦爲政。昔人所稱寄命，蓋不過此。善爲農者無磽地，善爲治者豈易民乎？勉而卒之，以觀其成。當事者必有以相待，勿憂。方今朝端需材甚急，如丈方爲有用之學，弟輩碌碌不足道也。

使還附謝，餘惟台炤，不宣。

（《許鍾斗文集》卷四，明萬曆刻本）

答楊冏卿

向於長安中，未及奉芝宇，而辱先存之以言，其寵大已。顧自惟譾陋，何德以當之？南都根本重地，馬政蓋尤所急，得明公爲之提衡，足無可慮。異日者，功績茂著，簡在帝心，股肱耳目之地，且引以自近。伯益作虞，終乃相禹，司空、后稷之烈，未能或之先也。明公勉旃！使還，聊布鄙私，惟台炤不備。

（《許鍾斗文集》卷四，明萬曆刻本）

答駱督學

向未奉尺素，先賜問訊，拜命之辱。

粵西僻在一隅，文物奚似上國。門下以命世大儒，振鐸於兹，比及三載，風移俗易，一變至道，於是乎存。曩誦門下制義，固已識其言；今於彼都人士，復識門下作用，異日樹駿垂鴻，未可量也。門下勉旃！不佞辱在梓里，其與有榮施。

使還附謝，餘惟台炤，不宣。

（《許鍾斗文集》卷四，明萬曆刻本）

答施學博

别來向未通尺素，忽承遠翰聞問，重之以大貺，愧我良多。

里中士得沐大雅之型，明春復揭旗鼓而先之，應者宜衆。語云：善作不必善成。先生之大有造於吾黨，則前人之美爲益彰已。不佞區區俚鄙之言，曾足爲鄭先生重乎哉？

相去各天，願言努力。外具香、絹二事，乞叱入。餘惟台炤，不備。

（《許鍾斗文集》卷四，明萬曆刻本）

答許熙臺

久不奉手教，惟從學師錦雲君得聞福履清泰，上下相安，以爲大幸。使至，備問起居，爰及作用，更自慰藉深已。抱病三載，情緒缺然。京中把臂，尚當再悉。

惟炤亮不既。

（《許鍾斗文集》卷四，明萬曆刻本）

與陳惠疇

夙蒙知愛，今兹仗庇爲多。伻來接華翰，洋洋數百言，過沐旌褒，更自貶損，此自足下盛德若虛，甚非所以待故人也。平生相視莫逆，能復有幾，何至此作邊幅相待？讀之使人愧汗盈頰，即欲裁一札奉復，亦難爲辭。昔人有言，『投我以木瓜』者，『報之以瓊瑶』。乃今瓊瑶之投，更當如何爲報耶？

吾儕一繫青衿，如驊騮之就輕熟，稍稍着鞭，便足一日千里。足下雖處華腴，謙抑若寒士，更願刻苦亦復如是，則善矣。弟越在萬里，不勝瞻注，勉哉自奮，勿負所期。

餘惟炤亮，不一。

（《許鍾斗文集》卷四，明萬曆刻本）

答許明府

粤西去此中萬餘里，而能使政聲赫然公卿齒牙間，非明公威懷有術，宜不及此。不佞辱在梓里，與有榮施多已。自惟譾劣，不敢遽修尺素候興居，顧先辱長者儼然存之，且重之以大貺，其何德之敢承？感之，實愧之也。方今獨斷自上，廷臣唯唯受成策，惟分符專制一方者，庶幾得行其志。明公勉旃！勿謂時之不易。使還附謝。餘惟台炤，不宣。

（《許鍾斗文集》卷四，明萬曆刻本）

又答許明府[一]

曩於令外甥擎霄君處，即已盛聞門下高誼。日者家大人過貴治，則又蒙款渥，且言念宗盟之雅，惓惓有加，中心藏之，未之敢忘。惟是御李未能，未敢苟自依附，屢欲修尺一奉候，囁嚅而止。不意問詢先及，兼以大貺，情溢格外，愧何敢當！獨念長者之賜，所不敢辭，則敬對使人拜受。倘面晤有緣，尚當布其區區。書不盡言，惟祈炤亮，不宣。

（《許鍾斗文集》卷四，明萬曆刻本）

［一］又答許明府，原省作『又』，今改作全稱。

與尹父母

三山去此咫尺耳，而音問闊疏，遂成燕越之隔。及是命下，爽然喜躍，曠然病已。其在同民，則失一父母而得一良父母；在弟某，則失一兄弟而得一兄弟之白眉而秀出者，俱可喜也。兹者前旌至止，萬靈翹跂，弟某辱在愛下，固宜祗候道左，爲闔邑士庶先，而爲病魔所苦，跬步不能自達，心甚恨之。謹遣舍弟輩來代布區區，統祈炤亮，幸甚。

（《許鍾斗文集》卷四，明萬曆刻本）

答王年丈

歸舟經淮泗，遥聞政聲四浹，嘖嘖爲同籍光。家叔武成更沐大庇，得幸無罪，不肖弟私自慰藉多矣。

兹者久道化成，報政在邇，朝端方懸不次之擢以待老丈，老丈宜自勉以需大用。其武成辱在宇下，惟終翀幪之，使能有竪，則不肖弟之戴德，寧有既也。

弟抱病三年，近稍平復。燕市相逢，再叙情款。餘惟炤亮，不宣。

（《許鍾斗文集》卷四，明萬曆刻本）

與外祖

昔爲小兒，戲公膝下，語及作官，則鼓掌而喜。今已徼幸得一官矣，然纔入世途，便受羈絏。每日控馬貴門，休沐不暇，憂讒畏譏，展轉纏糾，反不若爲兒戲膝下之樂也。昔時貧苦不能自食，公云勉之，勿憂不富貴。今已遊乎富貴之途，而貧尤甚。人生安所不適，亦安所能適。玉堂美官，人所同羨。今已官玉堂，稱美官矣，而反不若一州一縣之得以行其志。不肖以貧起家，親戚多貧，令得一州一縣而爲之，猶當令窮乏者待而舉火。而今已似難。

公老矣，婆又善病，母未老亦善病。向猶圖得便道歸故里，具冠服，拜舞堂下，奉觴上壽，爲二老人及母氏歡。而今已又難。公素有遠志，欲爲萬里遊。遊萬里，遠矣，倘健善飯，能保無恙則可，否則，非不肖孫所敢請也。然私心眷戀我公，則與爲小兒膝下時無異。

昨得鄭師書云，三舅已於春季促裝去矣。峽江故非善地，似難久居，然不知去此更出何策？四姨故苦貧，今又年荒，前所謂待而舉火者，不知將何所出？

餘惟炤亮，不悉。

（《許鍾斗文集》卷四，明萬曆刻本）

許子遜先生文 諱獬，萬曆辛丑科

固城陳名夏百史手評

學庸

心不在焉　節

觀身之所以不修，而知其本當正也。夫視聽飲食之在人身，其小者也，而心失則俱失，矧其他乎，此以知正心爲急也。

嘗謂吾人一身，五官百體效其動，而心妙其靈。心無與于五官百體之事，而不可一日不在于五官百體之中，如一不正焉，而弊多矣。正者，無在者也，無在則無不在，虛能滿實之用。不正者，有在者也，有在則有不在，寔能礙虛之體。當其時意有所至，而情有所忘，勿論其所以經世宰物，挈宇宙之綱者何如，而試語以生人之事，且有失其故者矣。逐其一偏而遺其大全，勿論其所以達權通變，握神化之紀者何如，即試語以日用之常，且有不及覺者矣。視不見，聽不聞，食不知味，理有固然，無足怪者。

夫人也，有此身，即有此運動之機。心即不在矣，而此耳目口體，隨身而具者，豈皆不在耶？胡一無主而遂塊然不靈若此？夫人也，有此身，即有此酬酢之感。心即不在矣，而此聲色臭味，當身而感者，豈皆不在耶？胡一不思而遂茫然無物若此？此謂中者外之君，而外境之操修，不若從中一簡點也。形者神之役，而攝形以善動，不若凝神而湛思也。蓋必以精明純一之道，主持本原，使其心有定在，宅方寸而不他。又必以空洞澄澈之真，融去物累，使其心無偏在，涉萬變而不有，斯之謂真能正心，真能修身者也。不然而膠膠擾擾，其不爲物繫也幾希。

○有稱同安此篇純用反跌法者，有稱其空中打局者，皆非也。不知行文貴疏落生動，即『不在』二字，必以『在』字相形，已涉小家數矣，况又于聞見飲食之上，又贅一層耶！予抹之以竢知在。

人之有技　殆哉

書稱相臣之容賢，而不容者失之也。夫國有與立，賢才是也。容之則國利，不容則國殆，相去顧不遠哉，宜《秦誓》並舉而言之也。

若曰，人臣計利國家，與自爲利也異。爲國家計也者，則莫如樹人，爲一身計也者，則必將自樹。夫自樹與樹人，則不可同日語矣。故世有技士，亦有彥聖士，其懷瑾握瑜，俱願矢心於公室，其負氣矜節，俱恥頣指于私門。其批大難，定大計，俱足以助相臣而獻其長；其豎大功，立大名，俱足以形不肖之臣而露其短。此其知之難也，容之抑又難矣。

然惟幸而與斷斷休休者遇，則有技必容，彥聖必容。仗其力以集事，而視在人也，猶在己。師其德以補闕，而好以心也，不以言。蓋以開誠布公之思，收攬天下之英俊，而數十世之人材，豫培養於當日；億萬年之長計，密擘畫于一堂。得賢者昌，子孫黎民，所以養其福也。而福生有基，基此一個臣也。

其不幸而不與斷斷休休者遇，則有技不容，彥聖不容。勝己者見忌，而娼嫉不啻若仇，異己者見憎，而擯抑不遺餘力。蓋以貪權固寵之意，壅塞天下之賢路，而羽翼既散，主有孤立之形，群小盈庭，國無緩急之寄。失士者危，子孫黎民，所以蒙其禍也。而禍生有胎，胎此一個臣也。

夫國家之保大定傾，本非一人之力，而苟無共富貴，誰與共功名？人臣之祈圭擔爵，亦非自便之圖，而苟從計祿位，誰爲計社稷？此自樹與樹人之別也。而利害相越若此，擇相者，盍取而提衡之乎？

○有大局，嫌其太整。千子云，收攬天下英俊，壅塞天下賢路，不肖秦繆公當時，竟似漢唐以後權相。詳哉，其言之也。

君子有大道　發身

論大道本於心，而其應彰于身也。夫此大道也，理財以之，發身亦以之，乃其得有自也，則主心要哉！且人主皆知以天下奉其身，而寔未嘗知以天下奉其身也。誠知之，則知吾身之關天下甚大，天下之關吾身亦甚大，而大道宜亟講矣。

夫道之大者，撫世酬物，阜聚豐財，非此不舉；應圖受貢，配帝凝命，非此不臧。有其得之，焉往而不得矣，然而得以忠信也，誠心爲質，則調劑自均。一或失之，焉往而不失矣，然而失以驕泰也，侈心一萌，則拂戾必甚。

即以理財一節言之，自古未有驕主在上，而能警游惰，勤勸課，以滋財入者；亦未有驕主在上，而能汰冗濫，定匪頒，以縮財出者。則其持衆寡之衡，而使生不食耗；酌疾舒之節，而使爲不用窮。信非忠信不得也，忠信者，仁也。彼其于財能爲之生，又能爲散，合萬方之歡呼祝頌，以褒揚聖德，而君身若益尊榮。能使足在上，又能使足在下，合九州之充溢露積，以擁衛一人，而君身若益鞏固。蓋仁主雖商德不商賄，然道之大者，必人與財兼理，故不阜財而財饒。仁主雖責施不責報，然道之大者，必民與身兼濟，故後其身而身先。人主而不知爲身計也，人主而爲身計，則忠信以行大道，烏可忽諸？

〇凡驕泰之主，不能絜矩以同民好惡者，皆自財始。故既以忠信驕泰言得失之道已畢，復因上人土財用而申言之，見生財自有大道，只在生衆爲疾，食寡用舒，不必以財爲患。而又反覆言之，曰未有上好仁而下不好義。又舉孟獻子之言，以深見長國家而務財用之戒，丁寧反覆，見得君之所以失衆失命，不能爲民父母，不能絜矩以遂其孝弟慈之願。歷觀三代之所以亡，春秋戰國之所以敗亂相尋，未有不由於暴征横斂者。此《大學》痛哭流涕之言，深切著明，以是終篇之意。

愚按朱注，此因有土有財而言一段，甚詳此意，非忠信驕泰所包甚廣，而但以理財一節，以一端例其餘也。此文『即以理財一節言之』句大非，姑以串接之，巧存之。艾千子

○大勢運題，如駿馬驀澗。然大家政以往而能留爲貴，一意徑行，嫌于盡矣，此文無可議處。使人人見美，是其可議者耳，故知行文以不盡爲貴也。

予評此畢，更讀艾千子文定評，有抹其理財一節之句者，更過予見，存之。

君子依乎中庸

觀君子之所依，可以知道已。甚矣，道以中庸爲至也，不此之依而竟誰依乎？且自道術壞而言道者，必折衷于君子矣。

世之好異者徑趨，隱怪惑之也，自棄者中輟，亦隱怪亂之也。始則由平入奇，由奇入僻，步驟失其常然，終乃以僻成誤，以誤成迷，性情罔所依歸，亦奚益之有哉！君子知其如此，故道可以炫聽

聞，而不可以宅身心則弗依；事可以駭一時，而不可以規萬世則弗依。

惟夫中者衷也，帝有降衷，人有受衷，隨時覓之而即在，須臾離之而不能，則君子于是稟仰焉。庸者常也，天有常運，人有常經，夫婦可以與其能，而聖喆不能出其外，則君子于是凝注焉。約之則以此爲安身立命之原，而耳目惟是，肝膽惟是，我無體，依中庸以爲體。大之則以此爲位育參贊之根，而範圍惟是，曲成惟是，我無用，依中庸以爲用。

睹聞俱寂之地，攝持有所不及，而存養及之，則無依之依，境似離而寔合，蓋理之精者本無迹，而依之者亦無迹也。達權通變之際，名迹有所不肖，而精神肖之，則非依之依，機似逆而寔順。蓋理之妙者本無方，而依之者亦無方也。斯則不惟其索無隱，其行無怪，去其賢與智之病，抑且默而成之，曲而中之，忘其擇與守之勞，謂之曰『君子中庸』，信乎中庸必歸之君子矣。

〇通篇皆舊境。無依之依，非依之依，纖而無當，大約與『心不在』題云『有在有不在』同調。聖人之言，堅確而不可易。孟旋先生曰：一題之命，鬼神守之。如必游移倩代以爲老到，則吾不知其説矣。

及其至也　知焉

論道之費，不盡知於聖人者也。夫以聖人之明也，且有所不知焉，知固不足以盡道也，道亦費其哉。且夫道之費也，概之萬端而不足，求之萬變而不窮者也。知其一于爲之中，即謂之知，而遺其一于萬之外，即謂之不知。夫婦之愚，雖不可謂無知也，然而非其至者也。及其至也，六合之内，六合之外，皆當有以窮其細微周折之詳；千世之上，千世之下，皆當有以燭其倏忽變遷之狀，此非庸人所能知也。意者其聖人乎？而聖人亦猶人也，豈能以盡知乎！

知從心思而起也，亦從耳目而起也。天下之理，不能窮聖人之心思，而能窮聖人于耳目所不及之地，則聖人之知，于是乎有遺理也。理即事物而見也，亦因時地而見也，聖人之知，不可窮之以事物，而不能不窮于時地所不及之餘，則天下之理，于是乎有遺知也。故有以一人之所疑，而天下萬世之所群而昧者，此其理之終不可知。

知者鑿也，不知者正也。聖人未嘗以有心索也，而不索即有所不知矣。有以哲士之所昧，而愚夫愚婦之所倖而得者，此其理之可知而不可盡知。知者偶也，不知者亦偶也。聖人未嘗以有心計也，而不計即有所不知矣。向使聖人而無不知也，則欽明之朝，何取于疇咨？濬哲之主，何勤于問察？而古今所稱天縱之聖，又何以自道其無知，而深歉于不惑哉？吁！此見道之費矣。

〇粗而滑便。

故爲政在人　以仁

聖人以人論政，而漸約之君心焉。夫以身取人，政之紀也，而君心匪仁，胡以修道而成身哉？

夫子告魯君若曰：甚哉爲政之難也，有爲爲之，自用可矣，然有不得不借資者；無爲爲之，任人可舍人無政也。

矣，然有不得不溯本者。昔文武之紀綱天下也，三五股輔，次相聯而無缺職，弓旌旂旃，責相望而無留良。其政誠善，則畀之其人，而無復中撓；其人誠賢，則委之以政，而不從旁侵。誠謂爲政在人，

乃取人亦不易矣。雖清朝不能無庸違之士，則惟賢知賢，惟聖知聖。其懸鏡又在取人之先，夫身其鏡之者也，真勝似，似亦勝真，人能自甄别與？雖盛世不能無不賓之夫，則聲同相應，氣同相求。其植招又在取人之外，夫身其招之者也，主擇臣，臣亦擇主，人能盡權使與？

然身之修奚以也？其以道。此身爲軌物名教之主，則舍軌物名教，不可以爲身。我先王之有令德也，猶曰『是彝是訓』，『建其有極』，則以道修身者可知已。行葦既醉之家法，胡可不率修焉？道之修奚以也？其以仁。此道從精神命脉而流，則無精神命脉，不可以爲道。我先王之有芳軌也，猶曰勿二勿三，以欽厥止，則以仁修道者可知已。《關雎》《麟趾》之美意，胡可不實體焉？

蓋天下無沿襲可舉之政，故有夾輔，亦有主宰，而真誠悃愊、盎然一腔者，則又宰之宰，綱常植而不墜。天下無粉飾可繼之道，故有本體，斯有作用，而旁搜延攬以弘治功者，則又用之用，令甲整而長新。君欲爲政乎，於此加之意耳。

○視他作稍渟涵，惜多舊句。

仁者人也　四句

聖人以仁義勉君，而兩揭其要焉。夫仁與義相成者也，然其大者，孰如親親尊賢要哉！宜聖人兩揭之以勉君也。若曰，自古談主術，則體仁尚矣。然仁必有藉，義爲之藉，義爲仁而設也。分之則各擅其大，合之則共成其大，而大安在也？

令將以愛言仁乎，天下大矣，誰不當吾愛？惟不言愛而言人，則一念肫懇所最先，蓋有如此則爲人，不如此則非人者，而親親是已。親有溯我而上，而人身所自出；有溯我而下，而人類所自蕃。又有由我而推，而人倫所自備，凡愛皆愛也，而獨此爲不可解之愛。夫苟不知仁爲人則已，知其爲人，而親親豈不大哉？

今將以敬言義乎，天下大矣，誰不當吾敬？惟不言敬而言宜，則一念尊崇所最先，蓋有在此則爲宜，在彼則爲非宜者，而尊賢是已。賢有翊我繼述之業，而宜資其贊襄；有勖我不匱之思，而宜資其啓沃。又有去我離間之漸，而宜資其調護，凡敬皆敬也，而獨此爲不可後之敬。夫苟不知義爲宜則已，知其爲宜，而尊賢豈不大哉？

典有所必隆，則王者無私恩，骨肉之恩篤于内，而股肱之佐隆于外，各擅其大。而仁與義並行，用有所必借，則王者無虚崇。集思所以廣益，講學所以惇倫，共成其大，而仁與義交資，有修道之責者，當亟講矣。

○予亦嫌其盡。

柔遠人則四　畏之

王者有無外之治，惟柔懷之經舉也。夫天下四方大矣，而人歸人畏，此無外之治也，自非柔懷，何以得此？

夫子迪魯君也，其意若曰，天下有國勢，有人心，人心不可使涣也。而封疆遼遠，德意隔絶之鄉，其心尤易涣，國勢不可使弱也。而河山宰割，土宇分裂以後，其勢尤易弱。是故嚮聲教者遠人也，阻聲教者亦遠人也。

主權有所不能一，吏法有所不能服，而惟有以柔之，則周澤渥矣，仁風朔矣。其道能使殊方絶域之衆，戴之如天，依之如地。感恩者奔命，有樂郊得所之思，逖聽者傾心，有中國聖人之想。蓋既惜其僻處幽遐之中，弗獲耀光明于宇下，又幸其生當汪濊之世，得以竊餘膏而自潤也。

四方有不歸之者，誰耶？宣威命者諸侯也，壅威命者亦諸侯也，服則能以其國衛，叛則能以其國抗，而惟有以懷之，則燕好洽矣，慈惠布矣。其道能使奉琛執球之國，各效其忠，各輸其力。合爲朝覲會同，欽天顔于咫尺，離爲旬宣屏翰，揚皇靈于遐荒，蓋匪獨簪纓苗裔，保姓而受氏者。愈益堅翼戴之小心，而凡彼封内私屬，承流而仰沫者，亦且守約束而不犯也。

天下有不畏之者，誰耶？夫惟其歸也，而窮髮皆臣庶，不毛皆編户，聖天子不自爲大，而能家六合以成其大。夫惟其畏也，而下有不侵不叛之臣，上無不庭不虞之患，聖天子不自爲尊，而能隸萬國以成其尊，此人心之所以常萃，國勢之所以常重也。君如有意，則柔懷之經，宜亟舉矣。

○此時文中表體，雖極宏麗，非詞家所難。

極高明而道中庸

君子之於德性，極其體而無所增也。夫高明，性體也，而行不中庸，亦豈率性之道哉。且夫德性從何而來？從天命來者也。

莫高匪天，穹窿無朕者非與，然天雖高也，不離下濟以爲高。莫明匪天，洞矚無際者非與，然天雖明也，不離易知以爲明。蓋天下惟中庸之理，顓蒙不能喻，賢智不能加，則似平非平，而高明之體寓焉。天下亦惟高明之衷，隱怪不能亂，遁世不能移，則似奇非奇，而中庸之軌出焉。原非二也。君子知此，故能擴其所未至，以與清虛者遊，又遵其所常行，不爲奇衺者亂。

人心亭亭物表，而欲或屈之則卑，吾欲極其高乎，其惟伸物上，不屈物下乎，然而物有上，道無上也，益之銖錙則不經，毋寧塗轍之是守耳。人心皎皎塵外，而私或汩之則暗，吾欲極其明乎，其惟遊物外，不汩物内乎，然而物有外，道無外也。反之經常自有在，雖可立異而不爲矣。

蓋吾聞古之湛思玄詣者，德雖達天，而功不遠人，彼其無聲無臭之載，闇然修之而即是，夫孰謂性命之非易簡也，是極之即所以道之也。吾又聞古之潛心下學者，名迹未嘗駭俗，而精神可以證聖，彼其與知與能之理，終身由之而不盡，夫孰謂糟粕之非神化也，是道之即所以極之也。以此語問學，問學雖要渺而非幻，以此求德性，德性不昭揭而自尊矣。大哉聖道，非君子其孰凝之。

〇題有一字不可倒者，如此題極字、道字，皆當體貼『尊德性』『道問學』句，何得又從道字覆説到極字也？文無他謬，只此開纖徑矣。

君子之所　見乎

君子之異于人者，謹所忽也。夫不見人所忽也，君子謹之，此其所以不可及與！且天下最壞人心術者，莫如表暴之一念，表暴之念起，而飾于共見者必工，欺于不見者必甚，德從此漓矣。

夫小人的然日亡也，其惟欺人所不見者乎。豈知昭之爲昭，昧者覺之，潛之爲昭，覺者昧之，與昧同覺非難，而不與覺同昧難也。昭之可畏，怠者修之，潛之可畏，修者怠之，與怠同修非難，而不與修同怠難也。故人有疚，君子無疚，無疚豈可及乎？然而絶之則有源矣，疚之流可見，疚之源不可見也。人有惡，君子無惡，無惡豈可及乎？然而去之則有根矣，惡之影可見，惡之根不可見也。

人所不見，名爲指視耳，而實非真指視也。吾湛思内照，而至惕指視于指視不加之地，則毋論日章何如，而就此無形無聲中，誰能有此點簡也，點簡至此不可及矣。人所不見，名爲顯見耳，而寔未遽顯見也。吾潛修玄詣，而誠嚴顯見于顯見未交之時，則無論入德何如，而就此不睹不聞之中，誰能有此培養也，培養至此不可及矣。然則均一立心也，君子畏其伏，衆人畏其動，而孰知畏動而不及畏伏也。均一下學也，君子敬其微，衆人敬其著，而孰知敬著而不及敬微也，人可反而省矣。

〇子遜善於取勢。題中不可及，所不見，各有翻合，然於『高渾』二字，未之有也。

知微之顯

君子晰微顯之幾，深于爲己者也。夫天下惟己無不該，孰謂微也，而非顯哉，而能知其合一者，惟君子矣。嘗謂天下最易亂人學術者，莫如顯微之介。蓋惟微也，則無形，算計不能測，而鬼神不能窺。惟微也，則無形而形形，粉飾不及施，而扃結不及用。故昧此幾者，見謂顯自顯，微自微，幾相反耳。而孰知夫微之即爲顯也，蓋有不可等級界限分者乎。即研此幾者，亦見謂始乎微，卒乎顯，幾相因耳。而孰知夫顯之即爲微也，蓋有不可積累漸次言者乎。

惟君子有謹微之學，既以修於闇而戒於章；亦惟君子有識微之明，自能見其朕而知其著。彼真見夫睹聞俱寂，微耳。胡然而中和致，位育臻，功遂燦於宇宙也，則是天地萬物不爲大，獨知不爲渺也，蓋善無微而不章矣，而吾烏可弗圖之蚤。又真見欺歉初分，微耳。胡然而視十目，指十手，迹遂揭於肺腑也，則是大庭廣衆不爲外，閑居不爲内也，蓋惡無微而不呈矣，而吾烏可弗防之亟。故以爲顯，猶可諉也，顯而係之微，不可諉也。淵蜎蠖伏之中，醖釀自我，轉移亦自我，我不着存察，更誰爲着存察也。以爲微，猶可玩也，微而隨之顯，不可玩也。精神意念之動，端倪在此，究竟亦在此，此而可以抵塞，更有何處不可抵塞也。然苟非用心于内者，孰能知之？孰能慎之？

○爲己之學，全在知微。每比結謹幾意，與注中『知所謹』三字合，但多平語。

論語

君子不重　全

聖人論全學有四，其自修密也。蓋養重而存誠，學有本矣。而友勝己則助多，速改過則失少，孰非所以交修此學哉。且世之君子，莫不矢口言學，而每患無善學也。我知其故焉，非其記誦之不勤，涉獵之不廣也，輕浮累之耳，巧僞雕之耳，否則燕昵之朋驕其志，疵纇之行虧其美耳。

欲去其弊者，吾以爲道莫先治氣矣。氣本動而難制之物，御得其道，可藉以衛神，御失其道，亦反以喪厥志。故威欲其勿褻也，學欲其勿忘也，則治氣之道不宜逸其重而使之輕也。

又莫先治心矣。心本虚而無繫之物，太一爲之君，則有主而寧，多機爲之役，則無主而棼，故忠不可使離也，信不可使雜也，則治心之道所以返其二而歸之一也。

而猶未也，學有去日損就日益者，其道在取友。友有觀有型，所以爲益也。而苟爲己之不如則有損矣，可或近與，吾願學者擇其勝己，勿喜臨深以爲高。

而猶未也，學有求日益先日損者，其道在改過。過有懲有窒，所以爲損也。而及其反而之善則益矣，可或憚與，吾願學者見則必更，勿因匿瑕以敗瑜。

斯則器宇之端凝，既足以竪問學之址，而存誠以培之，其培益厚，内寔自消其外浮。仁賢之夾輔，既足以收切磋之功，而克己以刷之，其刷益精，獨礪者尤賢於衆翼。此全學也，自修至此密矣，視記誦涉獵之所得，孰多乎？

○鍊格而不失逸氣。

禮之用和　全

賢者論禮之原，而究其所由失焉。夫禮以和行，此其原也，不行者不節之失耳，和曷咎哉？有子之意若曰，自禮之敝于天下也，而隆禮之家，至拘之以强世，棄禮之士，反去之以潰防，吾以爲二者皆非也。夫謂之禮，則烏用强也，而謂之禮，則誰能去之？蓋聞禮之爲用也，雖至嚴而至和，其大以紀綱天地，而寔因天地之秩序爲典彝。天地之所制者，人情之所安也，其小以節宣風氣，而寔因風氣之循環爲變遷，風氣之所宜者，人情之所順也。

夫人孰不欲亢而爲尊者下？夫人孰不欲佚而爲長者勞？禮至則不争，而人雖暴必帖；禮明則無怨，而人雖辨必服，蓋禮之以和貴，明甚也。先王之美，美以斯耳；後世之由，由以斯耳。乃有不行者，則豈和之罪哉？用和者之罪也。和出于性之自然，人本習之而不知，一或知之，則情識生矣，縱欲敗度，所自來也。節出于和之當然，人本由之而不廢，一或廢焉，則凌越起矣，納侮召亂，寧有極乎！尊卑少長之莫辨，而名分倒置，則相瀆乃以相漓，大者不可爲綱常。出入起居之無度，而威望日褻，則至適乃以不適，小者不可爲儀節。如是而何以行也？達其所由行，則知天下無人情外之天理，而制禮以垂後者，不可不洞究其源。推其所由失，則知天下無天理外之人情，而守禮以維俗者，不可不力遏其潰。不然，則雖美而有不美者存，禮又安足貴也。

○無一語復經推索，只隨手點次，《左》《國》諸文，隨題用着，然亦跳脱而少矜慎之色。

信近於義　復也

賢者論信，而有取於近義者焉。夫言而不復，非所以爲信也，然惟近于義則可耳，不然而何以復之哉。且世謂輕諾者寡信，非獨其率爾一時，無必踐之志也，亦其多誤必悔，揆之義而不安耳。夫義非他也，乃天地間正大之理，矢之口則光明，措之躬則磊落，固千萬人所注目而共仰，亦千萬世所景行而不磨者也。是故信以成義，仗義者不爽信；義以成信，能信者不詭義。時乎有所感激，有所慕效，而慷慨以自許。

其自許者，非以氣勝也，而以義勝。則一言而負綱常，礪名簡，卓於世教，有關係也。自古志士仁人，莫不由此以垂休，而復之奚不可焉。時乎有所報稱，有所締結，而慷慨以許人。其許人者，非以情勝也，而以義勝。則一言而對天地，質鬼神，浩然俯仰，無愧怍也。自古忠臣烈士，莫不由此以成名，而復之奚不可焉。

是雖天下時勢異變，容有言出而中阻者矣，然而屈在勢不在理，其可復者自在也。吾之所謂可者，固非取證于事後，而逆料于言前也。是雖人情初終易慮，亦有朝言而夕背者矣，然而失在終，不在初，其可復者自在也。吾之所謂可者，固非取必於不食言之人，而取必于不可易之言也。不然言之不度，而迴與義違，其究也，欲從吾言則負義，而信亦不免爲拘方，欲違吾言則負信，而義亦難收其全瑜。蓋立談稍輕，而進退無一可者也，吾願約信者愼之哉。

○可復是寔事，必説到不可復而可復者自在，皆學人虚浮道理話。此法寔自子遜開之。

察其所安

論觀人者，在得其真心焉。夫安者，人心之真也，不得其真，而何以盡人哉？嘗謂人之難知也，一行而初終改矣，一意而初終又改矣。要之，勉者可改，而安者不可改，法當察其所安而已矣。安之云者，非有所慕而趨之，有所激而赴之也。理無强于其心，而心自適焉，心與理而相安也。心無强于其意，而意自流焉，意與心而相安也。自非然者，且欣且厭，勢若出于不獲辭之中；尋爲尋悔，神或露于不及簡之際。

雖其一時之間，其志方鋭，其氣方盈，若奮然有不可奪之勇，而其初未必爾也。我則察之于未鋭未盈之初，以知其所自來。雖其一時之間，其鋭未衰，其盈未竭，若毅然有不可拔之真，而其後未必爾也。我則察之于既衰既竭之後，以知其所自復。蓋彼雖以有意持之，終以無意漏之，我雖不以有意伺之，常以無心照之。故或舍其昭昭之節，而察其冥冥之衷，謂人固畏衆不畏獨也；或舍其顯大之迹，而察其鄙瑣之務，謂人固矜大不矜細也；或舍其從容暇豫之爲，而察其張皇急遽之候，謂人固鎮暇不鎮卒也。凡此皆觀之以與由之外，而得其所安者也。不然，世之矯激之士，固有對大廷而慷慨，撫幽獨而悔恨，辭尊膴而不居，争錙銖而動色，平居無事，莫得其罅隙，而忽然、突然之頃，反不勝其刺謬者，此其安耶？不安耶？相懸蓋不啻倍蓰矣。不有察之法，何以得其真哉？

○以直行層接爲法，人稱其兔起鶻落，予謂其如折崖斷綆矣。

子張學干禄　全

聖人與賢者論實學，修之己而已。夫謹言慎行，皆以爲己也，而禄亦在，干之者胡爲哉？且自潛修之學晦而士近名矣，務華則絶根，聖人所爲慮耳。干禄如子張，倘亦有近名之意乎？夫子正之曰，子欲知學耶，吾與子譚寔學。夫士有獨知之契，信耳目不如信心，理非億中之途，執意見終歸執妄。故善爲學者，獵英咀華，非競富也，揀擇隨之；加民見遠，非恣臆也，擬議先之。多其聞焉，闕其疑焉，即其餘者，亦毋易由言，言出而無乖，尤其寡矣。多其見焉，闕其殆焉，即其餘者，亦毋易由行，行成而無虧，悔其寡矣。尤寡于言，言者共聽共聞，所與天下爲應違者也，故必以人爲驗。悔寡于行，行者自修于證，所不與天下爲俯仰者也，故惟以己爲符。

分則各由博而之約，而研之精也。聰明有所不炫，出之定也。意氣有所不役，此其學何學耶？尚有心于要譽乎，然而不可掩者自在也。合則又由外而之内，而汰浮詞，未已也，期于飾寔踐；協輿情，未已也，期于愜隱衷。此其學何學耶？尚有心于希世乎，然而不可逃者自在也。無意近名者，心在禄之外，適去適來；寔心爲道者，禄在學之中，非求非與。張亦務此而已矣，而汲汲于干之者，不亦拙且勞乎。

○只在中句不另説得法，前則徑省其辭，去柳子之多容善蓄遠甚。

多聞闕疑　三句

聖人論寔學，有在于修言者焉。夫聞貴博，而言貴精也，能闕且慎，而尤寡矣，不然，雖多聞奚益哉！

夫子箴子張也若曰，子欲知學乎，吾以寔學爲子言之。大凡崇進修者，修詞爲居業之本，操衡鑒者，審聲在核寔之先，言之所係，亦良重矣。然言有自外入者，人獻之而我採之，是非臧否，所得而自主也。言有自内出者，我言之而人聽之，可否應違，不得而自主也。故雖搜羅誠廣矣，而遂可盡吐之乎？未也。雖參酌誠當矣，而遂可恣談之乎？未也。天下之言，固有在昔爲讜論，在今爲竅語，在彼爲訏謨，在此爲浮議。不然而或醇疵半焉，得失參焉，皆可疑也，疑則利用闕矣。天下之言，亦有明知爲嘉猷，而發之太驟，近于躁。明知爲石畫，而待之太鋭，近于誇。不然而或知我者少，疑我者多，皆當慎也，不慎無貴言矣。

闕之爲道，訥在言前，一言而嚴三緘之戒。慎之爲道，訒在言中，萬全而凜一失之防。統之皆以成其慎也，而尤不自此寡乎。蓋凡人之尤吾言者，非尤其蘊藉之未優，則尤其挾蘊藉而出之侈也，而今無是也。非尤其慧識之未長，則尤其矜慧識而出之肆也，而今又無是也。詳審而譚，譚必中，持重而發，發必臧。能使智者抱獨知之契，而昧者無逆耳之嫌，虚受之人聽之，樂收其忠益，而褊中之人聽之，不忌其門捷，又奚尤之有哉！不然，多聞多惑多言敗，吾恐尤不終無也。

○短兵接戰，其氣特鋭，予恐其盈而竭也。

富與貴是　全

君子之於仁也，決其機而益密焉。夫不處不去，所以決仁機也，而貞之於造次顛沛焉，斯真不違者哉！嘗謂仁之難成也，心難一也，境難操也。境變於外，情動於中，而修飾於平日者亦或敗露於一旦。君子不然矣。君子曰，性定者無情識，烏得有欣厭；化齊者無感遇，烏得有好醜。見可欲，寧言道，不言命，微有非道，則不處。見可惡，寧言命，不言道，雖有非道，必不去。不處不去，皆所以不去仁也。仁去而名胡由成乎？然仁苟期於成名，則固不欲使人名我爲貪富貴，亦不欲使人名我爲輕富貴，而其中微有戀不能舍之心。固不欲使人名我爲羞貧賤，亦不欲使人名我爲甘貧賤，而其中微有鬱不能平之心。守之真而感遇爲幻，貞之一而久暫靡他，吾求其終食之違而不得也。不知其暇，視其卒，見其造次也猶是。不知其常，視其變，見其顛沛也猶是。

夫出處去就，士人之大節也，人以此屬耳目，而我以此决平生。即君子無意於矜持而矜持者，或能勉焉，倉皇艱險，士人之畏途也。神至此而易昏，力至此而易憊，即一時有意於存養，而存養亦未易到矣。自非君子，其孰能之，所謂終食不違者以此。

〇取舍明，存養密，前後大意如是。然必存養密，而後取舍益明。子遜結末節殊得力。

富與貴是　節

君子之權去處，其要歸諸道而已。夫君子所知者道耳，而非道之遇乃有去有不去，要亦以道權之也。蓋自恒情見可欲，則忘是非而逐之，見可惡，則引是非而繩之，於是乎徼倖之心起，怨尤之念生，而知去處者鮮矣。其惟君子乎？君子曰，富貴人所欲也，吾非惡此而逃之，然而得之不以道，則不處。貧賤人所惡也，吾非甘此而戀之，然而得之不以道，亦不去。

蓋富貴而非道，冒進者之耻也，責則在己。貧賤而非道，失賢者之羞也，責則在人。非道而貧賤，所失者寵利也，澹泊猶可以明志。非道而富貴，所失者名節也，軒冕適所以辱身。

故達一不去之心，以之棲遲衡門可矣。遇仕進則不免爲干澤，而君子之見可欲也，寧言義，不言命。達一不處之心，以之絶迹倖竇可矣。遇隱約則不免爲諱窮，而君子之見可惡也，寧言命，不言義。是其非道而辭之，辭之固道也，出乎濁而游乎清也。非道而安之，安之亦道也，當之者雖逆，而受之者自順也。孰謂君子之一去一處，而非以道權衡于其間哉！

○起處怪他便説出君子，中間不處不去，怪他説破所以。後四比互轉處，則題意恍然矣。

大概機趣活潑之文，信手拈來，即有未融處，亦不礙其佳。宋羽皇

○此羽皇之評存之。

我未見好仁　全

聖人望人力仁，而深以未見者致意焉。夫仁聽命于力也，而能仁者與力仁而不能者俱未見焉。宜聖人有厚望與？夫子意曰，仁一而已，見爲易者玩吾仁，既以偶合而附之，而謂仁可襲取；見爲難者畏吾仁，復以因循而諉之，而謂仁不可力求。我以所見決之，皆非也。

夫人心有仁矣。亦有不仁者以爲仁之害，有好仁矣；亦有惡不仁者以爲仁之防，總俱爲仁而用力也。世有若人，我固願之，而今乃未之見焉。彼其所謂好者，非真好也，果能好也，則必無以尚之，極其好之力而後已。而無以尚者，誰耶？我未見也。所謂惡者，非真惡也。果能惡也，則必不使加之，極其惡之力而後已。而不使加者，誰耶？我未見也。若是者不過自諉，曰力不足耳。而力不足者，又誰耶？我未見也。

我思以自力復自心，本至近而匪外求，以自心役自力，亦有主而無中餒。故一日而用之，即一日而赴之，其氣甚鋭，非驟發而無根。日日而用之，亦日日而給之，其神甚强，非一出而難繼，安見不足哉？夫其無不足也，則能好能惡者宜必多也，而我惟未見，安敢信其無？夫其有不足也，則欲

好而不能好，欲惡而不能惡者，宜必多也，而我唯未見，安得信其有？由前所未見，其歉在人，其咎亦在人，而我之惓惓屬望者，終未慰。由後所未見，其優在人，其奮亦在人，而我之惓惓屬望者，終未絕。吁！人亦何愛此一日之力，而不以副吾望耶？

○不獨唱嘆未見得情，通篇清渾之氣，言有盡而意無窮。此子遜最難得者。

女爲君子　二句

聖人教賢者以儒，欲其究儒之量而已。夫儒之分量遠矣，必有君子者而後足以當之，而小人何以稱焉，宜夫子兩舉以決其趨也。若曰，世之盛也，而儒始爲天下重。重愈久，業愈多，而儒漸爲天下輕。夫世非能重儒，儒自可重耳；亦非能輕儒，儒自可輕耳。女欲爲儒乎？吾聞之，儒有君子，亦有小人。語儒術，則躬道德而擯紛華；語儒行，則規遠大而薄曲謹；語儒效，則焕經緯之章而成參兩之能，若者皆君子也。以君子而列于吾儒之中，則道術賴之，世運賴之。可以尊吾統而續之二帝三王之後，而令未墜者重光；亦可以旌吾教而置之九流百家之上，而令立異者屈服。蓋宇宙間不可一日無此儒也，吾願女爲之而已矣。不然，而緣飾章采者，儒而僞；墨守訓詁者，儒而迂；狃近而忘遠，執小而妨大者，儒而陋。總之，皆小人也。以小人而列于吾儒之中，則進無關于世，退無述于後。使天下高其名而不獲收其用，則重有負于當時；使天下因其用而並以疑其術，則重有累于名教。蓋吾道内不可一日有此儒也，吾願女毋爲之而已矣。

爲君子則君子，爲小人則小人。其主張見于立志之始，而趨舍向背，胸中之境界已分；其成就見于規爲之後，而巨細精粗，終身之流品遂別。甚哉！不可以不慎也。若徒曰言儒言，服儒服，儼然被之以儒名，舉皆儒也。儒乎儒乎，君子小人果無辨乎？

〇『二帝三王』『九流百家』等句法，昔以爲高言，今以爲陳言矣。乃知文貴苦思，一日之力，可以百年，只是明辨雅俗耳。

聖人吾不　二節

作聖始於立心，聖人以次而致意焉。夫聖人雖不作而有聖人之心，猶可望也。自君子善人而下，非有恒誰思哉？

嘗謂心之精神是謂聖，心性有常則可久，學惟有本則可大。世有聖人焉，神而明之者也，非學守之力，大而化之者也。無執着之迹，求之君子，君子苦一間之未達，然而具聖人之體也。求之善人，善人病入室之難能，然而抱聖人之資也。總之，皆不可以無恒而作者。

故語品格，則聖人尚矣，而君子近之，思聖人而不見，而思其近聖人者，則君子可。語資禀，則善人美矣，而有恒近之，思善人而不見，而思其近善人者，則有恒可。夫此有恒之于聖人，等級相懸，豈不遠哉？

然聖人之道，雖無不變，無不化，而亦有不變不化者。本來之素樸，此有恒之執，所以勝世人之幻也，執則聖體在，而幻則聖體亡也。聖人之學，雖無不知，無不能，而亦有不知不能者。人世之機械，此有恒之拙，所以勝世人之巧也，拙則聖真完，而巧則聖真鑿也。忠信所以進德，有守乃有爲之根；立誠所以居業，不二爲不測之門。審如是也，聖人旦暮遇之矣。何難乎君子與善人哉！

○未得聖人佪徊唱嘆之情。

蓋有不知　節

聖人示人求知之方，而即己以明之焉。夫作有法而知有方，聖人不能易也，妄作而不求知者，亦獨何與？夫子之意若曰，道之貿貿于天下，非獨愚者之失也。惟愚而自以爲靈，則終身不靈矣，而其失乃滋甚。是故世有人焉，上者生知，次者學知，其最下者，則冥然妄作而强不知以爲知。夫强不知以爲知者，知之賊也，而我則豈敢哉？我思知有從入，耳目是也，知有從出，心思是也。由中出者，外無證而不明，則聞見之途欲其廣；由外入者，中無主而不受，則擇識之力欲其專。要以明聖有模範，夫婦有知能，名物象數有至理，我不敢遺。而多聞者多惑，多見者多忌，多視聽者多脱誤，我不敢忽。斯則其爲學也，非超脱之學，而沉潛之學也。然久之而扞格去焉，障錮開焉，潛亦超之門也。其爲知也，非玄解之知，而格致之知也。然久之而意象融焉，覺悟啓焉，格亦解之機也。

人以頓而我以漸，從入雖似懸殊，始以昏而今以昭，究竟無大相遠矣，不亦庶幾乎知之次哉。蓋其蒐羅之自外者，合萬耳目，歸一耳目，而是惟無作，作則用物弘而取精多。其濬發之自内者，由一心思，貫萬心思，而是惟無作，作則取裁精而省括中，此吾之所以無妄作也。世之不知而作者，可以思矣。

〇但求直捷痛快，似省力，寔費力矣。

鄉人儺朝　節

聖人盡禮于鄉，而謹人之所忽焉。夫聖人之處鄉，雖細必謹也，豈以儺故忽之哉？朝服之立，抑亦可以觀禮矣。嘗謂聖人之處世，非其徇俗而流之也，亦非其矯俗而亢之也，接之以誠，而要之以禮，不失吾正焉而已矣。

自今言之，飲之行于鄉也，所以合愛而尚齒也，謹之誠是也。至于儺，則其事近怪，喜誕者之所托也，非有少長揖讓之儀，可以明吾節矣。其説非經，好事者之所趨也，非有彼此獻酬之禮，可以明吾度矣。

朝服何爲？立于阼階又何爲哉？不知渺茫之説，雖聖人所不道，然而其習之有所沿也，則怪而常者也，怪則可駭，而常則未可盡非也。流俗之非，雖聖人所欲挽，然而其風之有所漸也，則今而古者也，今則可革，而古則未可盡議也。彼其《周官》之所載，方相之所掌，文武周公之遺規，寓于斯焉。

夫子有遵王之思，則君在斯爲臣，而朝服之敬，所以明臣道也，豈曰肅將之虛文而已乎？彼其一人舉之，群鄉人從而效之，父兄宗族之彬彬萃于斯焉。夫子有睦衆之思，則賓在斯爲主，而阼階之立，所以明主道也，豈曰謙冲之縟節而已乎？况夫聖人之心，雖不立異以爲奇，而亦無隨流之失，雖不矯節以違衆，而寔寓變俗之權。蓋其儺者，鄉之人也，朝服而立者，非鄉之人也。其爲鄉人之見，則可以儺；其爲秉禮之君子，則可以無儺矣。其儺者，禮之似也，朝服而立者，禮之正也。悦其似而從之，則吾亦爲鄉之人；思其正而變之，則鄉人亦爲秉禮之君子矣。此固聖人之微權，所以移易天下，而不可知者乎。

〇捷健而不失和致。

魯人爲長府　全

聖賢議魯事，其慮遠矣。夫無故而興得已之役，魯事非矣。賢者言之，而聖人與之，其慮豈不遠哉？嘗謂國家以無事爲福，興一利，不若除一害，而興不急以浚民生，則尤害之大者，此仁人所以感時而蒿目，哲士所以識微而寓規也。

魯有長府，其來舊矣。一旦議改作焉，夫一新一故，耳目之觀相去幾何？而一仍一改，利病之較相懸實多。財用者，天下之公，而作無益以耗之，病在不節儉矣。府庫者，人主之私，而動大衆以先之，病在不廣大矣。民方枵腹而實其内，復令殫力而營其外，求之無已，則竭澤可虞。

外者閲歲月而僅完，内者靡萬億而爲虚，出之不繼，則緩急何賴？况魯自中葉以後，廢墮日滋，當改者，奚止一長府，而改一長府，殊非識救時之宜。魯自開國以來，舊章具在，當仍者，奚止一長府，而仍一長府，猶足動由舊之思。

斯時也，魯之當事任何人，當事任不慮，而身在事外者慮之，不已迂乎？然慮誠當而非迂也。魯之司獻納何人，司獻納不言，而分在不議者言之，不已激乎？然言誠善而非激也。使其事未成而聞此，固可朝令而夕停，無復傷財害民之舉；使其事既成而聞此，亦可懲今而毖後，無復紛更生事之憂。夫子曰：『夫人不言，言必有中。』非徒嘉閔子也，寔以維魯事也。夫閔子素豈喜言，而事關軍國之重，則不得不慷慨以寫隱衷；聖人亦豈樂言，而言中安危之機，則不得不表章以悟當宁。後之長國家者，可以鑒矣。

〇題一入手，輿會飛動，更無留行處，但比比排整，不得一二寬鬆語。爲可議耳。

顔淵問仁　節

聖人語大賢以仁，爲之己而已。夫己非二也，克之而爲仁者，即由之而爲仁者，人宜早自决矣，且語仁而至於本原之地。其境甚真而非遠也，而亦惟其真也，故難覓。功甚約而非煩也，而亦惟其約也，故難操。

聖門獨顏淵可以語此，故夫子告之曰：子欲爲仁乎？人心本無所馳逐也，胡爲乎有所馳逐而不止？亦曰，己固欲之，則不得不恣之，本無所蔽錮也，胡爲乎有所蔽錮而不開？亦曰，己固有之，則不得不護之，於是乎視人則明，視己則暗，而當其暗也，雖天理在前，井井易辨而不知。試一克之，而當有躍然呈者矣。繩人則密，繩己則疏，而當其疏也，雖天地背馳，浸浸澌盡而不覺。試一克之，而當有惺然露者矣。

禮不復乎，仁不全乎，天下之言仁者，不我歸乎？其復以一日也，則精神之所攝持定也，而人人同具此精神，原不相間隔。其歸以一日也，則精神之所感召速也，而人人各具一精神，原不相假借。即云自視者不明也，亦烏有己不自視，而人能代之省者。即云自繩者不密也，亦烏有己不自繩，而人能代之修者。

吾以爲仁惟有己而已，以有己之心而妄用之，則凡百攻取，凡百誘慕，皆見爲吾身中不可無之性情，而牢不可破。以有己之心而善用之，則凡百斧藻，凡百濯磨，皆見爲吾身中不可無之學力，而確不可分。故己非即私也，以其私由己而起，故即己謂之私，而拔去者必浄。亦非即仁也，以其仁由己而成，故即己謂之仁，而擔當者必力。人能知己乎，則知仁矣。

〇單是克己處，吸得由己之神，遂爾乘風直下，不須再轉。文之得勢於逆者。〇但見靈露，何必深微。　湯霍林先生

〇由人只帶説，視人視己，繩人繩己，强爲分疏，非大方之筆。

子張問明　節

明於人情者，至明者也。夫譖以浸潤，愬以膚受，用情良亦巧已。明乎此者，明豈近哉？嘗謂天下無不可知，而惟人情不可知，故知人之所不知者至矣。

子張問明，而子告之曰：子欲知明乎？夫明莫大於辨忠邪淑慝之門，而使正道白；又莫大於辨是非曲直之狀，而使公道伸。世有巧爲譖者，譖不以驟而以浸潤，其説能使人漸信漸入，而雖有大聖大賢，素負姱修之行者，反以無根而受誣。有巧爲愬者，愬不以實而以膚受，其説能使人驟感驟動，而雖有大奸大慝，敢爲背逆之甚者，反以情迫而見憐。此而不行焉，可不謂明乎？此而不行焉，可不謂遠乎？

蓋所謂浸潤者，微詞也，中於昏庸者猶淺，中於聰睿者尤深，知我之能察，故即乘其察而惑之，而本欲照讒佞，讒佞在前而不覺。所謂膚受者，危詞也，撼之暗弱者猶緩，撼之英毅者愈速，知我之好直，故即乘其直而愚之，而本欲理冤抑，冤抑在後而不知。自非明在聽睹之先，知其譖愬者何人，所以譖之愬之者又何人，白黑稍未了然，安能迎機而懸斷也？自非明在聽睹之外，知其譖愬者何事，所以得譖得愬者又何事，微曖稍未洞燭，安能紛至而不眩也？人藏其機，目前遠若萬里；我破其僞，明哲炳若日星。謂之曰明且遠也，夫誰曰不然？

○何人何事兩比，不行中，有闡幽别微之意，不是一概置之不論不議也。

子張問士　全

聖人與賢者論達，在去其求聞之心而已。夫無意求聞則得達，有意求達則得聞，此其大較也，學者辨之哉。嘗謂學者闇然自修，非爲人也，豈惟聞不知，即達亦不知。然苟其慕達也，而不知所以達，則將有飾節以取譽，詭行以眩衆，忽流于聞而不自覺者。

子張之於夫子，所問者達也，其名則是。既而詢之，所應者聞也，其寔則非。是務華之士，所巧取而得，而信耳之夫，所傳響而成者也。出之者何根，調於衆而未必符於獨，稱之者何據，揚其聲而未必見其形，達不若是矣。

達者有通而無礙之云也，隱微雖無虧，要之邦家以爲契。達者亦由此以及彼之云也，聲名雖甚盛，總之操行以爲基。有如其人而質直也者，好義也者，觀察下人也者，是之謂寔其心而虛宅之，方其守而圓用之，可以慊隱衷，亦可以愜群情，邦家之達必矣。

然而達也，非聞也，不然而色取仁也者，行違也者，居之不疑也者，是之謂以厚貌之飾。蓋其薄植，以自是之念，成其遂非，欺己而已不悟，欺人而人不知，邦家之聞必矣。然而聞也，非達也，由前言達，則名不虛立，士不虛附，聲宏者寔大，君子固疾夫無稱。由後言達，則倏然而無，倏然而有，華茂者根絶，達士亦耻其過情。故曰有意求達，雖達亦聞，張也辨之哉。

○此章題情，的當如此做。但加一番組織鮮彩，則在人耳。

〇一溜而去，尚能淵渟否？艾千子

〇予向選十五會元，遇子遜文，但重其微秀淵渟者。凡莽用機勢之文，雖世傳善步王、錢，予不信也。予持此論，頗不合于時人，若千子諸評，則子遜定案矣。

樊遲問仁　者直

聖人論仁智，道各相成者也。夫天下唯能知人者能愛人也，智以成仁，舉錯其明驗與！自昔人主御世，動希仁智之名，而弗克取仁智之寔。彼其所謂仁，小仁也，而于範圍曲成之術淺矣。智，私智也，而于鼓舞作新之機微矣。夫苟析之而各盡其大，則合之而未嘗不共成其美也。

説在夫子之告樊遲焉，樊遲問仁，子曰愛人，愛則無乎不愛也。直者愛，枉者亦愛，合九流而兼收之，仁主之所以示廣大也，而不爲行姑息。問智，子曰知人，知則無乎不知也。直者知，枉者亦知，鏡群倫而甄序之，智主之所以運神明也，而不爲傷刻核。

乃樊遲胡未達耶？豈以普覆載之公者，必有難于旌別，而神臨照之用者，必有歉于並包乎？非也。大凡愛其人者，必欲其人爲君子也，而天下大矣，安必其盡人皆君子也，類由激勸之而就也。愛其人者，必欲其人毋爲小人也，而天下大矣，安必其盡人無小人也，類由創艾之而去也。

夫惟直知舉，枉知錯，錯與舉形也，而人有所慕，且有所耻，則顧化殷焉。惟舉必直，錯必枉，枉與直分也，而人有所鑒，且有所儀，則易慮速焉。故人主而非真能愛人也，真能愛人，則必有以使人自愛，又有以使人之自爲可愛，而非智胡以行之。人主而非真能知人也，真能知人，則人必懼其無以逃吾知，又懼其無以副吾知，而愛于是乎有所寄矣。此謂析之盡其大，合之成其美也，願治者可以思已。

〇若如此文後半析言仁智，遲不須疑而問子夏矣。弩張機發，一往而破，文中不可無此快境，然非文之盡境也。

子路問政　全

聖人與賢者論政，以身始終之而已。夫先勞所以倡始也，無倦所以厚終也，外此寧復有政乎？嘗謂君人者，以天下爲一身者也，誠知以天下爲一身，則必以一身爲天下而後可。説在夫子之論政矣，夫政固有體也。觀風考俗則居後，敷猷錫極則居先，然而先之急矣，不先而奚望後也，故子路問政，而子曰先之。程功弊治則任逸，經營創始則任勞，然而勞之急矣，不勞而誰與逸也，故夫子言政，而又曰勞之。彼其有而後求，先粉飾也，無而後非，先滌除也。要以躬行心得之餘，引掖天下，而使天下不迷於所趨。一日萬幾之爲憂，則勞神甚也；宵衣旰食之爲理，則勞形甚也。要以精明率作之道，風勵天下，而使天下不怠于所赴。

政若是足已，復何益哉？益之有無倦而已。倦之云者，非盡氣欲奮而不能，志欲張而不繼也。或起于求治太急，而有所期焉而未至，則厭斁生；或出于視治太易，而有所苟焉而小就，則滿盈起。

而吾以爲治茍未成，胡可倦也，夫民情難與驟格，而可與漸乎。安知先之不已，而民終惰行，勞之不已，而民終惰事也。治之既成，又胡可倦也，夫民志可與暫勤，而難與久持，安知先之或已，而民不惰行如故，勞之或已，而民不惰事如故也。

高明博厚之化，必根于悠遠，而歲月責效者，不可與共功。經綸參贊之基，必本于至誠，而精神不固者，不足與居業。則無倦也者，固心術之所以純，亦治術之所以拓也。故曰爲天下者，爲之一身而已。

〇可謂濃矣艷矣。

上好禮則民　六句

有當世之志者，唯務以道得民而已。夫禮義信道之大者也，好之而其效彰彰如是，人亦何以他務爲哉？夫子廣樊遲之志也。若曰，大人之學，學以經世而已。經世之學，有所注，無所雜，有所後，無所遺。方其養之奥渫，好尚端矣，既能明體以待用，及其布之堂皇，風聲樹矣，尤能彰好以定趨，蓋其道甚大焉。而道維何？

以正君臣，辨上下，莫大乎禮。禮者體也，而于臨莅之體爲尤顯。夫人孰不喜亢乎，而爲尊者下，孰不喜争乎，而爲長者讓，禮在故也。未有上好禮而民敢不敬者也。

以制賞罰，斷是非，莫大乎義。義者宜也，而于人情之宜爲較著。古有予以天下者矣，而人不疑任德，尊以天下者矣，而人不疑任怨，義在故也。未有上好義而民敢不服者也。以誥中外，聯遐邇，莫大乎信。信者毋自欺也，而人亦不忍欺。彼其于民，非有手足腹心之相屬也，而能使之聯絡如一體，非有父子兄弟之相倚也，而能使之綰結如一家，信在故也。未有上好信而民敢不用情者也。

蓋導之以其性之所固有，本有興起之良，而居高而倡，則其應加疾，責之以其分之所當然，本無自外之志，而就身爲教，則其感彌深，是其不敢者。豈真有所畏而不敢哉，毋亦上有好而下有甚者也。遲之學稼學圃，吾不知其所好者何用，而所以爲民極者，又何本耶？

〇熟于應副。其文在不深不淺之間。

子路問成人　全

人道成於養，而本尤重焉。夫養以融衆善，人道之粹也，不得已而取敦行之士，蓋重本哉。嘗謂人肖天地之質而生，質則天成之，而功則自成之者也。故論人者，與其以天質勝，不如以人力勝，而與其妄參之以人，又不如純任乎其天。何也？爲其無以養之，而無以壞之也。

子路問成人，而夫子告之曰：夫人亦未易成矣，一偏一曲，非兼總之器，道在合衆小以成大；不中不和，非醇懿之養，道在合衆粗以成精。夫惟智武仲焉，廉公綽焉，勇卞莊焉，藝冉求焉。而又文之以禮，經緯備矣，進退各中乎其程；文之以樂，節奏諧矣，作止不奸乎其律。斯之謂德與才合，資與養合，質立而文附焉，人其成矣。顧文者，所以文其質也，而質之既壞，文將安施？

今之人，質本非能廉者也，而托之乎大廉不廉之説，文其貪；質本非能勇者也，而托之乎大勇不勇之説，文其怯；質本非能信者也，而托之乎大信不信之説，文其詐。則不若硜硜然矜一行之致，利不趨，害不避，然諾不侵，猶足托身宇宙而無愧矣，不亦庶幾乎成人哉！

由前言人，其人也，成於有所養，粹然以其成身成性者，成其參天地協神化之人，而人極賴以不墜。由後言人，其人也，成於無所壞，確然以其成信成義者，成其爲扶綱常秩名教之人，而人心賴以不毁。

合而觀之，人亦可以知所處矣。

〇巧生于熟，雖失閑遠之致，而湊泊可喜。

一匡天下　二句

聖人盛言伯佐之功，不可泯者也。夫仲一相桓而天下後世胥有賴焉，孰得而泯其功哉？夫子盛言之以曉子貢也，若曰，自古有事則思功名之士，無則忘之。不知惟其享無事之業，故不可忘有事之功也。子未仁管仲，非知仲者矣。

夫齊之有仲，非特一國之福，而天下賴之；非特一時之澤，而數世被之者也。自薄伐之風既遠，而北方弗靖，犬戎妄意乎中原；包茅之貢漸稀，而南風日競，蛇豕薦窺乎上國。蓋天下于是乎苦狄患也，仲乃起而驅之，救邢救衛，次及于燕，而侵軼者，望風而遠遁。天下于是乎苦夷患也，仲乃起而扼之，伐江伐黄，馴及于楚，而强大者，弭耳而乞盟。斯時也，夷夏之辨明，而伊洛洗腥羶之穢；首足之分定，而江漢起朝宗之思。烽火絶于郊關，而室家父子，熙熙然相哺也，至于今，雖邢、衛之迹湮矣，而簡書尚存，有恃以無恐焉，誰非仲之力歟？戈矛化爲衽席，而鷄犬桑麻，熙熙然安堵也，至于今，雖江、黄之事邈矣，而盟言未泯，有恃以無虞焉，誰非仲之庇歟？遠纘膺懲之烈，而我疆我理，用壯十二國之藩宣；近舒馮陵之釁，而以安以阜，重維入百年之命脉，仲之功亦偉矣。

夫天下而無事也，天下而有事，則如仲者，殆未可少也哉！

〇此之謂雄渾，此之謂高古，如李贊皇賜外夷書，深得典誥之體。子遜有此一作，固足傳世。

君子思不出其位

君子之思，止其所者也。夫思亦安所極矣，而有位在焉，則亦止之而已，奚敢爲出位之思哉！嘗謂人心之靈，發竅而爲思，思也者，思其所當然者也。夫人之所當然而不得不然者，位是也。位易曠而思維之，思無涯而位制之者也，君子其識此矣。君子者，定性于恬，本無思也，位或值之而思起。應機于覺，時有思也，分苟盡焉而思忘。

人與我對立，則在我者爲吾位，非在我者爲出位。君子之思，思其在我而已，更不知有人也。

既往者，與未來者相提，則惟見在者爲吾位，非見在者爲出位。君子之思，思其見在而已，更不知有未來與既往也。

蓋吾人一心，本無兩役。役之以有限之心思，固虞其分内之或曠，即推之以有餘之心思，亦恐其分外之他馳。當思而思，心一而萬事畢矣，奚以之出位而憧憧爲耶？

身外變態，本難盡逆。逆之而偶合乎吾之思，已屬之一時之倖得，逆之而終違乎吾之思，何庸此終日之竟失。當止而止，心定而諸境齊矣，奚以之出位而營營爲耶？

君子之所謂思者蓋如此，彼其未事而思常暇豫，方事而思常精明。能暇豫者，心于位無所起，而以不染爲不出，是能養吾思者也。能精明者，心于位無所着，而以不離爲不出，是能用吾思者也。惟不妄用，故能善其用，天下之稱善思者，必歸之君子矣。

〇他人只有不思不出其位者，惟君子方見出一『思』字。不睹不聞，戒懼方有此未發之中。未發之中即位也，文中未見精到。

子路問事君　節

聖人與賢者論事君，竭誠而已矣。夫勿欺而犯，則言皆誠也，非誠而何以言正君哉？嘗謂忠臣事君以心，直臣事君以言，然未有不能爲忠臣而能爲直臣者也。故子路問事君，而夫子告之曰：事君者有犯無隱，義也。故凡世之能犯者，皆賢臣也。然存一犯之之心，將急於吾言之見售，而耻于吾説之不投，於是有理然而事未必然，古然而今未必然，而强之以瀆乎天聽者。於是有事本小也，而張之以爲大，勢本緩也，而張之以爲急，而反之無當於情實者，若是者皆欺也。

吾以爲臣之事君，使君畏吾之言，不若使君信吾之言。而一涉於欺，則君疑矣，況面折廷諍，又非人臣之得已者乎。使君信吾之言，又不若使吾言之自信於吾心。而一涉於欺，則心怍矣，況逆耳苦口，又非吾君所樂聞者乎。故内之不欺乎吾心，而外之不欺乎吾君，是自靖自獻之本也，如是而後可以言犯顔矣。上之不欺乎一人，而下之不欺乎天下，是效忠效款之常也，如是而後可以議極諫矣。真知其是，何必於隱，而是非真是，何必於不隱，一言一論，務皆矢天日而進之也。真知其非，何必於默，而非非真非，何必于不默，疑言疑事，無敢設兩端而嘗之也。

自古明良之相遇，不在造膝而在盟心，上臣之格君，不在衆見而在獨念，大都類如此矣，事君者念之哉。

○他人于『勿欺』轉下『犯』字費力周旋，不如子遜先生隨意帶出。

不逆詐不　節

聖人之所賢者，自然之覺也。夫覺出于自然，則不以逆億生，亦不以不逆億滅，覺亦妙矣。茲聖人之所以賢乎，想其意若曰，吾人方寸雖小，神靈宅焉，物來自照，安事推測，大凡借貸于推測者，皆其本體有未瑩者也。世有逆詐者，亦有億不信者，情僞方伏，而深其心以防之，微曖未形，而巧爲術以鈎之。破純樸而從雕僞，人固病其機智之太多，乏妙明而事機心，吾尤病其慧識之不足。是安所稱賢也？所謂賢者，其惟不逆不億而先覺者乎？夫其人誠詐者也，吾即覺其詐，亦何難，然而覺以不逆難也。其人誠不信者也，吾即覺其不信，亦何難，然而覺以不億難也。謂覺從事生耶，則其事未形，謂覺不從事生耶，又誰爲觸之而誰爲發之耶？謂覺從心生耶，則其心不役，謂覺不從心生耶，又誰爲藏之而誰爲顯之耶？

吾聞賢者養志于恬，其于人情物態，常不灼以事而灼以理，兹其理熟而事自徹者與，否則揣摩猶或失焉，安能一一而懸合也。吾聞賢者生明于凈，其于伏奸隱狀，每不照以心而照以神，兹其神凝而心自朗者與。否則當機猶將眩焉，安能先時而懸斷也。蓋方其未感而覺涵，則鑒空衡平之體立焉，憧憧者雖已絶，而炯炯者未嘗忘。及其機動而覺生，則日照月臨之用行焉，妙應者未嘗無，而虚靈者非始有。至誠之前知，此其庶乎，穎悟而屢中，方斯蔑矣。吁！此其所以爲賢也。

〇先覺猶云前知耳，若必以『覺』字瑣瑣比類，便似佛氏妙明精心之説。此等題政以不深講玄妙爲貴也。

以德報怨　全

聖人論報施，平情而已。夫報怨以德，用情之過也，惟善酌於怨德之間而情平矣。嘗謂吾人涉世，其施受往反之迹，甚不可以有心與也。有心於修怨，則恣睢相讎之事起，而情不平；有心於匿怨，則矯拂不平之念生，而情亦不平。以德報怨之論，豈其釋怨而故匿之？聖人所以不取也，何也？

人之遊於我者，不盡於怨也，蓋亦有德焉，夫德怨之相去遠矣。如曰，怨吾忘之，德亦吾忘之，則倒置甚矣，矯情雖足駭俗，而背恩反爲不祥。如曰，怨吾厚之，德亦吾厚之，則混淆甚矣，德之内既不可減，而德之上又無可加。以此用德，是名爲處厚而實不得厚也，謂于此而溢恩，則于彼而觖望也。以此處怨，是名爲能忘而實不能忘也，謂逆受而逆消之，明知而明矯之也。大抵天下有怨之人，有德之人，又有無怨無德之人。處無怨無德之人以直者，人情之所能也；處有怨之人以直者，非人情之所能也。

予奪本乎法，愛憎歸乎道，得失因乎人，順逆忘乎我。雖其直報之時，寧無德施者？然得加于所自取，德則其直也，不可謂任德也。任德而庇之，於情勝矣，必其爲德報乃可耳，不然則矯情。雖其直報之時，寧無怨施者？然怨加于所自召，怨則其直也，不必於避怨也。避怨而德之，於恩厚矣，此惟以報德乃可耳，不然則鬻恩。蓋等其怨於虚舟飄瓦之視，雖有犯而不校，因其人於光天白日之中，釋纖介而無嫌，乃能用此道矣。斯聖賢之行而平情之軌也，未易言也。

〇看他分疏德直，及插入無怨無德處，權衡銖兩，鈎鎖穿插，備人工之巧。艾千子

〇『以直報怨』四字，周詳之至。如後二比似以直報德，德則其直，怨則其直，如何置解？翻題之套，賢者不免如此。

賢者辟世　全

聖人無辟世之志，而歷舉所辟之不同者焉。夫辟世誠賢也，而必於辟世則果矣，此其所辟之不同也與。

嘗謂君子之處世，何意於辟，亦何意於就？然其就也，以濟天下也，君子之初心也；其辟也，類於忘天下也，君子之不得已也。是故世有人焉，悲道大之莫容，而掩目淵潛，付理亂於不知；慨滔滔之皆是，而盥耳山棲，甘逍遥以長往。此辟世之士，獨行之賢也，名不污而身不辱，志可則而羽可儀，私心豈不貴之？

然所爲辟世者，所以待天下之清也，而天下之清常難待，則世固不可以輕辟也。計及其次，辟地足矣。其去也以辟地，則苟非舉世混濁，而淪胥已甚，其不主於必隱可知也。

然所爲辟地者，將以求行可之仕也，而行可之仕常難必，則地亦不可以輕辟也。又求其次，辟色足矣。其去也以辟色，則苟非接遇之稍懈，而禮貌之寖衰，其不主於必遁可知也。

然所爲辟色者，將以求際可之仕也，而際可之仕亦難必，則亦不可以盡責乎天下也。又求其次，辟言足矣。其去也以辟言，則苟非意見之相左，而議論之齟齬，其不主於必退可知也。

蓋棲棲雖疑於爲佞，而皇皇每患其無君，求通雖知其不得，而潔身必至於亂倫。是故世可辟，地可辟，而君臣之義，不可辟也，寧委曲於一遇而已矣。色可辟，言可辟，而斯世斯民之負荷，不可辟也，終眷顧以繫心而已矣。吁！此夫子憂時之志，有感而發之也。

○此文有二謬，待清、行可、際可皆《孟子》語，不得入此題；辟世是沮溺一等人，末後總收，不得與辟地者並列。文之傳世久矣，是非悠悠，何日定也！

子路問君子　節

聖人以敬修盡君子，極其量而可知也。夫治至安百姓極矣，而其原則起于修己，此大聖之所難也，而顧君子之所易哉。嘗謂天下大矣，乃己亦不小也。知己之非小，而大其心以屬之；知己之爲大，而小其心以操之，斯己得而天下亦得矣。

子路問君子，而子曰修己以敬。夫敬何以能修己也？五官百體，有主則靈，無則蠢；言動視聽，有禮則治，無則亂。有己而不修，是喪己也，精神先已渙散，形骸安能獨運？談修而匪敬，亦僞修也。外貌雖甚塗飾，真宰則已牿亡，欲修己者，信惟主敬要矣。惟敬則修之淵蠖無形之中，雖一物未接，儼乎若億兆之臨焉。其心不敢忘一己，斯不敢忘天下，忘天下者，忘己者也。惟敬則修之大庭撫馭之際，雖匹夫當前，凛乎有勝予之懼焉。其心不敢以一己恣，斯不敢以天下恣，恣天下者，亦始于恣己者也。己無體合天下之人，與百姓以爲體，嚬笑喜怒，動關四海之命脉矣；己無用合天下之人，與百姓以爲用，位育參贊，疇非篤恭之緒餘乎。是安人斯也，安百姓亦斯也。堯舜之所爲蕩蕩巍巍，而躋世于熙皞者斯也；堯舜之所爲兢兢業業，而交儆若不足者亦斯也。

由曰『如斯而已乎』，吾猶懼君子之未必能如斯耳。果能此道也，大聖猶將讓之，而由也顧可少之乎？

〇修己以敬，直到安百姓，仍是猶病，當一語提破，又不當以安人安百姓意，先入以敬作影象語，此題無佳文久矣。

君子義以　節

聖人善君子之應事，無不有者也。夫一事也，而義禮遜信備焉，此其中何不有乎，稱爲君子不虛矣。且尚論君子者多已，然溯其流而忘源，則事功之儒也；舉其偏而遺全，則局曲之士也，淺之乎言君子矣。君子一心，衆妙之門也，而萬應之府也，蓋非意必固我所盤據之心，而義禮遜信所縮結之心也。持此以應天下，經權常變，惟義則定。

毁譽得喪，惟義則忘。依之爲質，而非是不行矣，至其行之也，則禮之以也。夫豈謂義之協者，尚不可行，經緯自有矩矱，矩矱密而義乃精耳。非是不出矣，至其出之也，則遜之以也。夫豈謂義之協者，尚不可出，疾徐自有節奏，節奏諧而義乃和耳。非是不成矣，至其成之也，則信之以也。夫豈謂義之協者，尚不可成，誠妙萬物之終始，抱此終始而義乃完耳。

心在空洞澄徹之境，不自用而數者爲之用，執之莫得其方。理在神明變化之天，亦非有意于用，而數者自爲之用，窺之莫得其間。蓋涵養粹矣，化裁故自熟也，醖釀深矣，因應故自神也。即謂聰明見解，可以偶合，然而借資于聰明見解者，或智能及之，而力未必能運之。即謂意氣力量，可以强索，然而取必于意氣力量者，或能使之有所遇，而不能使之無所遺。豈不信乎君子哉！彼以偏才曲學名君子，抑何其待君子之淺也。

○在時文中，爲已成格律矣。前後呼應，君子直從本原指示，用比擬者每失之。至于氣促而詞腐，尤今日所當深戒也。凡予評子遜文，皆主此意。

人能弘道　節

聖人論道，而專其責于人焉。夫人以載道者也，弘道者人，弘人者亦人，道曷與哉？嘗謂人之生也，與道俱生，亦與道俱成。道之于人，未有不相藉也，而未始可相諉也。曷言之？道者以虛爲宗，以因爲應。虛則無思無爲，而思爲必有所寄，其爲之寄者人也；因則有翕有張，而翕張不能自主，其爲之主者人也。

天下惟人爲能戴耳目，抱心思，而具聰明睿智之體。則當其全體立焉，而規恢出焉，吾體即爲道體。天下惟人爲能秉健順，含中和，而具神明變化之用。則當其全用行焉，而功化溥焉，吾用即爲道用。

故就道而觀，其廣矣大矣，奠兩儀而育群生者，人以爲道弘乎，然其弘有自，道之能也，而寔人之能也。弘道而無人，安知不終爲虛器也？就人而觀，其巍然卓然，參天地而關盛衰者，人以爲人弘乎，然其弘有自，人之能也，而非道之能也。弘人而待道，安知不終爲委形也？

蓋道之與人，其相爲用者，渾淪妙合之機。道苟弘矣，人不獨小也；人苟弘矣，道不獨隘也。有其修之則兩得，無其修之則兩失。

人之與道，其不相假者，經緯運量之功。道有未弘，責不在道也；人有未弘，責亦不在道也。兩得之中，必有任其功；兩失之中，必有任其咎。

故天下均是道也，昔以大明而大行，今乃不著而不察。吾以惜其道，因以惜其人，天下均是人也，彼以作君作師而有餘，此爲愚夫愚婦而不足。吾以罪其人，不以罪其道，有世道之責者，夫亦可以思矣。

○非道弘人，只是要人去弘道耳。互發不免支碎。

君子有三畏　全

聖人儆人心，而示以知所畏焉。夫均一天命耳，大人聖言耳，君子畏之，小人忽焉。事心者宜何從耶？嘗謂人心最亢而難御，不有以震竦之不下，而不奉其至尊至嚴至可畏者，以震竦之，尤不下。蓋畏則修，不畏則怠，而知則畏，不知則忽，其君子小人所由分乎。君子所操之心，小人亦同得以爲心，乃其黠簡則獨密；君子所奉之理，小人亦同得以爲理，乃其敬承則獨深。

吾見其有畏矣，而畏有三，一曰天命，一曰大人，一曰聖人之言。不以其不見不聞也而加弛，亦不以其習見習聞也而加玩；不以其無形無聲也，而無可攝持，亦不以其有形有聲也，而有可規避。蓋知之隱微顯見者，能以緝熙而純敬止之功，故起念無非欽翼；貞之動静食息者，能以流行而見本體之神，故觸處無敢怠荒。而小人有畏乎哉？謂天載無聲，視聽邈矣，何知臨下之有赫，有厭棄之已耳。謂幽獨無形，指視杳矣，何知帝令之不僭，有矯誣之已耳。如是而何知有大人，何知有聖言，又何怪乎其狎之爲凡流，而侮之爲土苴哉。

是何也？道在天人，上下本同一原，見以爲神，則皆神也，見以爲迹，則皆迹也。心之敬肆，出入亦無兩機，一念欽，則無所不欽也，一念玩，則無所不玩也。吁！亦孰知夫有畏者之終于無畏，而弗畏入畏耶？故欲求事心之學者，當自三畏始。

○次節『小人不知天命』，另作一提，故通篇文氣稍側重天命句。不聞、不見兩比，筆甚員切。

齊景公有　稱之

論人于身後之名，而所重可知矣。夫齊景以不義得國，生則榮矣，要以身後之名，不愧夷齊多哉。且夫齊有崔慶之難，人倫一大變故也，爲齊景者，有討與去而已。吾聞以讓得國，義士猶或逃之，矧有視其兄死而因以爲利者乎？以仁伐暴，義士猶或非之，矧有幸其臣弒而因以爲利者乎？無他，重視此千駟故也。

夫千駟也，有之而果足重乎？彼其死之日，胡無稱也？此以知公論在人，死而後定，寄寓之榮有盡，而訾詬之口難消。當其生也，耽視全齊之樂，至于揮涕牛山，思挽留而不得，令知富貴之爲累若此，挽留亦奚益矣。非富貴之能累人，重富貴者，人自累也。

無之而果足輕乎？則彼餓首陽者，胡以到今稱也？此以知公論在人，久而益明，百年之身有涯，而振古之響難湮。當其生也，甘心西山之厄，至于採薇行歌，視死生若旦暮，苟其貧賤之足重若此，旦暮亦古今矣。非貧賤之能重人，甘貧賤者，人自重也。

要之，貪夫以倖取滅名，而後世遺榮之士，遂指爵禄爲塵垢。富貴非惟累人，人亦累富貴矣。義士以直節垂譽，而後世慕義之徒，遂安枯寂爲養高。貧賤非惟重人，人亦重貧賤矣。不有聖門之論，孰表而出之。

〇只從貧富立論，通篇兩比一氣揮斥，無排對語，尤足追效王、瞿。

唯上智與　節

聖人特舉不移之質，見移于習者衆也。蓋不移者惟上智與下愚，則移于習者亦衆矣。人可不慎所習哉？且人之自恃而不簡者，則曰吾質已定，智者難爲愚也；人之自棄而不修者，則曰吾質已定，愚者難爲智也，而不知天下少有不可移之質也。

質者，生而定者也，而有習在焉，則猶未定者也。質者，制于天者也，而人爲參焉，則天亦不得而制之者也。故毋謂才高爲足恃也，染之以慆淫之行，而薰之以比昵之朋，自非高明之甚者，鮮不退而與流俗伍矣。求其不移者，誰乎？惟上智而已耳。毋謂困學之不足勉也，本污也而潔修之，本枉也而直矯之，自非昏庸之甚者，鮮不進而與聖哲儔矣。求其不移者，誰乎？惟下愚而已耳。

蓋所謂上智者，非獨其資禀上也，亦其志之日向于上而不可回者也，令有可移之志，則未始無可移之質矣。所謂下愚者，非獨其資禀下也，亦其心之日流于下而不可挽者也，令其不肖之心而可移，則雖有不美之質，不必論矣。此以知極粹極駁之分，乃千古間出之氣，而中材者最多。

克念罔念之際，乃聖狂從入之門，而修爲者宜力。

人苟不務自治，而徒歸之于質也，非特不知學也，亦不知性已。

〇注云『非習之所能移』，言上智下愚，不必再纏入『習』字。能習于善，謂之上智，未有上智而復移于惡者也。能習于善，不謂之下愚，未有下愚而復移于善者也。『習』字在智愚之前，不在不移之後。後半講到不肯移，此是分善惡者，非是分智愚者。爲善爲惡，方是習，爲智爲愚，則氣質一定者耳。夫子此語不是以上下兩路寬天下，只見得天下皆中人耳。中人以上，中人以下，上下非天之所造明矣。

故舊無大故　一人

篤於念故，而恕於用材，忠厚之道也。夫故者不可輕棄，而材者不可備責也。苟知此道，其猶有忠厚之遺乎？周公訓魯公也，曰：長國家者以寬和爲心，而以含弘爲量。甚無樂乎記人之過也，而記過於積勞之臣，則又刻矣。甚無樂乎繩人之短也，而繩短于效用之士，則又苛矣。吾語汝以君子之道，其一在厚故，其一在器使。

所謂厚故者，何也？大凡故舊之人，腹心久托，情誼固已難睽，聲望素孚，中外亦已屬目，於此而有大故，議之可也，有小過，原之可也。不然，一事詿誤，盡忘其夙德，片時違忤，並錮其生平。彼方自負其功，而未服其罪，則不無觖望之心。天下未知其可去之罪，而徒思其前日之功，則不無憐惜之意。是使老成者解體，而新進者自疑也。吾以爲功過自足相準，而新故不宜屢更，雖薄譴示懲，尚冀悔悟之日，而暫擯復用，勿禁自新之途，所謂厚故者道宜爾矣。

所謂器使者，何也？大凡天之生人，英資有限，上哲不必其全瑜；材具各宜，庸品不難於小知。故人誠有微能，收之可也，有微纇，恕之可也。不然，一德可録，厚望以通材；大閑無虧，並責其細節。豪傑者苦責備之艱，既未見其奇而先露其拙；不肖者懷倖進之想，又將掩其拙于此而售其奇於彼。是使偏材與匪材並棄，而似材與真材兩淆也。吾以爲封菲不棄下體，而芻蕘可佐廟廊，雖瑕瑜有真，難逃殿最之典，而大小兼駕，用宏登進之門，所謂器使者道宜爾矣。

率是道而行之，勛舊堅翼戴之思，賢才無扼腕之嘆，于以培元氣而熙庶績，計無善此者，小子念之哉。

〇只是才大，故不嫌堆積耳。深于唐宋大家，自當于轉换見法。

興滅國繼　節

周王得民心，惟反前代之所廢而已。夫滅國也，絶世也，逸民也，商固不當廢矣，周王一舉而反之，宜得民也哉。

嘗觀古帝王罔若民而不昌，疇逆民而能存，是以聖人受命無窮，以民爲心，即商周可睹焉。周王謂殷初定未集，大要在收民心，而民億萬其心，大要欲反商政。今試思天下之民，其心必以商王受滅人國，絶人世，又使賢人遺逸乎嵁巖之下，于是乎輕背而去之也。且以繼今有能興所滅，繼所絶，又使逸民奮庸乎淹抑之後，何幸得傾心事之也。

吾建新國，不若興滅國急；吾講世及，不若繼絶世急；吾賞勞臣，不若舉逸民急。蓋分封爰及以尊勤勞，此新天子報功之心也，天下之民心不存焉；興滅繼絶而録老臣，此殷遺民積望之心也，民心之歸往斯亟焉。民方心乎存故，而王寔令之不亡；民方心乎彰善，而王寔令之不播。彼其當紹休恐後，所以舍殷之薄，歸之於厚，而今果無負矣。王不忍故國之湮没，於民寧有殘心；王不忍忠良之沉抑，於民寧有媟心。彼其當新附初急，所以避殷之暴，歸之於仁，於今轉加切矣。矧覆宗滅緒之家非他，夫亦古先王之苗裔也，一興繼，則以録勝國之子孫，而初無自封之意。播棄遜荒之士非他，夫亦商先王培植之者長也，一舉用，則以收前代之賢材，而略無猜忌之心，商民之歸周也，無亦不忌商之心激之哉。

○此題不難華美，難于振動歸心句。商周之際，新舊之盛，如在目前。

欲仁而得　焉貪

欲之所以美者，欲以理也。夫仁，心體也，亦政體也，患不得耳。豈患有欲乎，而貪不足言矣。且政之大戒，莫如貪。貪之生也，生於見可欲之心；貪之成也，成於求必得之心。欲何以稱不貪也，亦其所欲而得者仁耳。蓋天下之根乎情者，謂之欲；天下之根乎理而寄乎情者，亦謂之欲。恣情以爲欲，欲與理角矣，念動而本體即乖；任理以爲欲，欲與理會矣，念滿而本體乃完。

尋天機於淵矱，必使精神營衛，惺然常凝。而惺然者，亦隨所欲而俱復，是欲亦我也，得亦我也，無我取人之迹，無人予我之嫌。與畔援者不侔矣，而何貪焉？覓元善之境界，必使慈祥愷悌，盎然常流。而盎然者，亦隨所欲而俱足。是欲亦非我也，得亦非我也，我與天下共其願，天下與我共其適。視營私者不侔矣，而何貪焉？

蓋仁本無意想，何有於欲？欲者，特其靈根之萌動，而方寸別無一心，則有欲猶無欲也，而誰得以徇欲病之？仁本無去來，何有于得？得者，特其真宰之純全，而方寸別無一物，則有得還無得也，而誰能以苟得議之？爲政者，誠以人心之同欲爲欲，則發源在宥密，湛恩在海隅，而天下惟患其不欲。誠以吾心之真得爲得，則一腔有生意，蒼生有濊澤，而天下惟患其不得。豈非政之美，而萬世之所當尊哉。

○必以無欲形欲，必以無得形得，無意想，無去來，詞家理障。中比『仁』字，尚當切政上說。

孟子

便嬖不足　前與

大賢之探王欲，有在於喜佞倖者焉。夫君有私人，所以成其私也，此固世主之所喜者，宜孟子以此探之也。若曰，人情有不足而後睹所病，求必足而後睹所争，王之興兵而構怨也。以爲肥甘輕暖之是求乎，采色聲音之是求乎，而王心不惟是也。意其所不足而求足者，又在便嬖使令之樂與？

蓋便嬖之人，其職在執役，其心在望幸。其趨走在深宫燕閑之中，而改容之禮，折節之儀，我既不必行于彼；其置身在媵嬙嬪御之列，而苦口之藥，逆耳之箴，彼亦不得行于我。

我之欲聞者，豐亨豫大、養尊處優之説，彼則爲之獻之，蓋諱其所深忌，而投其所甚歡，傾情而注聽焉，能使憂倏喜而怒倏平者，必若人也，胡可一日無也？我之欲得者，慆心逸志、快意極樂之事，彼則爲之求之，蓋未見意而表異，未見欲而雕琢，浸淫而沉溺焉，能使安忘危而壯忘老者，必若人也，胡可一日無也？一食而殫水陸之珍，非不美矣，而左右視膳者，無若人，則味弗旨。一衣而極文繡之奉，非不華矣，而朝夕舉笥者，無若人，則體弗適。羅于前者，雖有青黄黼黻之煌煌，而非此便變之人，爲之争妍而鬥艷，孰與悦其目？進於側者，雖有金石絲竹之相宣，而非此便變之人，爲之貢諛而諧聲，孰與愉其耳？故長君可容，逢君可容，而頤指氣使之歡不可去；親臣可無，世臣可無，而奉顔承旨之輩不可除，世主之情，大都若此矣。王之不足，其在是乎，否耶？

○隱刺齊臣，于形便變語見之。

今王發政　之塗

能使天下繫心，仁政之感也。夫天下亦大矣，而士農商旅盡之，不有仁政，何以繫其心哉！且人主有所大欲于天下，而天下亦有所大欲于人主，人主而欲自就其欲，則必先就人之欲而後可矣。人之所欲何在？仁是也。是仁也，小用之則爲術，一物苟其生全；大用之則爲政，天下在其容保。而是政也，離于仁則人携，以所爲求所欲而不足；由于仁則人歸，舉斯心加諸彼而有餘。

今王誠發政焉，施仁焉，輕徭薄賦，使天下知其不貪；尊賢愛士，使天下知其不驕。天下莫不騖尊榮，而吾簡而用之，作豪傑之氣；天下莫不騖富貴，而吾因而予之，收遠近之心。蓋政依仁以爲政，則政非徒政，精神潛爲感召；仁附政以爲仁，則仁非小仁，穢澤翔乎寰區。

由是而仕者欲王朝矣，曰王無臣其所教；耕者欲王野矣，曰王無用其所緩；賈而藏者欲王市矣，曰惟此爲不征之廛；旅而出者欲王途矣，曰惟此爲不暴之關。斯胡雲合響應若此哉？則發政施仁使之也。夫人各有欲，其乘機遘會而出者，非爲厚利，則爲名高；夫人各思遂其欲，其翹首跂足而起者，既切就日望雲之思，又懷此疆彼界之恨。不然，招之無道，而興兵構怨以携之，朝野市塗，皆敵國也，其何濟之有？

○眼明手快，一舉即中。更能節其興會，澤以風雅，當爲古今盛業矣。惜哉，弗講于歐、曾之法也。

謀于燕　二句

大賢之策齊，有宜于存燕祀者。夫燕無君也，立以撫之；燕有君也，去以寧之。此爲燕也，亦爲齊也，宜孟子以之策齊宣也。

若曰，燕自召公以來，世有君矣，齊師入而燕祚中廢，召公之不祀也忽焉。天下之所以痛心于燕，而忮心于齊也，故齊之取燕非計也。若徒然委而去之，而無所置以塞天下之議，亦非計也。蓋聞之，定大衆者，不可以無主，無主乃亂；濟大事者，不可以專欲，專欲難成。矧天未絶燕，當有繼燕之人，雖欲廢之，其將能乎？燕方厭亂，必思定亂之君，就而圖之，蔑不濟也。斯時也，或採之大臣宿將之言，而資其擁衛之力；或詢之中外臣民之望，而取其師錫之公；或爲之置親而置長，而用以光累世奕葉之傳；或爲之置賢而置能，而用以振一時再造之業。

若曰，我之置君也，爲燕計也，苟燕之輿情所屬，輿議所推，我則從之，示天下以無私也。若曰，我之不去也，亦爲燕留也，苟燕之先君無廢祀，人民無廢主，我則去之，示天下以無求也。蓋惟置君于在燕之日，則有廢必興，有絶必續，向也暴而今也仁矣。惟去燕于置君之後，則權不久假，師不久淹，向也擾而今也靖矣。天下諸侯，雖欲兵齊，其何辭焉？

○熟于《左》《國》，故有此勁筆。然不及董玄宰先生多矣。

昔者大王居　二節

大賢勉滕君以自强，必援往事而諭之也。夫爲善所以自强也，遷國非得已之計，奈何輕效往事哉！昔文公爲築薛之舉，而有怵焉遠避之心也，故孟子曉之曰：君子之立國也，不恃人之强，亦不畏人之强，在善自爲謀而已矣。吾嘗歷覽古今，追迹興替，其間弱避强，寡避衆，而遠迹以圖存者，蓋亦有之，太王是也。

然非太王之得已也，蓋其所憐者，夷德無厭，則梟獍之性難馴，非若今日之齊，號稱冠帶之國，猶可德懷而禮服也。其所值者，戎馬日騁，則剥膚之勢已逼，非若築薛之議，僅萌蠶食之端，猶可防微而杜漸也。説者皆云，遷岐之後不數傳，而六州歸，大勛集，後世子孫相繼而爲王。或者太王之有意于是，而不知太王之爲其子孫計也。非遷國也，爲善而已耳。興王原不擇地，天命歸于有德。

修德行義之烈，苟足以薦馨香而來帝眷，則皆可轉敗而爲功。積功累仁之行，苟足以洽百姓而光四方，則皆可拓小而成大。

曾何彼何此，何古何今？第以前功而責後效，則其心必不純。以薄德而徼後報，則其爲必不力。

是以君子不敢必也。以其可創可垂可繼者，爲之于己；以其固然宜然不必然者，俟之于天，如是而已矣。夫爲善之利，大之足以王，而小之亦不失爲可繼。吾故願君之强爲也，不然，雖有他計，如齊何哉！吾恐當今之時，人懷改闢改聚之心，世多争城争地之戰，爲君之岐下者，未知何在，而爲君之齊人者，比比然也。君幸熟計而審處之。

○入『爲善』以下叠用排比，更不能用單微段落之妙，此子遜短處。排而不穢，此子遜勝時人處。

鷄鳴狗吠　二句

齊民之庶，王之資也。夫與王者在善用衆也，齊民之庶如此，顧惟所用之耳。且國不患無地，患無民以守之；亦不患不王，患無民以輔之。文王之時，非無民也，然而高山之荒，自太王始也。后稷公劉之所長育者，或在邰在豳，而芟刈灌洌之境，生齒尚未煩也，豈所望于齊之民哉。

齊之爲國也，其地負海，其民有山澤魚鹽之利以爲饒，是故饑寒流離，不起于内，而生聚者多；其地四塞，其民有天府百二之雄以爲固，是故干戈金革，不起于外，而虚耗者少。不特市朝之中，爲百官之所莅，氓隸之所趨，而其群萃而托處者，環四境猶是也。蓋鄰邑相望，而鷄狗相聞，數十世之所封殖，其來久矣。不特都會之區，爲士女之所集，商賈之所輳，而其比屋而列居者，環四境猶是也。蓋聞鷄狗之音，而興庶矣之想，數百年之所灌溉，漸使然矣。

吾聞古之肇造區宇者，或托于百人之集，或托于一旅之衆。而此一齊也，黔黎群生，遠樂其鄉，即在王迹未興之時，編户已雄乎列辟。吾聞古之代天理物者，乃稱之曰其麗不億，乃稱之曰其旅如林。而此一齊也，休養生息，極熾而豐，即在舊邦未新之日，租税已甲乎群雄。

蓋撫其衆而善爲之，不患寡，亦不患貧；因其勢而利導之，可以富，亦可以教。今日之戴齊而爲君者，此民也；他日之輔齊而王天下者，亦此民也。以齊視周，其王也孰難孰易，必有能辨之者。

〇文甚富殖。俗題易于規避，矯言清新，如此點染，如林如市，政足多也。

我善養吾浩然之氣

氣之得養，大賢之不動心也。夫浩然之氣，心之用也，不善養之，而何以求不動哉？且夫氣之與心，原不相離，所謂心之不動者，氣不動也。而告子乃曰『勿求』，是以氣爲無助于我而小之也。而氣本浩然，安可小也？是以氣爲無關于我而外之也。而浩然之氣，乃吾氣，安可外也？

浩然者，本來之真體，而本體必合之工夫而始完，故養則盛，不養則微也。而吾烏能以不養也？養者，後來之工夫，而工夫必合之本體而始粹。故養之善，則雖微可使盛；養之不善，則雖盛而反微也。而吾烏敢以不善養也？念吾氣之保合凝成，爲體充不爲體囿，而日引月息，毋失賦畀之初。念吾氣之布濩流行，爲志役亦能爲志輔，而潛護密持，毋厭數十年之久。

是故浩然者在我，無可畏之萬乘，無可畏之三軍。然而所以主之者，非必勝也，非無懼也，養大勇而已矣。浩然者在我，無可憚之褐夫，無可憚之千萬人。然而所以養之者，非主于必往也，非主於不惴也，能無暴而已矣。彼天下有動志之氣，不爲用而爲害，欲侵主帥之權，而反窒盛大之機，非善養也。天下有志動之氣，滯於形，弗符於神，雖得乎佐使之常，而未臻乎渾合之妙，亦非吾之所謂善養也。若告子之勿求，抑亦舛矣，吾何取哉？

○此題貴以静氣微指出『善養』二字，仍前黝、舍作證，不犯實講隱見所長，極貼合文字。

詩云迨天之　道乎

《詩》咏豫防，知治理者也。夫方盛而戒，此防患之善道也。不觀夫陰雨之什乎，宜聖人有遐思矣。嘗謂國家之盛衰有數，制盛衰有道，道者數之紀也。夫惟明其道，乃可以維其數，說在《詩》可繹矣。

昔者周運方新，九服晏然，計臣謀士，正拱手而獻成功，媢子諧臣，且慆心而談安樂，公獨穆然深思，而托之《詩》以諷也。先事慮事，先患慮患，日中而嚴陰雨之防；雖盈勿盈，雖安勿安，深居而凜下民之畏。

其曰綢繆，非蚤計也；其曰無侮，非倖免也。人之言綢繆也，在劻勷多故之秋，而《詩》之言綢繆也，在清夷無警之日，則人識著而《詩》識微也。人之言無侮也，曰天祐國家之福，而《詩》之言無侮也，曰人謀旋斡之功，則人見形而《詩》見幾也。天道無常親，危使平而易使傾，雖有風雨之漂，不及家室之固焉，其必應之符也。《詩》言及此，此之謂善言天矣。人道有定算，安思危而治思亂，雖有卒瘏之計，不辭手口之勞焉，其杜漸之術也。《詩》言及此，此之謂善言人矣。

理亂興亡之故，得之咨殷監夏者既深，故矢爲篇歌之什，其情危。馭朽隕淵之戒，得之耳聞目睹者非一，故陳之負扆之前，其慮殷。成王讀是詩而知悟，則《無逸》《立政》之道也，謂八百年之宏規可也。世主讀是詩而知悟，則惜時保業之道也，謂千萬世之龜鑒可也。故孔子曰，爲此詩者，其知道乎，此乃吾鄉者及閑暇而明刑政之説也。

〇結孔子贊知道只一語，時手必以孔子與周公相對發矣。主客不明，行文通病。此作是正格，但入處不切周公居東時。

有官守者　四句

人臣有當去之義者，有曠位之耻者也。夫人臣之分，各有司存，一曠其位，耻莫甚焉，此其所以去也與，孟子舉此以自明也。

若曰，去就者士君子之大節也，就非干澤，去非沽名，酌其可而已矣。夫君子必如何而後去哉？大凡國家懸爵禄以來英俊，非授之以事，則責之以言，賢才吐平生以酬知遇，非欲乘時而振來，則欲因事而納規。

於是乎有身膺官守，而爲天子之股肱臣也者；於是乎有身膺言責，而爲天子之耳目臣也者。

股肱寄之，則將以股肱自爲也；耳目寄之，則將以耳目自爲也。

夫苟便宜不假，而權由中制；操縱無主，而柄從旁侵。官守之謂何也？爭之則釁事，而聽之則鰥官，當此守者不亦難乎，則有委其守而去之耳。忠不勝讒，而上多逆耳；直不勝佞，而朝多結舌。言責之謂何也？激之則招禍，而隨之則長失，當此責者不亦難乎，則有委其責而去之耳。

此一去也，經綸卷于草莽，而名寔未加。豈誠願之獨計，以爲用弗售矣，而徒以依阿浮沉之身，縻大官之俸，而孤朝家之托，則不若一去以明高也。此一去也，致主竟成空談，而責難無補。又豈願之獨計，以爲諫弗行矣，而徒以澳涊緘默之身，妨直士之路，而墮敢言之氣，則不若一去以明節也。蓋其守在于官，則去就視其官；責在于言，則去就視其言。人臣之義，類若此矣，而豈所論于不召之士哉！

○題意在兩『則』字。言必如此則去，去不苟也，然使或翻一不必去意在題前後，則又非不受齊禄之高。此文疏朗中，復能渾渾。宋羽皇

○題實而運之以虛，必如何後去，直貫至結比。每處唤出『則』字，真機法兩到之文。

聖人之憂民如此

大賢指聖人之憂民，勞心焉而已。夫聖人必勞其心以爲民，而後其民治，倘不如此也，民何賴焉？孟子闢並耕，若曰，天下之托命於人主者，惟心最重；天下之能勞主心者，惟憂最深。故主心

而知勞，則知治已；主心而知憂，則知勞已。吾繇陶唐之事觀之，乃知天遺聖人以天下，非以天下遺也，而以憂遺，遺之以其所不便；民奉聖人以天下，非以天下奉也，而以憂奉，奉之以其所不適。

天下有憂，憂在聖人。聖人既以憂先天下，而不敢徒諉諸氣數。天下無憂，憂在聖人。聖人又以憂後天下，而不敢遂狃夫細娛。民昏墊則憂昏墊，猶曰其顛連者可憫也。八載功成之後，懷襄不既平乎，舉世方熙熙攸伏，共慶寧宇，而聖人之急爲鞠育也，又如此。民飽暖則憂飽暖，猶曰其逸欲者可虞也。五教修明之日，習俗不既一乎，舉世方喁喁向風，毋敢軼越，而聖人之重爲提撕也，又如此。

當其時，即有受命納揆，不避艱阻，皆聖人憂而彼代之，蓋惟主治者如此，則輔治者不得不如此，不憂而何代矣？又其時，即有後先宣力，不顧身家，皆聖人憂而彼分之，蓋惟職要者如此，則職詳者不得不如此，不憂而何分矣？

以此爲憂，則其經營擘畫，必至于此，乃稱真兢業焉，而此内毫不可弛。以此爲憂，則其經營擘畫，必止于此，乃稱識體要焉，而此外毫不可兼，並耕之説謬矣。

○運如此極有法，予更欲于渾渾中見進退出入之妙。

○此等結題語，與《左傳》『公語以故，且告之悔』政同，若分析説破，所謂題難而行之以易。

在於王所　爲善

觀君德之所繇以成否，而知忠益之宜廣也。夫君側有正人，誠爲善者機也，而成否尤視乎衆寡。有忠益之思者，廣之而已矣。孟子謂戴不勝，若曰，自古上臣格君，未嘗不以選左右謹輔導爲兢兢。子之善居州而置王所，甚忠志也，而吾猶恨其少。何也？王之所職與諸司不同。九重密勿之地近，君常親信而不疑，而情意流通，精誠易爲感動。禁闥出入之時多，機常未形而先覺，而從容引對，乘間得以進規，此非常任也。使賢人居之，則易與爲善，使衆賢人居之，則爲善也尤捷；使不賢人居之，則易與爲非，而使衆不賢人居之，則爲非也尤速。

誠使無問長幼，無論尊卑，在王所者，而皆居州其人也。彼其朝夕而薰陶者，非仁義之矩，即道德之謨，稍有僻志，又群起而繩糾之矣。雖欲不善，誰與爲也？不然，則其伺隙而雜投者，非聲色之娛，即好利之誘，稍有善萌，亦群起而阻喪之矣。雖欲爲善，誰與共也？

蓋芳規與惡德，雖善敗不同轍，然而創見則俱駭，習見則俱安，而左右前後，所見者愈衆，則愈不覺其相忘而爲一。獻諛與陳悃，雖忠佞不同情，然而驟聞則俱疑，飫聞則俱信，而出入周旋，所聞者愈熟，則愈不覺其深入而難回。

故必老成新進，絶夤緣攀附之徒；師保凝承，盡賢良方正之選，然後君志定，而治功成也。吾子勉之。

○仍用有技篇局。收二比仍是分説，不犯下一薛居州句。

古者不爲　已矣

論不見諸侯之義，歷證諸古而益信也。夫惟聖達節，其次守節，而非是者皆譏也，則爲士之不同于爲臣明矣。且世之爲士者，皆曰曲學拘咫尺之義，聖人無已甚之爲，諸侯之見，於士乎無損也。不知臣之見君分也，士之見諸侯非分也；諸侯之見士禮也，士之求見非禮也。雖君之尊，遇臣則尊，而廊廟豈高於巖穴；雖士之卑，爲臣則卑，而韋布豈下于軒冕。故不臣不見，從古未之有改也。

古之聖若孔子，賢若段干木、泄柳之徒，皆士而未爲臣者也。其有執乎不見之節而終之者，干木之逾垣，泄柳之閉門是也，而君子以爲甚。惟其迫也，不迫而何以見哉？其有權乎不見之節而通之者，孔子之於陽貨是也，而君子以爲宜。惟其先也，不先而何以見哉？藉令未先而見焉，未迫而見焉，于己爲貶道，貶道則守壞，于人爲慕勢，慕勢則名卑。雖卑諂捷給之容，可以希時好，而脅肩諂笑，難免曾子之羞。雖阿諛逢迎之術，可以釣世資，而未同而言，難辭子路之耻。

由是觀之，君子之所養，將爲此乎，爲彼乎？亦可以知所處矣。養之之至，欲粹欲純，則守節不如達節之爲通，而禮義時中之聖，固可以陋乎一偏一曲之守。養之之始，欲高欲潔，則失節不如守節之爲正，而逾垣閉門之士，亦可以愧乎自卑自小之風。吁！天下無聖人，則不臣不見，如段干木、泄柳之徒者，殆未可少也哉。

○孔子節最難融洽，如此作法，真神明于文者。

愛人不親　全

反身之應，自己求之者也。夫仁智敬所以自反也，豈以求人？而人歸焉，則謂之自己求也亦宜，《詩》足徵已。孟子意曰，自修之道，以己爲的，以人爲符。動而偶中，怠者衹以益其愚；行而多違，勤者藉以省其闕。君子執樞于身，合符于物，蓋自反宜兢兢焉。

曷言之？夫人自視則暗，視人則莫不明，雖明者自明，我則可借以反觀，而以明補暗。夫人自責則寬，責人則莫不刻，雖刻者自刻，我則可借以反治，而以刻濟寬。故愛人而人親也，治人而人治也，禮人而人答也，此其常者也。由其常者，固可以驗人情之同，有親而可久。由其不常者，亦可以證吾行之失，撫心而内疑。

既以吾自護之身，爲天下人公共之身，而虚以觀其闕失者何在；又以吾自恕之心，爲天下人不肯恕我之心，而嚴以核其指摘者何端。苟一疵之尚存，即無難于祓濯，雖無闕之可補，亦豈厭夫增修？

由是而無不仁也，無不智也，無不敬也。精之極也，反乎其無可反者也，而身有不正乎。由是而無不親也，無不治也，無不答也。誠之應也，歸乎其所不得不歸者也，非己爲之招乎，《詩》足證已。《詩》曰：『永言配命，自求多福。』用是而知命，不必無臭無聲，唯是日用應酬，即爲帝則。福不必浸昌浸熾，唯是至誠動物，即爲休徵。合天下以成吾身，即一物未附，皆自致之尤。正吾身以通天下，即歸遍九州，亦自求之慶。有天下之責者，愼無置己而尤人也。

○『行有不得』，是一章承接緊關語。此處着力，下不煩解，但偶句爲累不小。

得其心有道　合下節

有道以得民心，而民歸必矣。夫惟欲與惡，民心之不約而同者，得之有道，而其歸也，孰禦之？且自疆場一彼一此，而民心易合易離，非其所甚願望之處，不能招之而使來，吾謂得民在得心矣。而得心豈無道乎？民各有欲，亦各有惡。藉君之靈爽，能使割其欲以奉我，而終不能使其所欲者勿欲；奪之而不怨，能使蹈其惡以徇我，而終不能使其所惡者勿惡。蓁之而不怒，惟仁人設身以處，而曲以照其不及照之情，又推心以投，而力以遂其不能遂之隱。不曰其時未便也，亦不曰其事重大而難舉，第曰民固欲之，吾烏得而不予之？不曰其事無傷也，亦不曰其弊沿襲而難除，第曰民固惡之，吾烏得而不去之？

夫所欲在民，利於民，未必甚利於君。君也而與聚，則其所創建，與其所營造，蓋有特爲民而議行者矣。民不忻然悅乎？悅不歸乎？所惡在民，拂於民，未必甚拂於君。君也而弗施，則其所減省，與其所禁絶，蓋有特爲民而議罷者矣。民不躍然快乎？快不歸乎？蓋民之歸仁也，若水就下然，又若獸走壙然。水有性而無情，何欲何惡，乃其傾注在此，則若係心在此，民有情者也，而去就何以不如水也？獸有情而無知，亦何欲何惡，乃其於此走集，則若于此識歸，民有知者也，而趨避何以不如獸也？故君欲闢聚，民亦欲安全，君惡離析，民亦惡阽危，一得則俱得，一去則俱去，三代所由，得心得民而得天下者哉。

〇其意只求鬆耳，然妙莫妙于用鬆。要非子遜不能用。韓求仲先生

〇凡子遜作轉宕語者皆佳。『欲惡』遇下『歸』字，是足上意，又是起下意。『有情』『有知』二比，巧不傷雅。

樂則生矣 二句

論人心之真樂，有生生之妙焉。夫孝弟之樂，真樂也，則天機之生又烏可已哉？孟子意曰，人之大樂與天地同和，而不知大和不在天地，只在人心。夫心有真樂，固天下之大樂所從生也。吾謂樂之寔在樂斯二者，乃其妙可言焉，蓋凡鐘鼓之樂有待者也，而二者之樂無待者也。有所待者，樂作而樂生，樂息而樂已；無所待者，方樂而若或啓之，既生而若或鼓之。

孩提之愛，或以外慕入焉而間，樂則瞻依怙恃之懷。又在好色妻子之外，觸乎親而孝生，而孝之中又生孝焉。即用力用勞，亦以爲子職之當然矣，雖欲已於事，而烏能已也。

稍長知弟，猶或以外誘入焉而歇，樂則克恭天顯之念。又在後長徐行之先，觸乎兄而弟生，而弟之中又生弟焉。即出入揖遜，亦以爲吾敬之宜爾矣，雖欲已於從，而烏能已也。

當其樂也，外不繇於拘迫，内不假於矯强，若孝弟之植根于心而萌孽兆焉。豈惟親長之交而後生，即身在屋漏之中，其善機若現。及其生也，官欲止而神欲行之，意欲倦而天即鼓之，若孝弟之敷榮於外而枝葉茂焉。豈惟愛敬之性不可遏，即行有餘力之際，而欲罷不能。何也？二者之樂天樂也，樂以人者欲生，樂以天者德生。生生之機天機也，爲人使易以已，爲天使難以已。蓋甚至於舞蹈不知焉，則神矣化矣，不容言矣，此之謂樂之實也。

〇孝弟之中又生孝弟，此語政與本立道生對照。後人寬説一步，牽合仁愛，反不切至。子遜後來『身在屋漏』數語，耑就孝弟言『生』字，深微淡至，當爲集中理題第一作。

舜明於庶物　節

虞聖之精而一者，自然者也。夫明察合而仁義出焉，自然而精一者也，此之謂成性存存矣。且天下惟幾希之理爲至微，亦惟幾希之理爲至大。故彌約而彌近，則物非人不理，人非倫不立，倫非性不運，統此幾希之包涵。彌推而彌廣，則性列仁義而有兩，倫通内外而有五，物盈宇宙而有萬，統此幾希之分布。

舜蓋生而存此幾希者也，爲能於庶物明焉，人倫察焉。夫何以能明也？物之象雖煩，物之理則約，舜惟得理以得象，而明者非揣摩。又何以能察也？倫之修在人，倫之秩在天，舜惟知天以知人，而察者非推測。

物焉而明，必并其所以理是物者明之，而若何而仁育，若何而義正，亦明物中一大竅係也。不明則不行矣，明矣而又安所事行乎？倫焉而察，必并其所以體是倫者察之，而若何而仁主恩，若何而義主敬，亦察倫中一大脉理也。不察則不行矣，察矣而又安所事行乎？

其行者迹也，其所以行者非迹也，性也，命也。其由者可知也，其所以由者不可知也，神也，化也。由其一念之盎然、藹然者，以聯天下之睽，而物於焉並育，倫於焉相得，聖人無意爲仁而仁至。由其一念之截然肅然者，以辨天下之紊，而物于焉各正，倫于焉得序，聖人無意爲義而義盡。

蓋惟天下有生知之聖，精者不析而自精；斯天下有安行之聖，一者不勉而自一也。所謂幾希之理，非大聖其孰全之？

〇文以淺而溜。

舜明於庶物　二句

有虞聖之生知，而天下無遺理矣。夫庶物與人倫合，天下之理統是矣，非舜其孰能知之？

嘗謂幾希之在人也，人之所以爲人，亦聖之所以爲聖也。故象數非賾，幾希非微，經常非大，幾希非細。虛而能涵，本爲倫與物之府；靈而能照，亦具明與察之用也。而能全之者，其惟舜乎？舜蓋生而存此幾希者也。濬哲所鍾，不借資於聞見，文明所及，並收納於江河，爲能于庶物而明之。明之云者，非物物而揣摩之也，合萬象于一心，既得其統宗之本，通一心于萬象，自晰其條貫之詳。

試觀之當時，其齊政封山，幽徹宇宙之隱，修禮同度，明洞五俗之宜，以此思明，明可知矣。故曰明庶物者，莫如舜，爲能于人倫而察之。察之云者，非僅僅能諳習之也。由天以盡人，既灼其經綸之妙，由人以推天，又窺其秩序之原。

試觀之當時，其克諧當頑嚚之變，知經而經，濬汭通告娶之常，知權而權，以此思察，察可知矣。故曰察人倫者，莫如舜。聖心之中，虛無一物，安見其明？而幾希之明，能鉅能細，是其明也，非明目達聰之明，而惟精惟一之明也，明而卒歸於無明。聖心之中，精入無倫，安見其察？而幾希之察，能遠能近，是其察也，非好問好察之察，而人心道心之察也，察而卒歸於無察。吁！此其所以爲舜也。

○比比四六表體，俗不可言，其尤謬者，在深講明察，必歸無明無察。二氏之習，能誘人如此。

文王視民如傷

尚論周王，而得其矜民之心焉。夫以如傷視民，則所以矜之者至矣。君人者，不當如是耶？且人主之軫念元元，其淺深厚薄，一存所視。視以爲將安將樂也者，則怠忽必甚矣；視以爲可哀可矜也者，則焦勞必甚矣。

亦觀文王，其視民何如？夫人情雖非至仁，而一有疾痛顛連者，介乎其側，靡不竦然而動懷。

即其平素雖非相屬，而一有呼天向隅者，觸乎其目，亦且奔救而恐後。

然謂之曰介乎其側，猶寔有之也。愛民若文王，則不必寔有是事，而怵惕獨深。謂之曰觸乎其目，猶寔見之也。愛民如文王，則不必寔見是形，而慘怛已至。故以文王之民而自視，則『孔邇』有歌矣，『樂只』有咏矣，固已出水火而衽席之，又何傷？而文王則視其在衽席也，猶之乎水火也。以人而視文王之民，則無不惠鮮矣，無不懷保矣，固已解倒懸而仁壽之，又何傷？而文王則視其躋仁壽也，猶之乎倒懸也。

蓋其鞠育而顧復之也，不啻一脉，故常用軫恤于不必軫恤之地。若第曰林總繁矣，得無有疲癃殘疾而無告者乎？是其傷者也，而不傷者多也，文王之視民，不但爾矣。其撫摩而噢咻之也，不啻同體，故常加憐憫于無可憐憫之時。若第曰窮檐隱矣，得無有祁寒暑雨而怨咨者乎？是其傷者暫，而不傷者常也，文王之視民，不但爾矣。

乃知視有傷若無傷者，虐主之所以作威，故四海可以毒痛，而忠良可以焚炙。視無傷若有傷者，仁主之所以寄愛，故當時樂其怙冒，而奕世荷其生成。君人者宜何法焉？

〇文廢賓主開闔之法，雖詞華滿目，立見稿敗。此作步步承接，步步轉换，尚須填詞否？讀子遜文，當留意數合古人處，不必隨衆附和。

象不得有爲於其國

虞聖不欲以權假其弟，爲慮深矣。蓋象非君國之器，舜所知也，然苟有爲者不在焉，則何害於有國哉？且昔帝王宰制宇内，而樹之侯王君公，凡以分猷宣力，共理此民也。故其德厚者重畀之，能薄者顯斥之，未有灼知其不任，而猶以空名羈之者也。

乃舜之處象則不然，蓋象之惡極矣，不有其兄，何有於其國？脱或并其國而授之以有爲之柄，則將生殺予奪惟其命，而天子不得問，群臣不得言；賞罰廢置惟其情，而約束有所不能加，訓誥有所不能諭。

就象而言，得罪於兄，兄可恕也，得罪于國，國不可恕也。孰若授之位而奪之權，勿令速戾于厥躬也。就有庳而言，虐於他人，猶可控也，虐於天子之弟，不可控也。孰若陽以優之，而陰以制之，令彼君臣上下兩相能也。

是故分茅土而盟河山，象之視有庳曰吾國也。至問其國之民社若何，進退予奪若何，象不知也。隸編户而奉奔走，有庳之視象曰吾君也。至問其君之建立若何，廢興因革若何，有庳之民亦不知也。當其時，職掌弗詔於朝，明試弗行於國，優焉游焉，以自適於百工臣庶之上，而天下不嫌爲養尊。閭閻無所廑其慮，廊廟無所考其成，泮焉涣焉，以自逸於四岳群牧之中，而天下不病爲曠職。是舜之心猶堯之心也，丹朱之傲不足以托天下，故天下大器，雖堯不得私其子。象之傲不足以托國，故君國大政，雖舜不得私其弟。然堯也奪其子，而天下後世服其公，舜也制其弟，而後世乃被之以不友之名，是豈終不可白耶，故表而出之。

〇起處用『有爲』一反語，其餘皆正説不得有爲。轉換處，蒼雄之氣，與漢文相似。結處借堯一證，聖人心事如見。此文直當與陽明先生《象祠記》並讀。

彌子謂子路　以告

倖臣誘聖以利，賢者探聖以意。夫以倖臣而欲借交於聖人，豈子路所忍聞哉？所以告者，其意深矣。且夫彌子瑕者，衛君一媚子耳，其習與之遊者，皆其黨權附勢而爲利來者也，不然，則其畏也。曾未聞有道德仁義之士，肯一禮於其門者，此彌子之耻也。一旦内托姻婭之親，外藉侯王之重，欲因子路以主孔子，以爲孔子，大聖人也，幸而主我，我以孔子重矣，我因而以衛卿與孔子，孔子以我重矣。我以孔子重，重在我也，孔子以我重，則我于衛國，有薦賢爲國之名，重亦在我也。此其所以願締賓主之歡，而通慇懃于子路也。

乃子路何如人哉！彼其辭榮就義，素不以寵禄動其心，即攝相之喜，猶深疑焉，而何有一衛卿？砥名礪行，素不以匪人玷其節，即南子之見，猶不滿焉，而何知一彌子？意若曰，天下之不諱窮、不求通者，無如夫子；天下之磨不磷、涅不緇者，亦無如夫子。使吾告之而夫子拒之，則不善不入，非虚語也，而介石者爲貞，盱豫者爲悔，吾因可以得士人守身之節。使吾告之而夫子然之，則與世推移，是或一道也，而巷遇者爲通，匏繫者爲固，吾因可以識達人應世之權，斯則其告夫子意也。若以子路之告，爲重彌子之請，而曲通其意，則其自待亦輕矣。若以子路之告，爲幸衛卿之得，而欲赴其會，則其待孔子亦輕矣，子路不爲也。

〇入子路之告，太費詞説，當以散行合格。

百里奚自　　穆公

古人急於遇主，而先以辱身矣。夫鬻身食牛，至辱也，百里奚失之于養牲，得之於秦穆，豈不以爲至計哉？且善士遇合，蓋亦有術。苟可以假譽借宦，則不難爲辱人賤行，如百里奚事，可睹焉。

奚之去虞也，度晋仇國不足事，而他諸國皆弱，無可建功者，乃遂决策西向入秦。斯時也，羈旅之臣，交疏于王，自售則願望無路，計莫若因人以先容，賄通則資身無策，計莫若役身以求進，于是自鬻于秦養牲者。當是時，受五羊之皮不計直，居牛口之下不辭賤，彼寧不知詬莫大于卑賤，而悲莫甚于窮困。第念鬻身之窮困小，不若弗得君之窮困大，倘得因而圖吾君，鬻身不足以爲奚耻。食牛之卑賤小，不若弗立功之卑賤大，倘得因而成大功，食牛不足以爲奚辱。

養牲家知奚之非庸人，而有貨百里奚之心，奚亦知穆公之非庸王，而有貨穆公之心。兩相貨也，故兩相市也，而養牲爲之因焉。奚知穆公之可要，有取償于秦之心，養牲家亦知奚之可用以要，有取償于奚之心。兩相償也，故兩相要也，而奚藉以進焉。

人謂奚之鬻秦爲以身而殉利，非也。輕去虞之大夫，重易秦之五羊，此豈殉利者之爲哉？彼非計畫無復之，欲有所用其未足而取榮名耳。人謂奚之食牛爲以隱而逃名，亦非也。以一牛之肥瘠，觀秦廷之俯仰，此豈逃名者之爲哉？彼念小謹者不大立，故俯首俟時以收其功耳。鬻身可以買名，則其直之贏也；飯牛可以得駕，則其伸之大也；在市而虛，可以立朝而滿，則其寔之厚也；托始五羊，可以三置而一救，則其利之溥也。百里奚其行，雖不軌于正義，要以功見名立，飯牛之事，又曷可少哉！

〇純用《左》《史》，隱隱見奇氣，固是筆高。

敢問交際　全

大賢之論交際，不爲已甚者也。甚矣，聖人無已甚之行也。通此于交際，而何主于必却哉？嘗謂聖賢之轍環列國，無非欲行其道于天下也。故天下而無重道之君，則不宜示以輕；天下而有重道之君，則不宜示以固也。諸侯之交際，其猶有重道之心乎，是可以觀恭矣。交之者爲恭，則却之者爲不恭，却之者爲不恭，則却之以心與却之以辭者，皆不得言恭也。皆非中正之道，而聖人所不爲者也。

蓋聖人之所却者，必其非道之交而後可也，而交之以道，則不可矣。必其非禮之接而後可也，而接之以禮，則不可矣。亦必其禦人于國門之外而後可也，而非禦人于國門之外，則不可矣。禦人之盗，不待教而誅者也，而移此于諸侯，是已甚之法也。

王者之立法，不若是之竣也。諸侯之于民，非其有而取之者耳。而名之爲真盗，已是已甚之論也。君子之立論，不若是之刻也。向使已甚而可爲焉，則獵較弊俗也，胡爲而亦從？祭器細事也，胡爲而亦正？而若桓子，若靈公，若孝公，皆非有爲之君相也，又胡爲而有行可之仕？有際可、公養之仕哉？

亦曰，彼其交以道而接以禮，均有致恭之心也，我若却以辭而却以心，均非委曲之權也。夫君子之欲行其道于天下，苟非委曲，何以冀一遇哉！故不爲已甚者，聖人之行，而孟子之願學也。

〇挈住孔子，前後正反，無不中度。

仕非爲貧也　恥也

仕無苟禄，即禄仕者可知也。夫禄仕微也，猶必求其稱焉。有行道之責者而可苟耶？且夫世之仕者，吾惑焉，碌碌奉其官，名以爲道也，而實以爲禄也。曾不思我之仕也，上之人何爲而尊我，我又何爲而偃然受其尊乎？蓋有所爲而非貧也。上之人何爲而富我，我又何爲而偃然受其富乎？蓋有所爲而非貧也。

仕無爲貧之理，而有爲貧之時，要不可爲仕之常也。猶之娶妻無爲養之理，而有爲養之時，要不可爲娶妻之常也。使其誠爲貧也，則必辭尊居卑而後可，而非卑則不可矣。必辭富居貧而後可，而非貧則不可矣。必其爲抱關擊柝之賤而後可，而非抱關擊柝之賤則不可矣。

然吾聞聖人之仕，一命之膺，期于稱職，一職之寄，戒於素飡。故爲委吏而言委吏，爲乘田而言乘田，雖卑者不敢苟也，而况于尊者乎？雖貧者不敢苟也，而况于富者乎？身膺筦樞之重，而漫無注厝以匡時，家飫禄入之饒，而毫無尺寸以報國，以爲爲貧，既非爲貧也，以爲爲道，又非爲道也，出位固爲罪矣，而尸位不尤耻乎？君子監乎此，而事道之仕，其不可同于禄仕，明矣。

○不多説行道句，以題意已盡『非爲貧』句也。御煩以簡，御散以整，然不免有太簡太整之病。

有貴戚之卿　二句

親疏並用，卿之所以異也。夫卿一也，或内舉于貴戚，或外舉于異姓。卿果同乎哉？孟子告齊宣若曰：一國之中，主之者惟君，弼之者惟卿，卿非異也，而所以爲卿者異也。臣試以其異者爲王言之。思昔先王之建官也，謂奬王室者莫如親親，亮天工者莫如賢賢。有見于親親之爲是，故不以遠間親，不以新間舊，而本支一氣之屬，俱得與濟濟多士，並秉鈞于天朝。有見于賢賢之爲是，故論官惟其才，左右惟其人，而四海五方之士，俱得與伯父伯兄，並握樞于當宁。

于是乎有貴戚之卿焉，有異姓之卿焉。自貴戚而卿者，則以推恩用，而稱爲振振之公子，振振之公族，振振之公姓，雖尊其位，重其禄，弗疑其爲偪也。自異姓而卿者，則以異能用，而稱爲公侯之干城，公侯之好仇，公侯之腹心。雖賤也而貴之，疏也而戚之，弗疑其爲濫也。蓋天潢百代，俱我宗盟，與之共富貴，則國體乃尊，與之共休戚，則國本乃固，孰謂卿而可以貴戚廢也？羈旅草茅，俱我股肱，兼而收之，則人無憐才之嘆，器而使之，則國無曠官之弊。孰謂卿而可以異姓廢也？

向使置卿者必盡出于異姓而後可，則是舜禹不得以佐唐，微箕不得以贊商，周召不得以造周，而骨肉之間，尊卑闊絶，何以明展親睦族之仁？向使置卿者必盡出于貴戚而後可，則是草野不得有阿衡，傅巖不得有良弼，渭濱不得有尚父，而閭閻之下，賢才攸伏，何以示登明選公之舉？

故外姓與内姓兼庸，親臣與遠臣並重，誠張官之盛典，致理之弘猷也。孰謂卿而果不異耶？

〇尊親分合處，皆有原本，文無卑倫之色。

非獨賢者有是心也

大賢論真心，不擇人而有也。夫舍生取義之心，真心也，真之發不假修爲，寧獨賢者有之哉？且自壯夫殉義，懦者馮生，一則死而烈烈，一則存而泯泯，人之賢不肖相去遠矣。然是賢不肖也，品何從而定？定于既取舍之後者也。心何從而付？付于未取舍之先者也。故例以欲惡之常，則重身家而惜軀命，情也。情出于顧慮，不以賢者而獨無。原其欲惡之真，則矜名簡而重節義，性也。性出于隆衷，不以賢者而獨有。

吾試以語于人曰，人生有寄必有歸，有聚必有散，而苟以一時之慷慨，留千古之綱常，可欲莫甚焉。則其聞之而欣然喜，躍然若趨以赴者，是心也，不獨賢者有也。又試以語于人曰，人生萬年一旦暮，旦暮亦百年，而苟以一時之隱忍，貽萬世之大僇，可惡莫甚焉。則其聞之而悚然懼，怩然若無以自容者，是心也，亦不獨賢者有也。

論賢者之節概，至于天地可對，鬼神可質，豈非曠世之希蹤，而論恒性，則厥賦無二，原非此獨豐而彼獨嗇。論賢者之景耀，至于時移而不朽，世遠而彌新，豈非振古之芳躅，而論其心，則好惡相近，寔非彼不足而此有餘。故自天下不皆輕生之士，而始以能輕生者爲賢，輕生誠賢，而非獨賢者能輕生也。自天下不皆赴義之士，而始以能赴義者爲賢，赴義誠賢，而非獨賢者能赴義也。

吾欲人之動其耻心，故不得不分賢不肖之品，以儆頑鈍。吾欲人之識其真心，故不得不指賢不肖之初，以覺聾聵。吁！真心誠存，人人皆賢者矣，奈何自有而自喪哉！

〇有合题处。

〇此亦説得不可不求心，所以求放心，未曾説破。

學問之道　二句

大賢警人心，而揭學問之要焉。夫心之於人重矣，不求放心，而何以稱學問哉？孟子揭以警人也，若曰，自世之不知有仁也，吾姑舉而名之曰心，至于心之放而不求，則並其心而昧之矣。不知其終身問學何學，而問何問耶，亦未聞學問之道耳。吾以爲學有窮源探本之學，而非徒一呫嗶、一呻吟也。問有近裏着己之間，而非徒一質疑、一辨難也。其端必有所自起，起於心，爲心之放而從事焉者也。其要必有所由歸，歸於心，以心之不放而收功焉者也。

世之所謂學者，不過以擴聰明，恢智慮，而聰明智慮之源不出於心之靈覺。世之所謂問者，不過以考是非，辨得失，而是非得失之判莫大於吾心之存亡。心一放，而天君蕩焉，方寸無主張矣，尚能耳有聞、目有見乎？故求之耳目見聞者，皆學問之粗，而求之心則獨精也。心一放，而神明昏焉，萬理無統會矣，尚能窮名物之變，而挈象數之紀乎？故求之名物象數者，皆學問之華，而求之心則其實也。

從此克治，從此省察，是謂天下之真學問，而紛紛記誦，尚隔藩籬。從此涵養，從此充拓，是謂天下之大學問，而區區博洽，衹覺煩猥。吾觀危微授受，係千古道學之宗；克復叮嚀，破百家支離之習，而信學問之道果無他也。

〇求放心政在學問中見，文合内外。

欲貴者　節

大賢欲人知所貴，而就其欲貴之情覺之也。夫己自有貴，則己自可欲也，外此無足羨者矣。胡人之弗思乎？孟子覺世若曰，世之役役焉而失其真也，吾甚怪焉。彼以爲己謀也，而于以反己惑矣，彼以爲己利也，而于以喪己多矣。

試以人情揆之。欲貴非人情哉？貪饕之士附勢，功名之士借資，諱窮之士求通，履滿之士持權，無一人而無是心也，則無一人而無是欲也。是其欲之也，豈不曰得之則己重，失之則己輕乎？而不知己之輕重，初不係于是，夫己蓋自有可重者焉。赫奕不以權藉，而尊膴不以品秩也。豈不曰有之則己榮，無之則己辱乎？而不知己之榮辱，初不係于是，夫己蓋自有至榮者焉。聖帝明王之所不能高，而名卿偉人之所不能傲也。

或高議巖廊之上，而貴匪加增；或伏處窮巷之下，而貴匪少貶。即人之所甚欲者，莫如名位，而名位非此，無以成其尊也。特人弗思也，則惟知名位之爲貴耳，在握柄秉衡之日，而貴非始有；在潛修隱約之初，而貴非本無。即人之所甚欲者，莫如寵禄，而寵禄非此，無以增其光也。特人弗思也，則惟知寵禄之爲貴耳。試一思之，則維皇之所寵綏，與王家之所奔走而令者，孰尊孰卑？有生之所賦受，與後來之所窺覬而求者，孰勞孰逸？而人又何必舍其在己之貴，而役役以願外爲也。

○勢能直下。文中長短參差之法，未之有得也。予于此等皆不欲入選。存之以見其所重在彼而不在此耳。

爲人臣者　接也

仁義成風，有倡之者矣。夫事使之間，至俱相接以仁義，此風之成也，其倡之者之力與？且天下之醇風懿俗，非一人之所能獨成也，然其始也，必有一人焉起而倡之。惟倡之者一二人，而後乃人人效矣。是豈特秦楚之王，與三軍之士哉！

吾聞居高而感者，其應加疾，仁義之説進，至使富强之主，亦知舍征誅而崇揖遜，則誰不聳動焉？乘風而鼓者，其和彌多，仁義之術行，至使介胄之夫，亦知置韜略而談心性，則誰不感奮焉？由是而衆著于君臣之倫矣，臣與臣言忠，莫不懷此以事上；衆著于父子之倫矣，子與子言孝，莫不懷此以事親；衆著于兄弟之倫矣，弟與弟言悌，莫不懷此以事兄。彼其君臣之所以相聯，父子之所以相愛，兄弟之所以相友。固未有求利而害仁者，亦未有始乎仁而卒乎利者，皆真有見于至情之無所解，而由其不可解者以盡仁，非爲寵禄勸也。固未有見利而忘義者，亦未有陽爲義而陰爲利者，皆真有見于大分之無所逃，而由其無所逃者以盡義，非爲恩澤媒也。

蓋仁義之與利欲，本判爲兩途，故所去在彼，則所懷在此，一念之所以自靖者，回天貫日，不足喻其誠。君長之與臣下，父兄之與子弟，本通爲一脉，故此以此事，則彼以此報，兩情之所以兩接者，膠聯漆附，不足喻其堅。此大順之風也，極治之象也，藉令上下交征，安得有此而思世教者，又安可易視之也。

○不能合言其大。

君子之事君　節

上臣之務，惟在引君而已。蓋君不向道，不志仁，上臣之耻也，引之惡可緩乎？且世所稱事君人者，非真能事君人者也。真能事君人者，則必審所以事之而後可。

吾嘗奉教於君子矣。君子之事君也，蓋有大忠愛焉，愛不願長君逢君，而願成君之名，以無忝于明聖。亦有大事業焉，業不期伯君顯君，而期弼君之德，以漸入于粹清。故君之于道，有顯背之而明棄之者，非道也，即非仁也。世主以此從其違，曲士以此貢其佞，而君子有默爲挽回。君子于道，有陰竊之而陽附之者，非仁也，亦非道也。英主以此文其陋，具臣以此塞其責，而君子有潛爲感乎。

語揖讓而隆唐虞之治，則其道在無爲，其仁在好生，而其志不在偏安小補，此正吾君所當端拱而議者，而吾務引之于是，不協不止。語征誅而侈商周之烈，則其道在救民，其仁在易暴，而其志不在興兵構怨，此正吾君所當奮力而圖者，而吾務引之于是，不侔不休。

倘有一隙之明，即緣其明而通之矣。操術不必盡一，而要之以道爲歸，究且有好勇好貨好樂好色，不足爲疾，而引之皆足爲興治之助。稍有一念之蔽，亦即乘其蔽而牖之矣。陳説不必盡同，而要之以仁爲的，究且有欲闢欲朝欲莅欲撫，不足爲病，而引之皆足爲致王之資。

引之之途，非以功利，非以誇詐，家修廷獻而不可回。引之之術，無事人適，無事政閑，潛移默奪而不可知。斯真君子之事君也，事君者盍亦是務乎！

○無波折可觀，一意求痛快耳。『痛快』二字，害道不淺，學者慎之。

存其心　天也

論事天之實，全其所賦而已。夫天之與我者，心也，性也，存養至，而事天者在是矣。且世言天道遠而人道邇，而不知天人一貫，何邇何遠？遠之而求知，非真知也，就心性爲體念而已矣。則遠之而言事，非善事也，就心性爲凝承而已矣。

夫上天無心，以吾人之常虚常覺者爲心，存則天心，不存則妄心也，吾欲見天心于方寸，其道在能存。吾人無性，以上天之不二不雜者爲性，養則天性，不養則習性也，吾欲覺天性於形色，其道在能養。有所以凝神定慮而識之早，則存之乎其未放也，養之乎其未壞也，是之謂先天奉迎而天若焉。有所以絶羡去慕而反之亟，則放之而有以存也，壞之而有以養也，是之謂後天轉移而天回焉。離養言存，存則矜持而難久，惟善存者，能以性之生機，爲心之息機。而即養爲存，即存爲事，一游一衍，皆帝鑒也。離存合養，養或因循而罔功，惟善養者，能以心之斂體，爲性之舒體。而即存爲養，即養爲事，不識不知，皆帝則也。

蓋自二五葆合以來，天寔生我，而無忝所生者，則不在左右就養之惟勤，而在明發有懷以繼厥志。自維皇降衷以來，天寔命我，而對揚休命者，亦不在趨走唯諾之爲恭，而在夙夜匪懈以供厥職。

故惟以此言事，乃稱全而生，亦全而歸。孝子所以事父久，令而不違，亦共而不二。忠臣所以事君，世有舍心性之實功者，將何以爲事哉？

○順題成句，無深見處。

仁言不如　全

大賢較治效，而獨詳政教之辨焉。夫得民以得心爲上，則以政視教不如也，而仁言仁聲益可知已。嘗謂計功算效，非純王之治也，而善言治者，不諱言之。蓋治術之污隆，有因治效而後見者，則君子貴別白焉。是故天下有均之爲仁，均之爲入人，而言不如聲；有均之爲善，均之爲得人，而政不如教。

夫人主惟無意爲治也，人主而有意爲治，則必蘄以慈祥豈弟之名聞，吾謂仁聲之深於言也，猶可喜也。人主惟無意爲治也，人主而有意爲治，則必喜于束縛馳驟以見功，吾謂仁政之不如教也，誰能信之？

不知此仁聲也，從何而起？起于畏乎？起于愛乎？而吾之欲得民也，以何爲先？先得財乎？先得心乎？

政誠善，民畏之而已，民畏而君不益尊，君有作民元后，作民父母，而合天下以共成其尊者，則愛之故也，計非善教之不得矣。民誠畏，得其財而已，財聚而君不益富，君有積之不涸之倉，藏之不竭之府，而合天下以長守其富者，則心之以也，計非善教之不得矣。

蓋吾之所謂教者，必習之孝弟，導之忠信。耳目之所濡染，無非尊君親上之芳規，故其民躍焉而自動，夫政則未有不計功利者也。而何以得此于民也？教之所稱善者，又必出之舒徐，俟之永久。歲月之所漸漬，無非淪肌洽髓之精神，故其民若焉而不知，夫政則未有不急督責者也。而何以得此于民也？故以得民，則政不如教，而入人益信矣，吾願爲治者審所尚焉。

○裁題有法，然題中自有段落如此，不足爲先輩難也。

廣土衆民　全

性入于定，故有常定者也。蓋所性定于中，則欲樂之心外，而自得處亦定矣，故君子終不以此易彼。且天下情境相遭，均屬不定之物，故浮而易去，適而非真。定則無去來也，得無所得，固定，自得其得，亦無往非定也，性是已。

性之定也，從心而生，庶民去之，君子存之者也。故境非性不了，而性則不必着境，無物之體，有立乎其先者矣。境又非性不滅，而性則不必離境，自得之真，有超乎其外者矣。如廣土衆民，中天下而定四海，此亦欲之適而樂之至已。

藉令君子而無之乎？是君子直封情以定性，非以性定也。非然也，彼于欲樂，蓋亦真寄焉，第日夜相代，而不能規乎其始。彼之所存，蓋有至定焉，雖窮通迭變，終無益損乎其真。泝而上之，則爲分，仁義禮智，原有各正而不偏者，天定之矣。沿而受之，則爲心，仁義禮智，自有根固而不拔者，人定之矣。從定中自暢其天倪，睟而盎背，生于色哉，而根于心，横心之所出，盈溢而皆定也。從定中自鼓其真趣，四體自喻，生于色哉，而根于心，從心之所化，舞蹈而皆定也。流行坎止，騁其所遭，而自性之恬愉不閑。飛揚動蕩，亦與俱忘，而湛性之攖着不起。

成性存存，是謂真存，究且即欲即樂，即欲樂即性矣，加損何論焉。何也？凡有有餘不足者，始有加損之形，性定則自足也，故體淡而趣常永。凡見有餘不足者，始受加損之勢，性定則無見也，故機融而天還寂。吁！此性體也。

○飛揚簸弄，機鋒逼人。○不講壞欲樂最高。韓求仲先生

○必拈出一『定』字作主，何也？聖賢之言，如化工肖物，作者遇一題，于空虛中得其大義所在，操筆從之，言有盡而意無盡，方是載道之文。如必牽合字義，左右迴顧，譬之跛者勉强馳驟，其不跌失者幾希。此篇拈『定』字，在題腹中突出名目，真可笑也。

君子所性　故也

大賢論性分，超於遇之外者也。蓋大行、窮居遇也，性則生而定之矣，豈以遇加損哉？且自世之役役情遷也，不以性分之説救之，其流不止，蓋惟性分明而後知。

分以外者，皆倘來，分以内者，乃真體也。夫苟性失而聽命于樂，將無得所欲而氣盈，失所欲而

氣歉者乎？而性不其然。將無樂我獲而不勝揚揚，樂我去而不勝纍纍者乎？而性不其然。時而大行也，不獨統馭大，勛伐亦大，吾性宜益大矣，而君子無所加。時而窮居也，不獨遭際窮，設施亦窮，吾性宜有窮矣，而君子無所損。其故何也？分定故也。凡物有小有大，而性分本自大，故分定於大行以前，則大行爲幻，性爲真。凡遇有通有窮，而性分自不窮，故分定於窮居以前，則窮居爲寄，性爲常。

位育之必起于中和也，治平之必本于篤恭也，本體原自如是，即幸而如吾願焉，本體亦復如是，分定者不加也。疇謂格天協帝，有出於玄德之緒餘乎。中和之可以基位育也，篤恭之可以釀治平也，力量故所得爲，即不幸而不及施焉，力量亦所得爲，分定者不損也。疇謂疏水曲肱，有歉於勛華之事業乎。

蓋泛以分言，則非惟秉懿賦畀有分，得喪豐嗇亦有分，分靡常而不測。專以性言，則不惟外性而營求者，非吾分，從性而展布者，亦非吾分。分前定則不移，人能毋失其性分，而欲樂藐乎小已，役役又奚以爲？

〇仍是『定』字疏解。

何謂尚志　一節

以仁義觀士，而知其志偉矣。夫仁義者，大人之所以成其大也，士以之爲尚，所志固不小哉。

且夫士之高世也以志，而世之疑世也亦以志。疑之者，謂其意氣是憑，道術未必能不詭也；謂其矜許太過，實體未必能無虧也。又謂潛與見異軌，寂與紛殊途，效用未必能有濟也。王子之見，毋亦類是耳，而不知尚志未易言也。

志寵禄者賤士也，志事功者俗士也，卑而不可訓。志聲譽者浮士也，志枯寂者僻士也，高而無所用，夫亦有仁義而已矣。仁義之道大而微，凡微而一物之生死，微而一介之取與，皆士之所謹也。志之爲用虚而實，凡貌然而居實不然，譚然而由實不然，皆士之所羞也。錙銖失入，見爲傷仁，非其殺不辜而得天下不爲之謂也，而仁在則必居。毫末苟取，見爲害義，非其非道義而禄天下弗顧之操也，而義在則必由。居如是，由如是，而仁非沾沾也者，義非孑孑也者，志非陽浮慕也者。平居有可則之志，而敦薄廉頑，天下陰受其福焉，其規模已别於凡流。則臨事有可見之績，而泣罪懲貪，天下顯受其賜焉，其經綸必滿乎蓋世。

彼世之巍然號大人者，不過以其仁能育焉則大，義能正焉則大，居能與天下共宅焉則大，路能與天下共由焉則大，而士不既優乎備之哉！君子欲程量當世，品藻人倫，慎無大大人而小士也。

〇子遜於題能用深微轉宕語者皆可法。居由備事，題自闊大，非微心參究，不得實際，此作猶不至夸而無當也。

終身訢然　一句

爲親而忘天下，可以觀聖孝矣。夫親吾親也，天下非吾有也，舜惟樂有其親而已矣，而他又何知焉。且夫勢分者，與情法相輕重者也。爲士師者，必不知有勢分之尊，而後可以善用法；爲天子者，必不知有勢分之樂，而後可以善用情。

竊負之逃，海濱之處，舜之心何心也？以爲吾之尊吾親者，以天下也，今以天子父之故而殺人，則是陷吾親者，亦以天下也。吾之養吾親者，以天下也，今以爲天子之故，而不能脱其父于辟，則是累吾親者，亦以天下也。故親之未得其所，則憂，憂則天下有所可棄；親之既得其所，則樂，樂則天下在所可忘。

父安厎豫之常，子遂祇載之願，家庭之際，其樂融融，而終身無餘憾矣，何不訢然而自得也。進無吏議之譏，退無窮追之擾，膝下之歡，其樂洩洩，而身外無餘羡矣，何所介然于其中也。

是雖海濱之賤，若非所以尊其親也，然吾爲親而棄天下，則是以天下而贖父之刑，亦猶之乎以天下尊也。竄伏之陋，若非所以養其親也，然吾爲親而逃天下，則是以天下而償父之罪，亦猶之乎以天下養也。

向也以耕稼陶漁之人，而竭力于子職之供，吾供吾職，而天下本非吾素。今也復其耕稼陶漁之身，而且復其天性之樂，吾樂吾性，而天下于我何關？

蓋吾之所憂者，朝廷之有法，而吾之無親也。親以竊負而得全，則無親非吾患矣。吾之所不能忘情于天下者，海濱之有父，而天下之無君也。士能以法而佐民，則無君亦非吾患矣。

若夫天子之貴，四海之富，玉帛之奉，神明之祚，固以視之若敝屣矣，又安肯以天下而易此樂哉！

○忘天下一意，層層披剥，饒有地步。惜其不善用歸茅之長比法也。

於不可已　不已

大賢甚畏事之戒，以勉夫任事者也。夫任事者貴有爲也，而况于不可已者乎，一廢百廢，可不戒哉。且吾人任天下事，惟精神爲之負荷，而氣概爲之擔當也。顧是精神氣概之在人，振則俱振，弛則俱弛，振者有時或弛，而弛者不可復振。是故任事之人其貴在明作，其戒在怯懦。雖力量有限，未暇事事而經營之也，而至于要領所在，必不可令其當前而坐失。雖時勢不一，未易在在而擘畫之也，而至於窾係所存，必不可令其失時而莫追。

有如事有規畫一室，而澤周宇内，注厝終朝，而福垂易世，此利之必不可不興者也。孰謂天下利更有大於此者乎？而乃以因循罷也。又如事有習安爲固然，而寔釀千百世之厲階，幾幸爲無虞，而寔藏億兆人之隱禍，此害之必不可不除者也。孰謂天下害更有大於此者乎？而乃以玩愒縱也。以爲無關成敗，則何事而關成敗也？以爲無係安危，則何事而係安危也？積怠成偷，積偷成葸，勢不至盡舉萬事機宜而棄置之，不止矣。以爲後日或可俟，則何事而不可俟也？以爲後人或可諉，則何事而不可諉也？一時失其當機，萬變亦隨而瓦解，勢不至盡舉終身事業而廢壞之，不止矣。天下豈有人之所急，彼之所緩，猶復有不緩者乎？天下豈有人之所任，彼之所讓，猶復有不讓者乎？君子知其如此，是以平居雖高無事之智，而事關廟社，則奮力而前，不避勞，亦不避難。無事雖貴不見之功，而責屬弘鉅，則矢志以往，不難于任咎，亦不難于任怨。何也？凡以其不可已也。任事者如此，庶幾無廢事矣。

〇妥當時文，可以應試。

親親而仁民　二句

君子之推恩，其等明也。夫親也、民也、物也，則必有分矣，雖有親與仁，可概用哉？嘗謂人主之無窮者恩意也，有限者恩數也。主好厚，寧必盡厚，由厚以逮薄，雖薄亦厚已。主好薄，寧必盡薄，用薄于所厚，雖厚亦薄已。夫其有民不親，將謂君子之無親乎？而非也，彼其親將有所用之也。吾所謂親者，近則一體而兩分，遠則同源而殊派，重則宗社之所付托，輕則藩垣之所倚賴。視民之倏后而倏仇，易聚而易散，百相懸也。即有廣大其説者，不過曰九州四海，吾一家耳，亦烏有一家而儕于九州四海者乎？是故親必親而民則仁，甚有罄萬姓之筐篚以奉所親，極萬方之玉食以諛所親，而不稱民厲焉，其不以民先親可知矣。有物不仁，將謂君子之鮮仁乎？而非也，彼其仁將有所用之也。

吾所謂民者，奉我則爲元后，望我則如父母，共賦税則食其力，赴緩急則藉其命。視物之有性而無情，有情而無知，百相懸也。即有好生爲德者，不過曰喙息蠕動，吾同類耳，亦烏有同類而夷于喙息蠕動者乎？是故民必仁而物則愛，甚則有弛山澤之厲禁以舒吾民，捐關梁之重私以益吾民，而不虞物殫焉，其不以物先民可知矣。

蓋擴之以一視之公，雖物與親無間隔也，何况于民，則非兼覆兼載澤不廣。揆之以當然之等，雖民與親當有辨矣，何况于物，則非劑之量之衡不平，人主可以知所準矣。

〇胸所欲言，無不應手。雖無張皇之狀，終非大雅之風。

仁者無不　爲務

知仁者之所急，可以知用愛矣。夫仁主于愛，而愛由賢始，此謂惟仁者能愛人，且善治天下者，則莫不有所務矣。而當務之急，孰急于親賢，此非智者不能知也，亦非仁者不能行。蓋自古稱至仁，皆從大智中出也。

知用愛，必知所以用吾愛之權。天下之英雄豪傑，固天下所間值也，而愛有寵一人以別千萬人者，烏可不知。知用愛，必知所以用吾愛之術。天下之英雄豪傑，又天下所托命也，而愛有由一人以及千萬人者，烏可不知。

是故六合爲家，八荒爲闥，仁者之心無窮，而苟其孑然密勿之中，猷念無與分，天工無與代，則仁者不得而不窮。遐邇一體，靈蠢一視，仁者之心無私，而苟其挺然人群之表，篤生既有數，遇合又不易，則仁者不得而不私。未得而寤寐以求之，弓旌以招之，相孚在聲氣之先，即父兄不及謀也，而何論他人。人與共區宇，而賢與共安危也。既得而造膝以聯之，披衷以結之，相得在迹象之外，即親昵不能間也，而何論他人。人不隔形骸，而賢不隔肝膽也。

蓋民利未興，民灾未殄，雖仁人所宜憂，然憂有急于是者，非蒼赤之顛連，而賢才之遺逸。含哺在野，謳歌在朝，雖仁人所深願，然願有急于是者，非萬方之禔福，而賢哲之奮庸，此仁人所以爲知務也。不然，良駑同駕，將豪士爲之解體，譽髦攸伏，雖聖哲孰與共功，區區愛人之心，安所寄耶？○末節結不知務，仁者急親賢，政是知務。照知者發下，前後頗見深心，惜爲雄氣所淹。

無政事則　二句

觀國計所由匱，而知理財固有經也。夫財用者，國之脉也，而政失則匱，則修政固宜亟哉。嘗謂國家有財用，天地生之，百姓殖之，未始憂不足也。然天地能豐其足之之基，而不能操其足之之術，百姓能致其足之之力，而不能握其足之之權，則所以使之恒足者，蓋有道焉，政事是也。

夫政事之于國家，非盡爲財用設也，而財用之饒乏，實出于此。蓋所以阜其源而使之聚，亦所以疏其流而使之通，是人主所以制天下，而杜其侵漁之端，亦天下所以制人主，而禁其侈靡之習者也。向微政事，則中外上下，莫任蓄洩之計，誰爲之虞其縮而持其盈？往來斂散，盡爲耗蠹之門，誰爲之經其入而紀其出？有以一時之晏安，而壞千百年之長算，則當開者不開，而財用薄矣；有以一事之冗濫，而竭億萬姓之脂膏，則當節者不節，而財用困矣。不然，而上或壅之以爲私，多寡莫之程，緩急莫之請，是有財猶無財也。不然，而下或乘之以爲蠹，名爲經費而無其實，實爲乾没而無其名，是雖用猶弗用也。

蓋政事立，則以一人經海内而有餘，政事廢，則以海内奉一人而不足，理勢固然，無足怪者。人主重國計，則修政立事亟矣。

〇出題太輕，説題太盡。文勢飛揚震動，終不耐久，僅勝時文中柔媚者一籌耳。

口之於味　全

大賢論性、命，而各有所重焉。夫性、命一理也，當節則言命，當盡則言性，君子其知所重矣。且世儒莫不譚性、命，而真知者卒鮮，則非性、命之能誤人，而人之托性、命以遂其私也。

何則？性一而已矣。烏乎！受而有二性，特以性成諸人，而人無所不有，故任理者當之以秉彝，而任情者當之以嗜欲。命一而已矣。烏乎！主而有二命，特以命成諸天，而天無所私厚，故修士以其有限者自制，而怠士以其有限者自諉。

君子于此將概言性乎，懼其有所托而恣也，則莫若就其所托者而故置之，以止其逾涯無已之思。若口欲味，目欲色，耳欲聲，鼻欲臭，四肢欲安佚，其與生俱生者，即性也。而君子不謂性，何也？爲有命也。命定則或巧取而愈去，或拙守而自來，豐不可以加涓埃，嗇不可以減尋常，雖有旋乾轉坤之力，不得逞焉。而性説詘矣，夫安得不舍性而言命？

將概言命乎，懼其有所托而逃也，則莫若就其所托者而故置之，以振其倦怠不舉之氣。如仁屬父子，義屬君臣，禮屬賓主，智屬賢者，天道屬聖人，其有齊不齊者，即命也。而君子不謂命，何也？謂有性也。性定則愚與明同覺，柔與强同力，此無羨于有餘，彼無憾于不足，自非陷溺牿亡之甚，得自奮焉。而命説詘矣，夫安得不舍命而言性？

蓋天下人雖有時而勝天，然其勝也，乃克念操變化之機，而非窺覬奪造化之柄，故造命與安命無二學。天雖有時而勝人，然其勝也，乃榮枯定生前之數，而非聖狂決終身之品，故忍性與盡性無二功。通乎此者，可與語性、命矣。

〇讀『不謂性』節，始知食色爲性之謬，讀『不謂命』節，始知人性皆善，安命即是造命，盡性即是忍性，理尤深至。

君子用其一緩其二

君子定賦法，而有以不急取爲仁者。夫賦有常法，誰能勿用？惟其緩者多也，則所稱法内之仁哉。且天下惟善爲法者能取民，有所以求之，而民立應焉。亦惟善爲法者能裕民，無所以予之，而民蒙恩焉。如布縷也，粟米也，力役也，即君子在宥，能盡蠲哉？

然其爲法也，上規天時，下酌人力。念天地之生成有數，成功者退，而後得序者進，則不得不有樽節之方，留不盡以待造化。念閭閻之筋力有限，既已拮据於此，何暇馳騖於彼，則不得不有權宜之術，寬一切以需後期。

未嘗無用，而有所不盡用，用者特其一焉。亦未嘗不盡用，而有所不急用，緩者且有二焉。一之用也，似少而非少，自此以前，累歲之所徵召者，方且積爲朽蠹，聚爲漏卮，則其用也，亦時宜取而取之，而非真有不得已之求也，雖少何傷乎？二之緩也，似多而非多，自此以後，田家之所經營者，方且櫛比而待鱗次，而進則其緩也，亦時宜需而需之，而非真有必盡負之逋也，雖多何害乎？

蓋其一者民之餘也，二者民之乏也。民以其所餘應令，而以其所乏俟時，不有寬租免役之恩而力已裕。用者君之藏也，緩者君之寄也。君以其所藏經費，而以其所寄責辦，不有朝夕追呼之擾而利已饒。

當其時，九重之上厭文繡，而野不憂杼軸，大内之奉飫膏粱，而農不嘆枵腹，天子之居極壯麗，而庶民不憚于經始，則仁與法兼行，而國與民兩濟也。後之取民者，可以則矣。

〇居大體寬，何止容繭絲數百人。顧朗仲

○中二比實有經濟，不特徵辭之裕。

養心莫善於寡欲

養心之要，去其累心者而已。甚矣，天下之爲心累者，莫如欲也，故寡之即所以養之也。孟子論養心，若曰，心合虛與氣而成，氣載理與欲而出。欲之乘乎心也，潛滋而還爲蠱，心之制乎欲也，亦獨覺而還爲攻，事心者，宜于此置力焉。

是故心一耳，得養則定静，失養則紛擾，蓋不養不可爲心也。而當以何者爲養？養亦一耳，養之善，則任其紛而愈以静；養之否，則求其静而愈以紛。蓋不善不可爲養也，而當以何者爲善養？吾以爲有當然之則焉，於此擁護，則不得不于彼窒塞，有自然之機焉，窒而塞之於彼，乃所以擁而護之於此。

一念未起，衆欲恬矣，而吾寡之不睹不聞之中，毋令乘間而竊發，是謂未欲絶欲，無養之意，而有其理。隱微方交，衆欲伺矣，而吾寡之迭感迭應之際，毋令横潰而莫支，是謂就欲制欲，有養之意，而去其害。

雖欲根緣乎形色，形色安可盡離，然惟其合節而行，適節而止，分數毫無所加，則私而未始不公者。此欲也，而謂之欲亦可，謂之理亦可，所貴乎善養者，惟其化欲以歸理而已矣。雖欲實乘乎接搆，接搆安可盡屏，然惟其觸境而生，隨境而化，界限毫無所逾，則垢而未始不净者。此欲也，而謂之寡亦可，謂之無亦可，所貴乎善養者，惟其患寡以入無而已矣。

蓋養之之道，欲其長，然而無所消，即謂之長，非外益也。寡之之道，欲其消，然而妄機之消在此時，則真機之長在此時，非外借也。養心者勖諸。

○化欲歸理，繇寡入無，可作語録。文特静深有本。

惡鄉愿恐其 慝矣

知德所由亂，則知邪所由息。蓋德之亂于邪者，經不正也。令民皆知經，而亂德者何自作哉？是以君子必亟反之也。

嘗謂吾道之與邪慝，本較然二也，工爲邪者能一之，善爲道者亦能一之。然一之權在彼，則吾道混於異端，一之權在我，則異端化爲吾道。是故孔子嘗有惡矣，而惡鄉愿爲甚。彼其機似淺而寔深，取名在狂狷之上；迹似庸而寔怪，變幻在舉刺之先。邪之尤而慝之首也，德之所爲亂，而民之所爲惑也，君子安得而不惡之？然徒曰惡之而已，邪正未有所定也。民未識我之是，何以覺彼之非，勝負未有所分也。我未集我之勢，何以孤彼之黨，計惟反經而已矣。經之爲道，易而易知，有識者之所共睹，疑似弗能眩也。平而無陂，有志者之所共趨，中材可自奮也。惟反經而經正矣，庶民有不興乎，有導其源者，必有揚其流者也。惟經正而民興矣，邪慝有不息乎，有信其真者，必無有悦其似者也。

當是時，語道德，則稱堯舜，語學術，則稱孔氏。人遊唐虞洙泗之天，名忠信，則真忠信，名廉潔，則寔廉潔，俗無回互掩阿之行，不亦庶幾清夷盛際哉！而本則自經正始，是以君子急反經也。蓋一則示吾道之高明，雖當世遠言湮之餘，皎若揭日月而行霄漢；一則示吾道之廣大，雖以殊方異術之衆，亦知變形質而就甄陶。是吾道之與邪慝，不患其不異，而患其不一。一則雖鄉愿可無惡也，然非有繼往開來之力，孰勝其任而愉快乎？

○緊緊打局，前後獨創名言，自闢自闔，非子遜無此神力。原評

○局愈緊，神愈宕，細玩其前後開闔，真有八門五花之妙。馬君常先生

○只把『反經』二字，上下關轉，輕重脱卸，砉然已解。顧朗仲

○一篇大文字，從『惡』字正出反經，從無邪慝逆挽綰反經，不患不異，患其不一，皆名論矣。何以忽插數偶語，爲行文減色。

（陳名夏編刻《國朝大家制義四十二種》本，明末刻本）

附録

一、傳記

許鍾斗先生傳

池顯方

嘗聞三世善讀書者必發，五世善讀書者必有文章名世。故有杜預之武庫，傳七世爲審言工詩，而因有孫甫。有蘇味道之隽才，傳數世爲祐，祐三世俱工文，而因有孫軾。今復見於許氏。許八世俱能詩，而發於子遜。初名行周，後以夢更名獬，人稱『鍾斗先生』，子遜，其字也。先世居同安浯洲丹詔村，自五十郎徙居後浦，五傳至光祚公，以詩名，自是世能詩。至滄南公惟達，髫齡入頖，博學篤行，工古文詞，每爲民上書陳利害，有司重之。刻有集，載邑乘，即公大父也。

達生封編修公振之，在頖有聲。乙酉闈擬元，主者留以待後，竟困數奇。萬曆庚午生公，少穎異，九歲能文，即多驚人語。封公偶與譚夾谷之會，危其事，公從旁應曰：『已具左右司馬以從，何危乎！』客驚服。

十三歲淹貫經史，居處常有赤光。後藝日進，試輒屈，鮮有知者。癸巳，以府試藝見賞於學博鄭公耀，以天下才期之。甲午府試，司理劉公純仁首拔之，評其文云：『當魁天下。』延讀署中。是年徐公即登取入類。時見羅李公材倡學於閩，公往從之，深得修誠之旨。丙申，以孟文見擯於學使者。亡何，直指以前題觀風，公直書前文，遂居首。其勇自信如昌黎云。

丁酉舉於鄉，有以候主司常儀邀公，公曰：『吾儕不負舉主端不在此，且舉主必不以此課勤惰。』劉太史聞而深器之。戊戌下第歸，讀梵寺，不入公門，不從請托。大參汪公道亨雅重其品，延署中，譚文而外，無一及私。庚子冬抵都，與辰玉王公衡會文蕭寺，辰玉不可一世，獨心折公文，云：『今春冠軍，惟我與爾！』公亦自負莫己若也。比放榜，果居首，王次之。海内争誦其文，大詫得人，謂震澤而後，不一二見也。廷試二甲一名，選庶吉士。

往時主司長隨，常無禮於門下士，士多隱忍受之。公不少假借，必令其泥首謝過而後已。每館課一篇出，人競傳寫，即宿望名公，無不咋舌。常自勵云：『取天下第一等名位，不若幹天下第一等事業，更不若做天下第一等人品。』時閩苦税璫，有奸人勸璫上書分括山海之利，人心皇皇。公貽書温、林二御史，寢其事。泉、漳兩郡之民，皆公活之也。

性至孝，以望雲成病，遂歸子舍，宦囊僅數十金，悉分惠戚屬。未嘗隻字干有司，第里有不平者，則侃侃陳之，不令其人知，即其人知而謝，竟弗受。以故豪右斂手，縣令不敢骫法以冤民。兩尊人素嚴，公務委曲得其歡心。温清之暇，即與諸弟商略古今，而歸之道學，丙夜無倦。乃病日劇，然神猶王，每接人譚，娓娓不休。一日，鴻漸山圮一隅，大星墜地，而公翛然逝矣。時萬曆丙午年六月望也，春秋僅三十有七。聞者無不惜之。

公生平無他嗜，獨篤倫力學。自謂性戇多忤世，因廉交遊，有觸輒吐，若不能容，而人過必忘，終不與較。有巨姓專利蠹民，力阻其謀，遂乘北上，匿衆擊於途。公下車亟避，忽兩白衣婦掖過叢棘中，入郡舍得免，回視寂無人也。登第後，有言報復者，公笑而止之。大學士李文節公，素端介，不輕假人一言，而獨善君，數過從，譚竟日，皆正己範俗之語。

其制義則痛快直截，暢己所欲言與人所不能言；文則叙事條達，析理靈通，出入白、蘇，上下陸、賈；詩則沖秀雄雅，兼收陶、謝，蓋得之家傳焉。使加以年，將軼轢七才，而起衰八代矣。所著有《叢青軒集》六卷、《存笥稿》制義千餘首行世。諸子若孫，俱安貧嗜學，無愧家聲。

論曰：余生也晚，且居孤島，不及交先生。余友張君與先生善，每述先生孝友天性，而清操勁節，壁立千仞，文特其緒耳。葛學使稱其『生無媚骨，文有別腸』，祀之黌宫，猶未悉其素履。王元美謂李于鱗『聲不暢實，位不配望，壽不竟志，而無涯之智，結爲大年』，余於子遜先生亦云。

同邑池顯方直夫甫撰孝廉

（《叢青軒集》卷首）

許獬傳

林焜熿

許獬，原名行周，以夢揭魁榜，更今名。字子遜，號鍾斗。

九歲能文，即多驚人語。客與其父振之談夾谷之會，危其事，獬從旁應曰：『已請其左右司馬以從矣。』客奇之。年十三，淹貫經史，見羅李公材倡學於閩，往從焉，深得修誠之旨。慕李光縉文章，徒步至晋江，從之遊。萬曆丁酉，舉於鄉。戊戌，下第歸，參政洪道亨延之署中，談文外不涉一私。

庚子，上春官，與太倉王衡會文蕭寺。王不可一世，獨心折獬。辛丑，會試場後，見獬卷，大駭曰：『第一人屬子矣！』放榜，果獬居首，衡次之。殿試二甲一名，改庶吉士，尋授編修。館課出，人争抄傳。嘗自勵云：『取天下第一等名位，不若幹天下第一等事業，更不若做天下第一等人品。』大學士李廷機素端介，獨與獬善，談必竟日。閩苦税璫，有奸人勸璫上書分括山海利，獬貽書温、林二御史，寢其事。居久，以思親成病，假歸，囊僅數十金。未幾，卒，年三十七。

獬夙聘顔氏，及笄，得病而眇，妻父欲易以他女，獬執不可。及娶，情好甚篤。既貴，如一日。爲孝廉時，有巨姓横鄉里，痛繩其非。巨姓伏衆擊之途，獬亟避。忽見兩白衣婦掖過叢棘中入村舍，得免。回視，寂無人也。

性嚴峻狷急，殫心力學。矢口縱筆，精義躍如。海内傳誦其文，曰『許同安』。所著有《四書合喙鳴》、《易解》、《叢青軒文集》、《存笥稿》制義五百餘首。祀鄉賢。子鉉、鉞、鏞，俱諸生。《閩書》、《通志》，府、縣志，《星槎集》，《滄海集》。

（〔光緒〕《金門志》卷十，清光緒刻本）

二、諸家序跋

許鍾斗文集序[一]

李光縉

國朝元品，自王守溪以來，輒推子遜爲超乘。謂其屹若吕鼎，湛若冰壺，能爲諸元而不爲諸元也。制舉義出，天下奉之爲泰山北斗，獨古文辭不少概見。今春，其弟蒐枕中遺稿，得若干首，請政於予。予讀之，不覺惻然悲，又欣然喜也。悲之者何？爲一代惜九鼎之才也。喜之者何？爲千古揭天球之寶也。以彼其才，使時獲從心，年能待力，無論江東、濟南，罔獲專美，即眉山、昌黎、咸陽、西京，不足當一吷也。

雖然，有子遜之才，則不能以年掩；有子遜之文，則不能以世掩，年與世遞相謝也。所不朽者，獨此人心精靈發而爲文耳。有昌黎、眉山，則不可無于鱗、元美；有于鱗、元美，又安可無吾子遜哉！

子遜撰著雖未富，然試讀其序、記，精核哉如泛太湖、雲夢焉；讀其館課，魁瑰雄麗哉如泛大海焉，又如觀玄造焉。其爲文，包羅《左》《國》，吐納《莊》《騷》，出入揚、馬，鞭箠褒、雄；其爲詩，鍊

[一] 許鍾斗文集序，『序』原作『叙』，據《許鍾斗文集》改。

格漢魏，借材六朝，同工沈宋，登壇李杜。天府之高華，人文之鴻鉅，觀止矣。是子遜自足不朽，予何庸表章！聊爲海内之賞子遜、企子遜、思子遜而有遺憾者，未獲睹其全豹也，故付諸剞劂氏而詮叙之如此。

時在萬曆辛亥仲秋既望温陵衷一李光縉題。

（《叢青軒集》卷首）

許鍾斗太史集序

蔡獻臣

於虚空之中有同，於同之中有浯，浯之爲洲，大海一漚耳。洲中有山曰太武，石骨峻嶒，蟠亘可十許里，而其氣脉之所蜿蜒，勃發而爲人文。故百年來，起家甲第者幾二十人，而其魁南宫、授編修者，則自許子遜始。

余知子遜角丱時，奇士也。既弁，補邑諸生，徒步持所爲制義，就余戴洋山中。余讀其《千駟首陽》篇，至『貧賤非能重人，人亦重貧賤；富貴非能累人，人亦累富貴』等語，而大賞識之。因涉筆曰：『此題前有濟之，後有仲文，得此稱鼎足矣。』子遜大得意去。其後公車之業，必授余彈射。

歲辛丑，子遜果擢南宫第一，選讀中秘書。其制舉義，天下士争慕效之，以爲唐應德復生，而子遜顧謬推余爲知己。子遜授館職未幾，而遘危疾歸，歸未幾而歿，年纔三十七耳。故遺文若詩，僅僅若干首，而館課居强半焉。大抵陶鑄《左》《國》，吐吞韓、蘇，而快寫其胸中之所欲言，奇而達，辯而裁。今世操觚家所蹈弇山、大函之障，與所謂館閣體者，舉不挂子遜筆端，而覽者躍如，知其爲風行水上之文也。

子遜嘗爲余言，其生平讀書，不盡一卷，不復他涉，故能醞釀致精如是。惜乎！吾見其進，未見其止，以問於山靈，其亦有不可知者乎？然是足以傳矣。

子遜性耿介狷急，不能少濡忍，顧獨喜讀書。及官翰林，則折節爲恭謹。而其中若介然有以自得者，杯酒諧謔，往往絶倒，蓋其天機過人殆數等。彼蒼假年，其所就詎特古文詞而已？

集成，而余爲序，以復其尊人封編修公者如此。子遜有知，當復以余言爲知己否？

直心居士蔡獻臣體國甫書。

（《叢青軒集》卷首）

許子遜叢青軒集序

熊明遇

余第萬曆辛丑，於時褎然舉首者，同安許子遜也。既釋褐，偕觀政吏部。子遜長十歲，以弟畜余，日追隨冢宰之屬，不治而坐論於翼室。每見子遜平睨高視，拊膺盱衡，論説裁量，意不可一世。而坦直疏葛，人人喜其親己。然雄力兼才，博通乎流略，恢恢遠驤域外，爲氣無所折下。故事，南宫舉首，無不居鼎甲，立躋金馬門。子遜猶觀政待庶常吉士，而後乃持橐史館。是可以觀時，抑可以觀子遜也。

余碌碌爲縣官，隨牒在外，居久之，聞子遜竟作古人，天可問耶！今四十年矣，同第諸昆，如晨星落落無幾，余亦以中廢杜機，久不通户外屨。忽有投謁，持子遜《叢青軒集》，以引言見屬者，乃子遜胤子則雍也。余嘉其意，疾讀一過，則論策、詩文、尺牘咸具。不覺嗚咽而嘆曰：『不朽哉！許子！』魯人有言：『先大夫臧文仲既歿，其言立，是爲不朽。』非夫言而能爲不朽也，有所以不朽者。

國家用制舉義取士，束以格體，股引成文。猶記子遜『畏聖言』題，以領聯擅場。學者稱元脉，必曰己丑會稽、壬辰吴江、乙未宣城、辛丑同安，如先輩之稱毗陵、晋江也者。蓋支經肯綮，理貫轡策，節奏存乎其間。琳球考擊，律吕相宣，《韶》《濩》之音也；齊輯勒銜，急緩唇吻，良、樂之御也。制義自子遜以後，諸公奮起者，强半爲李將軍不擊刁斗、設步伍矣。高者用才布勢，陵跨跐躐，標宗以命令一世，無敢不屏息以聽。然而其氣象雜霸，於大雅之章何？吾思子遜制舉義，實恫乎有人琴之感焉。

載觀子遜詩，則逸閑清綺，動與天游，論則雲行波立，策則氣填膺激，表則刻羽引商，序則揆權規構，柬則真摯朗發，俱自成一家言。蓋邃淵者，思致之密；博綜者，涉涌之深；而其鶡鶚者，出於寥廓之外。殆天授，非人力也。談者謂子遜再假年，所就更未可量。吾未見賈誼《治安》《鼓鑄》《表餌》諸策，《哀湘》《悼鵬》諸文，改正朔、易服色、裁宗室諸議，有讓於白首魁壘先生者。

《傳》曰：『言，身之文也。』仲尼曰：『志有之，言以足志，文以足言。不言誰知其志。言之無文，行而不遠。』子遜其言而文、行而遠者耶，故曰不朽。

余嘗薄遊閩中，東行海上，陟天姥岑望泉南諸峰巘，點黛發翠，如食前豆籩，交錯旁羅，與日氣霞標相沃蕩，此叢青之所以命軒哉！

崇禎庚辰歲嘉平月年弟熊明遇識。

（《叢青軒集》卷首）

叢青軒集識略

許 鏞

先君子不幸蚤世，時伯兄十齡，仲氏三齡，而小子鏞固孕中孤也。生不識父面，長未能讀父書，恨積終天，罪負箕裘。朝夕間顧所留遺篇，爲宇内操觚家翕然宗尚，久而益傳，鏞雖無以慰九泉之靈，而先人用是起色矣。曩曾付剞劂氏，有三集：一曰《九九草》，一曰《存笥草》，一曰《詩文集》。兹以集板漸禿，無可應求，乃白之諸父伯兄，鳩工重鐫。因而搜增一二雜作，先成詩文一册，名爲《叢青軒集》。而制義仗有識彙選，抄昔時名公評語約百餘篇，再刻以傳，曰《垂世草》，此先子當日所自名耳。其餘不入選及舊未有刻者，計千餘首，竊笥而藏之，不敢忽焉。謹勒鄙陋，仰祈賢士大夫復爲先子弁其首，則鏞家戴德，寧有涯云。

庚辰仲秋季男鏞謹識。

（《叢青軒集》卷首）

四書闡旨合喙鳴序

張以誠

君一子曰：道衡之合而離，離而不復合也，誰爲爲之，則嚚嚚者之過耳。夫賢聖揭旨義以開人心，精而抒之，圓而出之，曲中于倪，夫離平宗，處以待實，而環應無窮，故遺忘乎往而不存，言應乎存而不列。衰周之季，大道隱而方衛起，紛然横騖于世，人置一喙，家持一説，杳而清虚，誇而妄誕，兩不相能，有如枘鑿，是道衡合矣，而不能不離也。

摛經自漢人始，西京而下，《魯論》之言，箋注非一，而有宋新安氏集其成，迄今披之膠庠，遵爲令甲，所謂功稱而不朽，非耶？顧我國家道化，隆盛不亞於宋，而究心理學之士，翩然輩出，直與新安氏並駕齊驅。間或抒箋注所欲言，增箋注所未備，別於標目，符於正心，要在羽翼而已矣。令新安復起，當爲解頤，是道術離矣，而未始不合也。若夫未獲管窺，輒逞臆説，然自以爲知，是篇者，諸君子所爲門墻之麾耳。乃今矯異之夫，弁髦成憲，益創魑魅魍魎之論，日復一日，而罔所底止，拘方之儒，塵塵尸祝朱傳，或守其説，而忘諸君子羽翼之功，至于操戈斥之，而不少諱，樊乎淆亂，莫知是非之辨，道實衰世，其在離合間乎！

吾友許君，淵泓奥郁，寤寐墳典，素以興起斯文爲己任，憤末學之多詖，慮聖真之莫一，遂取諸家講説，揣摩簡鍊，大多衆言淆亂，扚以一理，而尤以朱傳爲宗，其傳注所已發者，則益罊微旨而臚列之。傳注所未發，舊刻塵腐庸劣者，則別抽精思而竄易之。傳注所發，未詣精透者，則更加體認增附以翼之。大書小書，且精且緯，究若進真儒之譚于紫陽之室，而面相印證，各黎然悉當，淫哇者毋得雜焉。凡世以喙之爭鳴者，皆合而爲一矣。喙鳴合則靡不合，蓋遠闡道妙于日星，近遵國憲爲準繩，君之有竪於世道人心，詎渺小乎哉！未獲與君同釋褐，得卒業是篇，而茫然若失，因相與校讎而梓之，題其端曰『合喙鳴』云。

皇明殿試第一人，青浦張以誠君一拜撰。

（《四書闡旨合喙鳴》卷首，清光緒間許氏家刻本）

四書闡旨合喙鳴識略

許　鏞

此吾先君子所纂著者也。在翰苑時，與張、王二年伯訂定斯編，原欲付剞劂以行世，爲日久矣，而吾家蕩焉無存，抑讀何歟？蓋自戊子，吾同有屠戮之慘，片紙只字淪于兵燹，氣數使然，心常恨之。歲在庚辰，吾族有從清溪得是集，凡子姓之事詩書者，競相抄寫，而余淪落於粤，莫之知也。丙戌家居，始於季春搦管謄抄，累百零二日而成。嗟嗟，吾老矣！繼述之任，吾將誰與？念之曷勝愴然！然先人心血閲久莫傳，伊誰之責？謹珍而藏之，固而存之，諸子若孫苟傾余囊亟刊而布之，尤吾所日以望云。

（《四書闡旨合喙鳴》卷首，清光緒間許氏家刻本）

四書闡旨合喙鳴序

許春時

先太史祖鍾斗公，生平著作甚富，蜚聲文苑，海内咸稱爲『許同安』。蓋其闡發學理，直入程朱之奥，詩文其餘緒也。然自前明迄今二百餘年，搜之家藏餘書，僅存其半，不無蝕剥銷沉之感。猶憶束髮受書時，家君子日取《四書闡旨合喙鳴》一書，諄諄以誨，謂此書羽經翼傳，有功聖教不淺，與其秘之一家，何如公諸天下，于後學實有嘉賴焉。小子志之，及今又數十寒暑矣，苟不亟付剞劂，恐歷劫愈久，滄桑屢變，凡等諸《商頌·猗那》，又亡其七，咎將誰諉？歲在癸未之春，禀命家君子，集諸族人議刊是書，時取而校對之，檢付手民。自夏徂秋，閱九十餘光陰，校讎始竣，計是書分爲十卷，其卷端《凡例》，則先太史手定也。

此外遺書散佚不少，其存者《四書小題秘旨》《四書題文》《九九草》《存笥稿》《叢青軒詩文集》，更檢家笥而刻之，合爲《同安全集》。尤願我後之人弓冶箕裘，同兹惓惓云。

（《四書闡旨合喙鳴》卷首，清光緒間許氏家刻本）

許子遜稿序

王　衡

比文體失倫甚，司文柄者慮無不申申詈奇。余獨謂正患不能奇耳。爲若文者，大多目無坊表，手無幅尺，五色雜揉，不得已而名之曰「奇」。遇一題則標一説，或反以助語爲正文，離于此則强托于彼，或反以影子爲回目，千百年來聖鐸賢舌，瓦礫棄之，而其所秘惜以爲寶藏者，則不過沿門經唄，丐食衣鉢而已！縱深極微如射天之矢，足不步的，類斬空之劍，血不濡刃。女蘿袅葛而忘其根，苦李代桃而墮其味，總所謂守人餲語，何奇之有？蓋庸鄙醜劣至斯，極矣。而後有真奇真古如吾許子遜出焉。子遜之文奇矣！以其異于庸鄙醜劣者之文，而反名之曰『平』。上之人以名尊之，而世所號爲奇者，尚欲以名擯之。此吾所以不能無言也。

子遜之文，題無犄細，遇之豁然；詞無古今，出之皎然。或單言以據勝，或微言以解紛，或側言而正自明，或直言而曲自躍，實非摶黍，虚異空花。其合節蹈款處，心所自喻，口不能言，但見衆人藤牽，彼獨刃决；衆人石轉，彼獨雲流。天香辭風，國色謝粉，不奇而能若是乎？蓋子遜處閩海之隈，波濤蕩其胸襟，烟霞幻其目眦，身與五都隔絶，無囂臭肥醲之色以耀其志，無機智俯仰之習以滑其和，無妖髡盗儒、影響怪悖之説以煸亂其聰明，故其所自得爾爾。

余適病伏枕，得子遜之文讀之，一讀一嘆，霍然體輕，爲草數語歸之，以示今天下不乏奇，奇者固如此。

（王衡《緱山先生集》卷九，明萬曆刻本）

許子遜合刻序

李光縉

當許君子遜之弁南宫也，一時文聲震動天下，四方人士翕然宗之，奉其言爲司南。今子遜往矣。

先是，梓有九十九首，吴越之間家傳户誦，至今猶然紙貴。宇中薦紳學士過銀同者，往往問遺稿於尊人封翁，而以所已見爲未足也。封翁乃搜之篋中，得二百餘首，盡鐫之，而叙於余。

夫此二百餘首者，海内人所未及目，而余曩所彈射而手評者也。當是時，余持以示人，人無識者，獨余識之，自子遜一先天下，廟廊之上，黌舍之中，何人不讀其書？何人不羶其名？然耳食附聲者也，饗利而知有德者也。蚤知宜莫如予，予能知子遜文，謬托於他山之攻，竊附于根荄之識。然不得叙其文於名盛顯融之日，遺簡殘編，乃使余復讀之，未免淚下。則始終、今昔、窮達、死生之際，令人有遐思矣。文章與時高下，遭其時則行，時過則已。榜元第能使文行耳，不能使文傳。如可使文傳也，則南宫之歲一關，前後作者，其已行之卷爲芻狗之踐爨多矣，何獨不朽子遜言！而今則親發于硎也。

世之評子遜者，有欲躋之唐中丞、瞿宗伯之右；有謂言人未能言之意，開人不敢開之口。夫業有定價矣，余縱有喙三尺，何能阿所好而更溢言？但鷄肋有餘味，食蹠者必數千而後足。能善讀子遜文，得其機神，悟其格法，即九十首亦已多矣。有涯者年，不朽者言，人謂子遜非大年，吾不信也！

（李光縉《景壁集》卷七，明崇禎刻本）

許子遜先生全稿序

沈守正

辛丑會墨出，余不甚滿其首義、次義，深服三義。服其才而猶疑之，旋亦大賞。洎先生窗稿行，且讀且快，且快且讀，蓋如吴道子過張僧繇，晝三往三返，至寢食其下，不忍舍去也。始焉見其姿骨天成，神機横出，服其天。少焉見其毁律而律，非才而才，愈疏實密，疑往亦來，服其神。進焉覺其神理俱在，有意無意之外，服其人盡而之天。久之，與之相醉，不知其所自起。余亦無所用其知，知天之不可階而升也。

余既愛先生文，喜聞其軼事。或傳先生性卞急。嘗以小怒斷一僕人手，幾起大訟。奔入都，次年領南宫第一人，妻妾朋友無竟日之歡，小不合意，輒推案掌面以去。余親聞王迴溪言，令同安時，樸其修候，隸人事也。彼目中烏知有縣令哉！又聞先生有書舍在海島中，一往月餘不出，日拈經生義，始抱膝兀坐，已升之几，已盤上楝楹間，已登屋上，或至忘食。比義成，不得下，更怒駡擲瓦石，擊其下人。先生没後，遺集行，有《上龍江相公書》，中皆切直之言。功名富貴之士，夢魂中咋指不敢道一字者，何况摇筆！其書固稱『擬』，然久播人間，非畏而不敢上也。

余習先生文久，知所傳聞者皆真，嘗私評之：先生蓋直行其信，不見世有豪傑，前有聖賢，何論卿相榮赫與濁世營營，問淹速、較毁譽爲何事。所謂進取不忘其初，斐然成章，孔子之所謂狂也。近制冠南宫，必列鼎甲，先生以不經意字畫潦草，抑居其下。座師馮琢庵規之選館，且以生平書籍授之。先生問曰：『人何官不可居，必翰林爲？』座師閉目不答。馮東省，賢者也。聞先生言不愧，反以爲不情，不及遠矣。先生，天人也。制義亦其糠粃之一，然無先生之胸懷，必不能極其至，後人慕其至，而僞作曠達以求之，失之愈遠。嗟乎！安得起先生而北面事之，因吴采于氏刻其制義，遂書胸中所欲言若此。

（沈守正《雪堂集》卷五，明崇禎刻本）

張伯雄選許子遜稿引

俞琬綸

元局、元度、元脉，凡會元類得之。然不善學者類病枯寂庸淡，蓋猶是人間藥草，固能却病，亦能殺人。

子遜於局與於度與脉之外，别有仙采。其行文在水雲邊，驂鸞馭虬，萬里蒼茫，睫眼徑度，不問善學不善，人得之如服碧奈花、琅玕實、南燭草，久而身輕，但恨人間不可多得。吾方恨其少，而伯雄猶以爲多，去不當己意者，而僅存若干首，可謂去形存聲，去聲存氣，去氣存神，去神存漠。

觀伯雄之選，而伯雄之造可知也。識道之年，顧若是蚤邪？仙乎，仙乎！子遜風扶肘下，白日飛昇，伯雄褰其衣，不久將亦飛去。吾願爲伯雄鷄犬不得已。

（俞琬綸《自娱集》卷八，明萬曆刻本）

許子遜先生制義序

陳名夏

子遜先生善於取勢，此諸家之定評也。予猶惜其爲勢所用，而不能緩以待之。行文之法，如水之盈科後進，其始出也清汩而微動，其既也瀰瀰浩浩，使人望之，有千里之色。先民所謂言盡而意不盡者，此也，若子遜不幾於盡乎？韓子喻士以相馬，終不言相士；柳子以梓人喻治，終見其意。世以此定韓、柳之優劣，乃知天下之尤戒者，盡也。

固城陳名夏題。

（陳名夏編刻《國朝大家制義四十二種》，明末刻本）

題許鍾斗稿

俞長城

古之文盡，莫如永叔；時文之盡，莫如鍾斗。萬物始而含孕，繼而發榮，終而爛熳。其必趨於盡者，勢也。惟善用盡者，足以持之。永叔之文盡矣，而骨力峭拔，風度委折，使人不覺其盡。鍾斗之文亦盡，而遒鍊古腴，人又不厭其盡也。鍾斗其時文中之永叔乎！東鄉、固城評鍾斗文，皆嫌其盡，湯若士獨曰：『同安學王、錢，王、錢之秘，至同安而盡洩。』夫學王、錢者，非學其簡樸也。王、錢妙於不盡，鍾斗妙於盡。鍾斗以盡學王、錢之不盡，亦猶永叔以盡學史公之不盡。是故善學前人者，未有過於二公者也。

桐城俞長城題。

（俞長城選評《百二十家名家制義》，清康熙刻本）

四庫全書總目提要

《許鍾斗集》，浙江孫仰曾家藏本。

明許獬撰。獬有《八經類集》，已著録。是集大抵應俗之作，館課又居其强半。蓋明自正、嘉以後，甲科愈重，儒者率殫心制義，而不復用意於古文詞。洎登第宦成，精華已竭，乃出餘力以爲之，故根柢不深，去古日遠。况獬之制義，論者已有異議，則漫爲古調，其所造可知矣。

（永瑢等編著《四庫全書總目》卷一七九，中華書局一九六五年影印浙本）

三、諸家詩

雨中訪友朱文公祠祠爲蘇紫溪許鍾斗讀書處上房僧舍予舊棲也

蔡獻臣

輪山梵宇晦翁遊，廟貌百年在上頭。溪老經傳多俊士，史公業就冠瀛洲。春雲漠漠海天遠，古樹蒼蒼洞壑幽。歸到上房尋舊隱，門庭非昔一僧留。

（蔡獻臣《清白堂稿》卷十二下，明崇禎刻本）

贈許鍾斗太史

張邦侗

憶昔登泉山，天風披岸幘。緑海蕩青林，碧岑突紫澤。天地開爽靈，神仙秘窟宅。歸來三五年，寤寐懷勝迹。偶從燕京遊，邂逅清源客。相與譚山川，宛然在几席。君也最多奇，鍾靈信旁薄。意氣干層雲，襟期明皎月。落筆驚珠璣，一朝振六翮。列卿多揚眉，群髦皆避席。憐予爲小草，遠志固役役。何來傾蓋知，把臂稱莫逆。鳴琴和清響，玉管共瑶籍。娓娓山川間，烟霞性所適。曾晤固不常，感概剖胸臆。

（張邦侗《司光集》不分卷，明末刻本）

讀叢青軒集識語

許炎

海水蕩天千百尺，朝潮夕汐發精魄。駛流如箭濯金沙，寸梗纖塵留不得。我公分章自天來，沐日浴月生其宅。跨上鰲石聽海濤，縹緲雲烟起胸臆。狂來披髮海之濱，探入蜃宮呼指斥。洞開八極肆縱横，落紙萬言思不索。只今所著號叢青，歷載争傳黄絹色。神如白水入秋澄，氣若巨浪連空拍。嗚呼！我家十二奇景中，山海鍾奇詎可測！把卷先型知未湮，吴鈎舞罷欲岸幘。

（〔光緒〕《金門志》卷十四《藝文》，清光緒刻本）

金門耆舊詩十二首・許鍾斗太史

林豪

斗宿鍾人文，元燈照海上。著書富等身，叢青軒可誦。惜早赴玉樓，尚未竟其用。流風遺後人，科名可斗量。

（林豪著，郭哲銘注釋《誦清堂詩集注釋》卷三，臺灣書房出版有限公司，二〇〇八年）

四、祭文

祭許子遜太史文代

徐㽦

大輪名山，嵯峨拔秀；毓産喆人，才高德懋。先生挺出，幼稟淵姿；駿發之器，深沉之思。當世修文，乍離乍合；摽竊餖飣，味如嚼蠟。先生落筆，爾雅不群；鏡花水月，流水行雲。早赴公車，禮闈首薦；上苑看花，瓊林賜宴。明廷大對，名姓臚傳；蜚英史館，振藻木天。台閣篇章，詞林句法；譽滿皇都，聲騰魏闕。石渠金馬，方待操觚；上書請告，晝錦里閭。天靳才賢，夭壽不貳；正當策勛，忽爾遐棄。明珠照乘，俄墜重淵；寶劍藏匣，化不逾年。嗟乎先生，雕龍繡虎；每讀遺文，曷勝悽楚。某於往歲，振鐸同魚；十年往復，情好如初。聞訃傷情，薄修一奠；三嘆臨風，精靈如見。尚享！

（徐㽦《紅雨樓集·鼇峰文集》册十，《上海圖書館未刊古籍稿本》第四五册，第一五——一六頁，復旦大學出版社，二〇〇八年）

祭許鍾斗太史

蔡復一

歲之辛丑，余郎在京。君方獻賦，平陰先鳴。霧深澤豹，風厚起鵬。振衣而喜，壯我南溟。青燈緑酒，共叙平生。余耽薖軸，君直蓬瀛。西風荷芰，秋露金莖。題書相問，空月盈盈。旋困家難，廢蓼涕零。萬里歸賻，惜逝閔煢。未幾何時，君亦南征。觀濤枚叔，消渴長卿。間一過從，倒屣逢迎。情崖孤拔，辯濤縱横。視其骨立，峰削崚嶒。察其神王，隼擊蒼冥。麈尾所揮，千秋八弦。謂可小損，行當漸平。譚猶捫虱，夢忽騎鯨。《七發》無功，二豎見凌。雲迷梁苑，日落茂陵。嗚呼哀哉！方君首舉，士未知名。既出所業，滿座盡驚。群英失色，萬籟收聲。銀河垂波，風馭冷冷。雲屋天構，匠者奚營。王唐與瞿，峨揭前旌。皆以鉅魁，主藝林盟。而此超乘，寔惟代興。云胡文章，而命是憎。年不及强，宦不待成。堂老椿萱，原悲鶺鴒。别鶴雛烏，何以爲情。虚室聞蜩，疏幔依螢。嗚呼哀哉！君之意氣，雄與文並。當其必往，莫我敢乘。至有不可，斷斷引繩。閻浮何隘，須彌可傾。謬收余狂，稍許抗衡。同里于島，同閈于城。相杵尚輟，矧在戚朋。接訃匍匐，怛焉中怦。朝榮夕悴，感此需纓。修短同盡，好醜誰憑。高山大川，永藏精靈。筆花不死，散爲列星。磊塊難澆，激爲風霆。繐帷雖冷，汗簡自馨。悠悠世態，吊客青蠅。

（蔡復一《遁庵蔡先生文集》第四册，明繡佛齋鈔本）

五、金門許獬年譜

許獬（一五七〇——一六〇六），初名行周，改名獬，字子遜，人稱『鍾斗先生』。先世居同安浯洲（今金門縣）丹詔村，自五十郎思輔徙居後浦，遂爲後浦人。

池顯方《許鍾斗先生傳》：『初名行周，後以夢更名獬，人稱「鍾斗先生」，子遜，其字也。先世居同安浯洲丹詔村，自五十郎徙居後浦。』（《叢青軒集》卷首）

蔡獻臣《許鍾斗太史集序》：『於虚空之中有同，於同之中有浯，浯之爲洲，大海一漚耳。洲中有山曰太武，石骨崚嶒，蟠亘可十許里，而其氣脉之所蜿蜒，勃發而爲人文。故百年來，起家甲第者幾二十人，而其魁南宫、授編修者，則自許子遜始。』（《叢青軒集》卷首）

按：何喬遠《閩書》卷九十一《英舊志·同安縣》載有《許獬傳》：『許獬，字子遜。會試第一，改翰林院庶吉士，授編修，卒。獬喜讀書，善爲舉子業，矢口縱筆，精義躍如，海内傳誦，至以比之王、唐、瞿、薛。爲人趣操高潔，悁急多怒，竟以無年。』

又按：同，福建同安縣；浯洲，今福建金門縣。金門舊屬同安，一九一五年建縣，今屬臺灣地區管轄。

又按：據《銀同浯江珠浦許氏族譜》載，五十郎名思輔。

又按：《祭五十郎》：『維我祖宗，積德流光，代有顯人，至於今十二世。而多才輩出，益昌熾以光大。某父子先沾國寵，遂有爵命。嗣是者彬彬踵起，蓋又未艾。』（《許鍾斗文集》卷三）

大父開，字惟達，工古文詞，有集。父振之，在頖有聲，竟困數奇。許氏八世能詩。

池顯方《許鍾斗先生傳》：『嘗聞三世善讀書者必發，五世善讀書者必有文章名世。故有杜預之武庫，傳七世爲審言工詩，而因有孫甫。有蘇味道之雋才，傳數世爲祐，祐三世俱工文，而因有孫軾。今復見於許氏。許八世俱能詩……（五十郎）五傳至光祚公，以詩名，自是世能詩。至滄南公惟達，髫齡入頖，博學篤行，工古文詞，每爲民上書陳利害，有司重之。刻有集，載邑乘，即公大父也。達生封編修公振之，在頖有聲。乙酉閩擬元，主者留以待後，竟困數奇。』（《叢青軒集》卷首）

許金龍《金門先賢——許獬鍾斗公生平事迹》：『祖父許開，字惟達，垂髫爲諸行，每試輒冠，懷奇博覽，善古文詞，上下古今，論得失成敗，多獨見破的，著有《滄南集》。』（《金門珠浦許氏族譜·考源》）

母陳氏。外祖稱『西樓公』。外祖母許氏。

許獬《壽外祖陳西樓序》：『外祖西樓公，今年春秋七十六，老矣……外祖母許，吾宗也。』（《叢青軒集》卷二）

有軒名叢青，少苦讀于此。

熊明遇《許子遜叢青軒集序》：『點黛發翠，如食前豆籩，交錯旁羅，與日氣霞標相沃蕩，此叢青之所以命軒哉！』（《叢青軒集》卷首）

又讀書于同安輪山朱文公祠。

按：蔡獻臣有《雨中訪友朱文公祠祠爲蘇紫溪許鍾斗讀書處上房僧舍予舊棲也》，略云：『輪山梵宇晦翁遊，廟貌百年在上頭。溪老經傳多俊士，史公業就冠瀛洲。』（《清白堂稿》卷十二下）『溪老』，蘇浚；『史公』，許獬。

萬曆辛丑科，會試第一，廷試二甲第一名。

按：詳萬曆二十九年（一六〇一）。

性耿介，天機過人。

蔡獻臣《許鍾斗太史集序》：『子遜性耿介狷急，不能少濡忍，顧獨喜讀書。及官翰林，則折節爲恭謹。而其中若介然有以自得者，杯酒諧謔，往往絶倒，蓋其天機過人殆數等。』（《叢青軒集》卷首）

以天下第一等人品自勵。

許獬《與李見羅》：『嘗以語於人曰：「取天下第一等名位，不若幹天下第一等事業；幹天下第一等事業，不若做天下第一等人品。」』（《叢青軒集》卷六）

所作制義痛快直截，文叙事條達，詩冲秀雄雅。

池顯方《許鍾斗先生傳》：『其制義則痛快直截，暢己所欲言與人所不能言；文則叙事條達，析理靈通，出入白、蘇，上下陸、賈；詩則冲秀雄雅，兼收陶、謝，蓋得之家傳焉。使加以年，將軼轡七才，而起衰八代矣。』（《叢青軒集》卷首）

蔡獻臣《許鍾斗太史集序》：『其制舉義，天下士争慕效之，以爲唐應德復生……遺文若詩，僅僅若干首，而館課居强半焉。大抵陶鑄《左》《國》，吐吞韓、蘇，而快寫其胸中之所欲言，奇而達，辯而裁。』（《叢青軒集》卷首）

熊明遇《許子遜叢青軒集序》：『子遜詩則逸閑清綺，動與天遊，論則雲行波立，策則氣填膺激，表則刻羽引商，序則揆權規構，柬則真摯朗發，俱自成一家言。蓋邃淵者，思致之密；博綜者，涉誦之深；而其鶡鶡票鳥者，出於寥廓之外。殆天授，非人力也。』（《叢青軒集》卷首）

次弟鸞，字子采；三弟龍，字子時；四弟行沛，字子甲。

詳《叢青軒集》卷一卷端。

按：據許金龍《金門先賢——許獬鍾斗公生平事迹》，振之四子：長獬；次鸞；三子龍，字子時；四子行沛。疑龍早卒，故《叢青軒集》卷端無其名。

長子鉉，字則鼎；次子鉞，字則敦；三子鏞，字則懷。

詳《叢青軒集》卷一卷端。

長孫元輔，字君弼；次孫元軾，字君敬；三孫元轍，字君由；四孫元輅，字君質；五孫元輪，字君行。

詳《叢青軒集》卷一卷端。

卒葬金門山前石獅山。庵前與官里兩村間有獬公坊。

許獬墓今存。墓碑題曰『太史鍾斗許公墓』。獬公坊今存，文曰『皇明萬曆春辛丑會元授翰林院編修文林郎鍾斗公墓道』；又曰『文章垂世，孝友傳家』。（據許嘉立等修《金門縣珠浦許氏族譜》）

著述有經學、詩文集、制義多種。

《四書闡旨合喙鳴》十卷

按：有許鏞崇禎十三年（一六四〇）抄本，已佚。存光緒九年（一八八三）許氏家刻本。

《四書崇熹注解》十九卷

按：萬曆三十年（一六〇二）刻本。

《許太史評戰國策文髓》四卷

按：萬曆三十年（一六〇二）喬山堂劉龍田刻本。

《八經類集》二卷

按：《四庫全書總目》卷一三八《類書類存目》二：『八經者《易》《書》《詩》《春秋》《禮記》《周禮》《孝經》《小學》也。獬掇拾其詞，分「天地」「倫常」「學術」「君道」「臣道」「朝政」「禮樂」「雜儀」「世道」九類，而其任金礪又删補而注之。所採諸經，於「三禮」獨不及《儀禮》，《小學》成於朱子，亦不當與「六經」並列，皆爲疏舛。獬以制藝名一時，而所恃爲根柢者不過如此。卷首題名之下夾注「辛丑會元」四字，尤未能免俗也。』

《許鍾斗文集》五卷

按：秀水洪夢錫萬曆四十年（一六一二）刻本。《四庫全書總目》卷一七九《別集類存目》六：『是集大抵應俗之作，館課又居其强半。蓋明自正、嘉以後，甲科愈重，儒者率殫心制義，而不復用意于古文詞。洎登第宦成，精華已竭，乃出餘力爲之，故根柢不深，去古日遠。況獬之制義，論者已有異議，則漫爲古調，其所造可知矣。』

又按：許鏞《識略》云已刻三集之一之《詩文集》，疑即此集。見《許鍾斗文集》卷首。

《叢青軒集》六卷

按：崇禎十三年（一六四〇）許氏家刻本。

《許子遜稿》一卷

按：明陳名夏編刻《國朝大家制義四十二種》本，明末刻本。

《叢青軒小題秘旨》六卷

按：〔光緒〕《金門志》卷十四《藝文志》著録。今佚。

《九九草》四卷

按：稿本，今不知所蹤。許鏞《識略》：『曩曾付剞劂氏，有三集：一曰《九九草》，一曰《存笥草》，一曰《詩文集》。』（《許鍾斗文集》卷首）

又按：許嘉立《金門縣珠浦許氏族譜》著録。

又按：洪受《滄海紀遺·人材之紀第三》作《九九草》。

又按：李光縉《許子遜合刻序》：『當許君子遜之弁南宫也，一時文聲震動天下，四方人士翕然宗之，奉其言爲司南。今子遜往矣。先是，梓有九十九首，吴越之間家傳户誦，至今猶然紙貴。』（《景璧集》卷七）

《存笥草》四卷

按：《金門志》卷十四《藝文志》著録。今佚。

又按：池顯方《許鍾斗先生傳》：『《存笥稿》制義千餘首。』（《叢青軒集》卷首）

又按：參見上條許鏞《識略》。

《許子遜合刻》（卷數不詳）

按：許獬父振之所刻許獬之制義集。李光縉《許子遜合刻序》：『宇中薦紳學士過銀同者，往往問遺稿於尊人封翁，而以所已見爲未足也。封翁乃搜之篋中，得二百餘首，盡鐫之。』（《景璧集》卷七）

《垂世草》（卷數不詳）

按：名公評語制義集。今佚。許鏞《識略》：『制義仗有識彙選，抄昔時名公評語約百餘篇，再刻以傳，曰《垂世草》，此先子當日所自名耳。』（《叢青軒集》卷首）

明穆宗朱載垕隆慶四年庚午（一五七〇） 一歲

是歲，許獬生。

按：池顯方《許鍾斗先生傳》：『一日，鴻漸山圮一隅，大星墜地，而公翛然逝矣。時萬曆丙午年六月望也，春秋僅三十有七。』（《叢青軒集》卷首）萬曆三十四年（一六〇六）丙午，年三十七，逆推，生于隆慶四年（一五七〇）庚午。

是歲，蔣孟育十三歲。

按：蔣孟育，同安浯洲（今金門縣）人。張燮《蔣公行狀》：『生於嘉靖戊午秋中之望日。』（《群玉樓集》卷五十二）嘉靖戊午，即嘉靖三十七年（一五五八）。

是歲，蔡獻臣八歲。

按：蔡獻臣，同安浯洲（今金門縣）人。蔡獻臣《壬子二月十一日初度放歌》：『我今五十初度至。』（《清白堂稿》卷十二）萬曆四十年壬子（一六一二）年五十，逆推，生于嘉靖四十二年（一五六三）。

隆慶五年辛未（一五七一） 二歲

隆慶六年壬申（一五七二） 三歲

明神宗朱翊鈞萬曆元年癸酉（一七五三） 四歲

是歲，父教以詩詞，隨口而誦。

萬曆二年甲戌（一七五四） 五歲

是歲左右，少無他嗜，惟喜讀書。

萬曆三年乙亥（一五七五） 六歲

是歲前後，外祖陳西樓謂許獬可異。

按：《壽外祖陳西樓序》：『憶少從群兒嬉公側，公輒指目謂：「是兒也可異。」日置膝上，日授昔人所爲詩若文也者。命之諷，諷畢，輒爲之説曰：「當日作者云何姓氏，爵里何似，此皆古先達人之有休聲芳迹傳於後，不落莫者也。孺子志之！」時雖稚，不省爲何語，然已能暗存其一二云。』（《叢青軒集》卷二）

萬曆四年丙子（一五七六） 七歲

是歲，父授以《孝經》，熟誦之。

是歲，蔡復一生。

按：蔡復一，同安浯洲（今金門縣）人。張燮《明總督貴州等處兵部右侍郎兼都察院右僉都御史贈兵部尚書謚清憲蔡公行狀》：『生於萬曆丙子冬中念四日。』（《群玉樓集》卷五十三）

萬曆五年丁丑（一五七七） 八歲

是歲前後，已稱奇士。

李光縉《許鍾斗太史集序》：『余知子遜角丱時，奇士也。』（《叢青軒集》卷首）

萬曆六年戊寅（一五七八） 九歲

是歲，能文。過目成誦。

池顯方《許鍾斗先生傳》：『九歲能文，即多驚人語。封公偶與譚夾谷之會，危其事，公從旁應曰：「已具左右司馬以從，何危乎！」客驚服。』（《叢青軒集》卷首）

萬曆七年己卯（一五七九） 十歲

是歲，于後浦北門叢青軒苦讀。身後，其子孫輩遂以『叢青軒』名其集。

萬曆八年庚辰（一五八〇）　十一歲

是歲前後，隨父學四方；無歲時不與外祖相聞，外祖娓娓勸勉如初。

許獬《壽外祖陳西樓序》：『稍長，從家大人學四方，其間或離或合不常，然無歲時不相聞。見必娓娓相慰勞，或誦昔人文字相勸勉如初。』（《叢青軒集》卷二）

萬曆九年辛巳（一五八一）　十二歲

萬曆十年壬午（一五八二）　十三歲

是歲，漸淹貫經史，以僻在海隅，鮮有知者。

池顯方《許鍾斗先生傳》：『十三歲淹貫經史，居處常有赤光。後藝日進，試輒屈，鮮有知者。癸巳，以府試藝見賞於學博鄭公耀，以天下才期之。』（《叢青軒集》卷首）

萬曆十一年癸未（一五八三）　十四歲

是歲，晋江李廷機成進士。

按：李廷機，字九我，福建晋江人。萬曆十一年會元、廷試一甲第二名。

萬曆十二年甲申（一五八四） 十五歲

是歲，作《上梁文》。

按：《上梁文》題下小注：『十五齡作。』（《叢青軒集》卷五）

萬曆十三年乙酉（一五八五） 十六歲

是歲，晋江李光縉舉鄉試第一。

按：李光縉，字宗謙，號衷一，福建晋江人。萬曆十三年舉鄉試第一。有《景璧集》。《許鍾斗文集》《叢青軒集》卷首有李光縉《許鍾斗文集序》。

萬曆十四年丙戌（一五八六） 十七歲

是歲，晋江何喬遠成進士。

按：何喬遠，字稚孝，福建晋江人。萬曆十四年進士，有《閩書》《名山藏》《鏡山先生集》等。

是歲，同安縣浯洲蔡守愚成進士。

按：蔡守愚，字體言，號發吾，同安浯洲（今金門縣）人。萬曆十四年（一五八六）進士。官至四川布政使。有《百一齋制義》。

萬曆十五年丁亥（一五八七） 十八歲

萬曆十六年戊子（一五八八） 十九歲

是歲，同安縣浯洲（今金門縣）蔡獻臣舉于鄉。

按：參見萬曆十七年（一五八九）。

萬曆十七年己丑（一五八九） 二十歲

是歲前後，徒步持所爲制義，就教蔡獻臣于戴洋山中，獻臣大賞識之。

蔡獻臣《許鍾斗太史集序》：『既弁，補邑諸生，徒步持所爲制義，就余戴洋山中。余讀其《千駟首陽》篇，至「貧賤非能重人，人亦重貧賤；富貴非能累人，人亦累富貴」等語，而大賞識之。因涉筆曰：「此題前有濟之，後有仲文，得此稱鼎足矣。」子遜大得意去。其後公車之業，必授余彈射。』（《叢青軒集》卷首）

是歲，金門蔣孟育、蔡獻臣、蔡懋賢、黃華秀、陳基虞成進士。

按：蔣孟育，字道力，號恬庵，同安浯洲（今金門縣）人。萬曆十七年進士，有《恬庵遺稿》。

又按：蔡獻臣，字體國，號虚臺，同安浯洲（今金門縣）人。萬曆十七年進士，有《清白堂稿》。《許鍾斗文集》《叢青軒集》卷首有蔡獻臣《許鍾斗太史集序》。

又按：蔡懋賢，字德甫，號恂所，同安浯洲（今金門縣）人。萬曆十七年進士。授刑部山西司主事。

又按：黄華秀，字居約，號桂齋，同安浯洲（今金門縣）人。萬曆十七年進士。官至南京浙江道御史。

又按：陳基虞，字志華，號賓門，同安浯洲（今金門縣）人。萬曆十七年進士。官南京刑部郎中。

萬曆十八年庚寅（一五九〇） 二十一歲

是歲前後，治學造詣日深，著述以修身養性爲主。

是歲前後，同邑吴覲光師事許獬。

蔡獻臣《吴母林氏暨男庠生覲光墓誌銘》：『覲光幼即師事許子遜太史、林肩日孝廉，二君大奇之。』（《清白堂稿》卷十五）

按：覲光（一五七七—一五九五），林希元曾外孫，同安人。諸生。

又按：覲光師事許獬時間不可能太早，更早許獬尚未有聲名，年紀也小。也不可能太晚，蔡獻臣文云『幼年』，是歲覲光年已十四，次歲覲光已爲諸生。

萬曆十九年辛卯（一五九一）　二十二歲

是歲及其前後數年，久困州縣試，外祖陳西樓屢慰撫之。

許獬《壽外祖陳西樓序》：『困州、縣試也久，居常負豪氣，悒悒不能平。公往撫之曰：「顯晦，遇也；淹速，時也。孺子勉矣！良農能穡，寧不逢年？」某聞言，稍自寬，愈益朝夕淬無怠。』（《叢青軒集》卷二）

萬曆二十年壬辰（一五九二）　二十三歲

是歲，夙所聘顔氏及笄，病眇，妻父欲易以他女，堅不可。

萬曆二十一年癸巳（一五九三）　二十四歲

萬曆二十二年甲午（一五九四）　二十五歲

是歲，府試，劉純仁司理首拔之。

按：許獬《與劉公子》：『甲午歲，辱知老師翁，師翁忘其愚且陋，即以第一人相待。』（《叢青軒集》卷六）

又按：劉純仁，字元之，武進（今屬江蘇）人。萬曆二十年進士，時爲泉州推官。

又按：池顯方《許鍾斗先生傳》：『甲午府試，司理劉公純仁首拔之，評其文云：「當魁天下。」延讀署中。是年徐公即登取入頖。時見羅李公材倡學於閩，公往從之，深得修誠之旨。』（《叢青軒集》卷首）

又按：徐即登，字獻和、德峻，號匡嶽，江西豐城人。萬曆十一年進士。即登時爲福建學使。

又按：李材，字孟誠，江西豐城人。嘉靖四十一年（一五六二）進士。謫戍鎮海衛，倡學于閩，人稱見羅先生。

是歲，金門蔡復一舉于鄉。

按：參見萬曆二十三年（一五九五）。

萬曆二十三年乙未（一五九五）　二十六歲

是歲，金門蔡復一成進士。

按：蔡復一，字敬夫，一字元履，號遁庵，同安浯洲（今金門縣）人，萬曆二十三年進士，有《遁庵全集》。

萬曆二十四年丙申（一五九六）　二十七歲

是歲，長子鉉生。鉉，字則鼎。

是歲，以孟文擯棄于學使，直指則拔之居首。

池顯方《許鍾斗先生傳》：『丙申以孟文見擯於學使者。亡何，直指以前題觀風，公直書前文，遂居首。其勇自信如昌黎云。』（《叢青軒集》卷首）

萬曆二十五年丁酉（一五九七）　二十八歲

是歲，鄉試第五十九名。劉太史深器之。

池顯方《許鍾斗先生傳》：『丁酉舉於鄉，有以候主司常儀邀公，公曰：「吾儕不負舉主端不在此，且舉主必不以此課勤惰。」劉太史聞而深器之。』（《叢青軒集》卷首）

是歲，上春官，外祖陳西樓公在廣東，以不見爲恨。

按：許獬《壽外祖陳西樓序》：『歲丁酉，公從宦游者於廣東之安定。某亦濫竽計偕，有萬里役。屆期趣裝，族戚咸在，獨左右顧不見公爲恨，中途惘惘如也。』（《叢青軒集》卷二）

是歲，蔡貴易卒。

按：蔡貴易，字爾通，又字道生，號肖兼，獻臣父，同安浯洲（今金門縣）人。隆慶二年（一五六八）進士。官浙江按察使，兼督學使。

萬曆二十六年戊戌（一五九八） 二十九歲

是歲，下第，抵家，母病；外祖自廣東歸，母病愈。

許獬《壽外祖陳西樓序》：『無何，某罷公車抵家，屬母病，謳吟思公甚，頗亦聞公所居海氛甚惡，不可近。將貽書速公歸，公適至自廣，母病亦良愈。』（《叢青軒集》卷二）

是歲，讀書大輪山梵天寺。參政汪道亨，雅重其品，延署中。

池顯方《許鍾斗先生傳》：『戊戌下第歸，讀梵寺，不入公門，不從請托。大參汪公道亨雅重其品，延署中，譚文而外，無一及私。』（《叢青軒集》卷首）

按：汪道亨，號雲陽，婺源（舊屬南直隸，今屬江西）人。萬曆十一年（一五八三）進士，時爲福建按察副使。

是歲，蔡貴易入祀鄉賢。

萬曆二十七年己亥（一五九九） 三十歲

是歲，讀書梵天寺，外祖從之于大輪山。

許獬《壽外祖陳西樓序》：『今歲業大輪，公亦從某於大輪。二月之吉，爲公懸弧辰。人謂某曰：「子何以壽公？」某蹙然曰：「母尚食我貧也，我則何以壽公？」維公晚益喜文墨，遇知交喜道不肖某益甚，聊爲述其始末於斯，志耿耿焉。』（《叢青軒集》卷二）

萬曆二十八年庚子（一六〇〇）　三十一歲

夏，籌畫北上，有書致徐即登。

作《與徐老師》：『忽接尹海蟾丈，聞老師有三年之慼，又且不日抵家，則又怵然望外，殊自失也。伏而思之，曩者不肖北上，老師在越；老師還朝，不肖來閩。今者不肖方勉强計就道，而老師復自薊而南……炎蒸日上，南天更酷，千祈珍攝，爲國自愛。』（《叢青軒集》卷六）

按：徐老師，即徐即登，官至河南按察使。參見萬曆二十二年（一五九四）。

是歲，與太倉王衡結識于文蕭寺，衡不可一世，獨心折獬。

池顯方《許鍾斗先生傳》：『庚子冬抵都，與辰玉王公衡會文蕭寺，辰玉不可一世，獨心折公文，云：「今春冠軍，惟我與爾！」公亦自負莫已若也。』（《叢青軒集》卷首）

按：王衡（一五六一—一六〇九），字辰玉，號緱山，太倉（今屬江蘇）人。萬曆二十九年進士，殿試第二人，與許獬同榜，授翰林編修。

萬曆二十九年辛丑（一六〇一）　三十二歲

是歲，爲會魁。廷試二甲第一名，授庶吉士。館課一出，人争傳抄，名噪一時。王衡會試第二，廷試一甲第二。

池顯方《許鍾斗先生傳》：『比放榜，果居首，王次之。海内争誦其文，大詫得人，謂震澤而

後，不一二見也。廷試二甲一名，選庶吉士。』（《叢青軒集》卷首）

按：會試題爲《王者以天下爲家論》（《叢青軒集》卷三）。

是歲，南居益成進士。

按：南居益，字思受，陝西渭南人。許獬同榜進士。《叢青軒集》卷二目録有《南思受制義序（嗣刻）》，無文；《許鍾斗文集》無目亦無文。此文今佚。

是歲，熊明遇成進士。

按：熊明遇，字良孺，鍾陵（今屬江西進賢）人。許獬同榜進士。有《緑雪樓集》。明遇作《許子遜叢青軒集序》，見《許鍾斗文集》卷首、《叢青軒集》卷首。

是歲，周起元成進士。

按：周起元，字仲先，福建海澄（今屬漳州市）人。許獬同榜進士。起元大父一陽，字養初，卒，年七十九。獬爲作《祭周復庵文》（《叢青軒集》卷五）。

是歲，陳伯友成進士。

按：陳伯友，字仲怡，山東濟寧人。獬爲其祖作《祭陳大行乃祖文》（《叢青軒集》卷五）。

是歲，有書致福建巡撫朱運昌。

作《答朱中丞》：『朝廷以閩海重地，靳不妄與節鉞者，三四載於兹。頃特詔起公田間，與所甚惜弗惜，所以寵公甚大，所以造我閩亦甚大，公宜不得辭。』（《叢青軒集》卷六）

按：朱運昌，丹徒（今屬江蘇）人。萬曆八年（一五八〇）進士，萬曆二十九年巡撫福建，故曰『詔起田間』。

是歲，與王錫爵有書信往返。

作《答王荆石》：『某之于翁也，甫數歲，始知學，即已誦其言。又數歲，而翁爲天子之宰，日贊廟謨，施及方内，被其澤。今又十餘年，而獲與翁之象賢爲同榜兄弟，有握手之歡，于翁得稱年家子，分其焜耀。』（《叢青軒集》卷六）

按：王錫爵，字荆石，王衡之父，太倉（今屬江蘇）人。嘉靖四十一年（一五六二）會試第一，廷試第二。此書云與王衡同榜，當作于成進士之初。

是歲，與山東巡撫黄克纘有書信往返。

作《再答黄中丞》：『士君子有遺大而才見，遭訕而行愈明者，於明公一人見之。某嘗從鄉中諸薦紳而得明公之爲人。詢之山以東諸老，而惟明公之政得其大者。是其除殘剔蠹，爲人興利，令在官者無貪吏，境無窮民。』（《許鍾斗文集》卷四）

按：黄克纘（一五四三—一六二八），字紹夫，號鍾梅，福建晋江人，萬曆八年（一五八〇）進士。歷任山東布政使，及工部、吏部等部尚書。有《數馬集》。

又按：獬贊黄克纘『遭訕』而『行愈明』。

是歲，有書致師劉純仁之子。

作《與劉公子》：『甲午歲，辱知老師翁，師翁忘其愚且陋，即以第一人相待。于時即未敢謂必然，然心識之弗敢忘。今春儌一當，未暇以得當爲喜，而先以知己者不及見爲恨。蓋海内知己雖多，然師翁識我於根荄。師翁已矣，其功德在我閩，聲名在宇内，尚自耿耿不没。』（《叢青軒集》卷六）

按：劉公子，劉純仁之子。獬中榜，劉純仁已卒，故向劉公子報告。

是歲，有書致李開芳。

作《與李斗初》：『不佞自髫齔時，熟讀《十八子制義》，已知足下之名久……不佞辱在詞林，將採摭其尤表表者，藉手爲史籍光，且示吾閩有人。』（《叢青軒集》卷六）

按：李斗初，疑爲李開芳。開芳，號還素，福建永春人。萬曆十一年（一五八三）進士。

是歲，與陳用賓有書信往返。

作《答陳中丞》：『明公非止宜滇中，而滇中則非明公不治……不佞末學，偶儌一當，謬承褒獎，愧何敢當！惟是中間期許雖過，不敢不勖。』（《叢青軒集》卷六）

按：陳用賓，字道亨，號毓台，福建晋江人。隆慶五年（一五七一）進士，時爲雲南巡撫。

是歲，有書致陳治本之子。

作《與陳公子》：『去秋計偕，擬欲道南城，袛謁老師翁，領教言，冀有所益。會不便徑去，至淮，乃聞訃音，駭且慟，若有所失。抵京邸，聞楊年丈自南城來，亟往問喪狀，又聞身後囊槖蕭然，

僅能還櫬故里。』(《叢青軒集》卷六)

按：陳治科，浙江餘姚人。萬曆十三年(一五八五)舉人，江西南城縣知縣，卒于萬曆二十八年(一六〇〇)。

是歲，有啓約請座師曾朝節。

作《請曾老師啓》：『伏以名世應五百載之昌期，先逢知己；皇家奠億萬年之長計，莫急樹人……八月某日，列三旌之筵秩，陳九奏之清音。魯酒尊開，泛霞巵於三島；燕金臺迥，來赤舄於重霄。藉秦誓之休休，妄希彦聖；挹姬公之几几，潛抑吝驕。自隗爲基，鑄顔有地。身依東觀，肅臨師保之嚴；酒近南山，齊祝君王之壽。』(《叢青軒集》卷六)

按：曾朝節，字直卿，一字直齋。湖廣臨武人。萬曆五年(一五七七)進士。萬曆二十九年以禮部右侍郎兼翰林院侍讀學士與吏部右侍郎兼翰林院侍讀學士馮琦共主會試，王衡、許獬、南居益、周起元等都出自其門下。

作《復洪父母》：『曩日辱在甄陶，今兹徽一當，伏庇爲多。屢欲修尺一奉候，爲甚忙所奪，忽接遠翰，重以大貺，驚喜且愧。至語及家大人冠服事，則更東南向頓首稱謝。不肖三十年攻苦食淡，所營何事？施及所生，勝於當身受之矣。惟恩臺政績流聞，英聲四達，不日膺璽書，爲天子股肱耳目之臣。』(《許鍾斗文集》卷四)

按：洪世俊，字用章，號含初，南直隸歙縣(今屬安徽)人。萬曆二十三年(一五九五)進士，二十四年任同安縣知縣。

又按：『三十年攻苦食淡』，獬年當在三十左右。

作《答洪父母》：『命世大賢，久棲百里。不佞深以敝邑之父老子弟得久留賢父母爲喜，而爲朝端憂乏材。』（《許鍾斗文集》卷四）

按：此時洪氏已任同邑六年，故云『久棲百里』。

是歲，有書致張尚霖。

作《答張尚霖》：『不數月，辱遠翰相聞問者三四，重之以大貺，知兄每飯未嘗忘弟也。乃弟亦每飯未嘗忘兄……此亦我兄沉船破釜時也。甲辰歲，敬當掃室以待前驅。』（《叢青軒集》卷六）（甲辰）。

按：張尚霖，《許鍾斗文集》卷四作『張及我』。尚霖此科失利，許獬勉其沉船破釜于下科。

是歲，又有書致同安縣知縣洪世俊，言及族姓子弟生事，以爲後果不悛，當悉論如法。

作《答洪含初》：『孟秋人去，附尺一奉候，想達矣……不佞去書生，還得一書生，既做不得古人文章，又做不得今人事業，悠悠歲月，茫如拾汁……近得知友書云，諸族姓子弟好生事凌人，動開怨府。人言若兹，當不盡無……後果不悛，如人所言，願悉論如法，毋有所貸。非特以三尺衛民，令小民有所憑依；抑小懲大戒，其所以保全我族姓子弟，使勿陷於惡；與所以保全不佞，而完其令名。』（《叢青軒集》卷六）

按：孟秋尺一，即《答洪父母》。

萬曆三十年壬寅（一六〇二） 三十三歲

是歲，有書致山東巡撫黄克纘。

作《與黄中丞》：『山東提衡兩都，當四方舟車輻輳之衝。邇來凋敝特甚，易騷以變，非公宜莫能爲。公處兹土久，習知利病，有文武壯猷，爲吏民所畏愛。聖明簡在而畀之節鉞，蓋真得人，知克有功，公其畢力以奉揚天子之新命。』（《叢青軒集》卷六）

是歲，有書致師汪道亨。

作《與汪雲陽師》：『方今礦税滿天下，重足側目，彼方民怙恃仁人若父母，顧一朝而棄之，其何以生？老師去吾閩三載，迄今尚謳思不絶，想今日江以西民情，視閩當什百不啻也。』（《叢青軒集》卷六）

按：汪雲陽，即汪道亨，時爲江西參政分守湖西。

是歲前後，有書致泉州郡守程達。

作《與程太守》：『以温陵而得明府，則温陵之七邑徼天矣。詢之來人，俱云明府善吏治，老吏不能欺。近得家弟輩書，又云善校士，所校不失尺寸。泉士夙稱多材，口亦難調，每一榜下，輒嘩不厭，至是皆服，毋敢嘩者。』（《叢青軒集》卷六）

按：程達，字信吾，江西清江人。萬曆五年（一五七七）進士，時爲泉州知府。

是歲前後，有書致李時華。

作《與李按君》：『入我明，聲教大開，而粵東遂稱重地。以明公才名，持斧于兹，蓋信聖明簡在，權匪輕假。此地夙稱肥衍，多寶貨，吏兹土者，不泉自貪，明公攬轡之餘，固宜望風回面。惟是税使横噬，海内騷動，禍連章掖，正賢者所宜用心。』（《叢青軒集》卷六）

按：李時華，浙江仁和人。舉人，時爲廣東巡按。

是歲，有書致師徐即登。

作《與徐老師》：『去春儌一當，未暇以得當爲喜，而先以不負老師知人之明爲幸。蓋海内知己雖多，然老師識我于未遇，且拔我於必不遇……揭榜後，詢之來人，又云台駕且至，是以遲疑未果。然未嘗不日夜側耳鑾聲，而望前驅之至止也。近見金公祖，乃云老師就道當在明歲之春。』（《許鍾斗文集》卷四）

按：萬曆二十二年，徐即登爲學使，取獬入頖。詳該年。

又按：去春榜發，獬有書報告徐氏，故知此書作于是歲。

是歲，作書擬致沈鯉。

作《擬上沈龍江》：『某自少時，伏讀公爲宗伯時所爲舉業式頒行天下者，則已知當朝有沈龍江先生，鋭意斯文，以世教爲己責。既壯，守其轍不敢變，遂叨一售，官中秘。未數月，而公膺天子之新命，入贊大政，爲天下宰。某私喜自語：賢者固不負其位。位宗伯也。宗伯主文章風教，即以文章風教爲己責。』（《叢青軒集》卷六）

按：沈鯉，字仲化，號龍江，歸德（今河南商丘）人。嘉靖四十四年（一五六五）進士。鯉曾任禮部尚書，辭歸，此時復起。

又按：此書似未寄出。

是歲，有書致吕純如。

作《答吕益軒》：『詢之來人，知兄才鋒初試，政聲奕奕，亟往語朱老師，以爲吾門有人……然邊海重地，兄宜不得來，弟則無不可歸。歸時從一奚奴，肩輿直抵虎渡橋，與兄把盞臨流，交臂譚心，眺望山川，睥睨今古，一洗簿書案牘之塵，超然世情物態之外，不亦大愉快乎！』（《叢青軒集》卷六）

按：吕純如，字孟諧，號益軒。吴江（今蘇州）人。與獬同榜進士，福建龍溪知縣。

是歲，有書致劉純仁之父。

作《復劉太公》：『去歲答令長孫世兄書，未嘗敢以一札輕瀆長者，念七十老人，息機日久，感今追昔，徒增累欷……老師遺德在閩，閩人士謳吟思慕不絶至今，爲其後之人者，勿慮不顯。』（《叢青軒集》卷六）

按：劉太公，劉純仁之父。去歲，純仁之子有書致許獬，獬答之，參見去歲。

是歲，有書致師鄭耀。

作《與鄭學博》：『貴里施君謁銓，復得敝邑師。不肖見施君，則盛道老師意氣慧眼，不讓渠尊人龍岡先生，欲令立碑學中，示後之人有永……區區一第，重輕亦安足計！貴省吴按君將出都門，不肖勤以老師見屬，渠以乃孫及門，故與不肖深相結納，諒亦無不用情也。前有一札附臨江府陳君奉候，未審曾已達否？』（《叢青軒集》卷六）

按：鄭學博，即鄭耀。施君，即施三捷，字長孺，福建福清人。萬曆十六年（一五八八）舉人，時爲同安縣教諭。『立碑學中』，詳下條。

作《鄭拙我學政碑》：『同安夙多士，鄭先生來乃益著。先生少孤而貧，其爲教我同，廉不取貧士一金，所識拔皆知名士。月朔望，聚士之有志行而能文者，身角藝而課之，文取平易爾雅，毋爲奇衺……蓋先生去我同，而不佞始補邑弟子。先生竟不第，得令峽江……先生閩縣人，繇乙酉舉人來署教諭事。閩縣，八閩都會，不佞嘗以鄉會試往來其家，又知其于孝友廉讓最著。蓋自其爲士，已自可貴如此。所謂以身爲教者，先生有焉。今爲教諭者施先生，施先生，先生同里，其必知余言爲不誣也已。』（《叢青軒集》卷二）

按：參見上條與下條。

作《答鄭拙我》：『邑士子爲老師立碑，其文以屬不肖。自知不文，不足以發揚盛美，然以疇昔之誼，固不得辭。』（《許鍾斗文集》卷四）

按：參見上二條。

是歲，有書致師鄭耀。

作《與鄭師尊》：『臨江命下，華君則飛書促不肖亟以老師爲言。不肖見臨江，方欲有所陳請，渠即云傅、華二君先之也。因嘆老師平生樹人，今食其報，即言不言，無能爲重輕。然老師之能知人、能得士，與傅、華二君之不背本，具見於斯矣……朔風日嚴，願言珍攝。』（《許鍾斗文集》卷四）

按：『臨江命下』，陳廷（庭）詩任命爲臨江知府。詳下條。

是歲，有書致臨江知府陳廷詩，請其關照峽江知縣師鄭耀。

作《與陳臨江》：『行色匆匆，弗敢屢瀆閣人，然大意不過如前邂逅所稱。峽江惡地，乙榜望輕，日夕惴惴，惟獲戾上下是懼。勉加扶樹，使以最聞，秋毫皆明公之賜也。』（《許鍾斗文集》卷四）

按：陳廷（庭）詩，福建晋江人。萬曆十七年（一五八九）進士，江西臨江知府。許獬師鄭耀爲峽江縣知縣，峽江，屬臨江府。

是歲，有書致江西巡按吴達可，請其關照峽江知縣師鄭耀。

作《答吴安節》：『曩方持斧出都門，甚嚴，不敢請間……峽江知縣鄭耀，乃某之師。曩作敝邑教，廉不取貧士一金，所識拔皆知名士。如某則尤所憫，念其貧，時分篋中金而佐之學者。而某時尚微爲齊民，未得與庠士齒，則尤難。耀，閩縣人，爲八閩都會。某後以鄉會試往來其家，又知其于孝友最著，今世爲人如此者有幾？明公與某相知無間，不復疑其他，其必知耀也無疑矣。夫以耀之爲人，固自可知。而區區猶以爲言，蓋亦示天下有知己之感云爾。』（《叢青軒集》卷六）

按：吴達可，字安節，宜興（今屬江蘇）人。萬曆五年（一五七七）進士。時爲江西巡按。

是歲，與黄縣知縣孫振基有書信往返。

作《答孫黄縣》：『讀來翰，拜命之辱。惟文宏抱，初試即能使所在見德，處爲醇儒，出爲循吏，異日殆未可量也。預賀，預賀！百里雖小，是亦爲政。昔人所稱寄命，蓋不過此。』（《許鍾斗文集》卷四）

按：孫振基，潼關人。許獬同榜進士。時任山東黄縣知縣。

是歲或稍後，有書致懷寧知縣張廷拱。

作《與張輔吾》：『曩接桐城阮節推，盛道其鄰父母之新政，以爲難得。近得汪老師書，又以其鄉之父老子弟，得有良父母爲厚幸。吾儕初在事，即有此等作用，將來殆未可量。辱在知愛，喜可知也。』（《叢青軒集》卷六）

按：張廷拱，字尚宰，福建同安人。許獬同榜進士。時爲安徽懷寧知縣。

是歲前後，有書致溧水縣知縣王德坤。

作《與王溧水》：『日者行色匆匆出都門，方欲修一酌言别，則已弗及，恨之，恨之！溧水大邑，盤根者多，簿書案牘之積如山，非我丈才名，宜莫能治。古人所稱寄命不小百里，我丈樹駿垂鴻，於今伊始。異日宰天下亦如斯已！』（《許鍾斗文集》卷四）

按：王德坤，字時簡，浙江烏程人。許獬同榜進士。時爲溧水縣知縣。

又按：此書作于王德坤南行之前。

是歲或稍後，有書致李嵩岱。

作《與李東山》：『曩者聚首爲歡，未能多日，而年丈試政百里去，悵惘如何。貴治吴文軒與舍親楊子，俱以東封事詿誤，留滯長安市中。』（《許鍾斗文集》卷四）

按：李嵩岱，字宗父，陝西洋縣人。許獬同榜進士。時任安徽休寧縣知縣。

又按：此書言及册封琉球詿誤之事，當在夏子陽任行人前後。

是歲前後，與桂林知府許國瓚有書信往返。

作《答許明府》：『粤西去此中萬餘里，而能使政聲赫然公卿齒牙間，非明公威懷有術，宜不及此……方今獨斷自上，廷臣唯唯受成策，惟分符專制一方者，庶幾得行其志。』（《許鍾斗文集》卷四）

按：許國瓚，字鼎卿，號仲葵，福建晋江人。萬曆五年（一五七七）進士，時爲桂林知府。

又按：『獨斷自上』『分符專制』之説，知時許獬已入仕途。故繫此書于是歲。

作《又答許明府》：『日者家大人過貴治，則又蒙款渥，且言念宗盟之雅，惓惓有加，中心藏之，

未之敢忘。』（《許鍾斗文集》卷四）

按：據此書，許獬父此前曾往粵西訪許國瓚。

是歲前後，有與李夢祥啓。

作《與李年丈啓》：『恭惟台丈命世真儒，救時良牧。文跨班、馬而上，治在趙、張以前。暫試牛刃於專城，終空冀群于皇路。』（《許鍾斗文集》卷四）

按：李夢祥，福建晋江人。許獬同榜進士。時爲某縣知縣。

是歲前後，有書致外祖，言雖得美官，不若一州一縣之得以行其志。

作《與外祖》：『玉堂美官，人所同羡。今已官玉堂，稱美官矣，而反不若一州一縣之得以行其志。不肖以貧起家，親戚多貧，令得一州一縣而爲之，猶當令窮乏者待而舉火。而今已似難。』（《許鍾斗文集》卷四）

按：此書當作于初授庶吉士之時。

是歲，刻《四書崇熹批注》十九卷、《許太史評戰國策文髓》四卷。

是歲，李獻可早卒。

按，李獻可，字堯俞，號松汀。福建同安人。萬曆十一年進士。早卒。《叢青軒集》卷五有《祭李松汀文》。

萬曆三十一年癸卯（一六〇三） 三十四歲

是歲，授翰林院編修。

是歲，次子鉞生。鉞，字則敦。

春，與蔡復一有書信往返。

作《答蔡元履》：『杪冬辱手書，甚忙且病，未及裁答。嗣後伏枕者彌月，每以足下言當藥石，則霍然自起。念與足下促膝不數數，乃遂能攻所不足於我，此真古誼，殊非今世貌交可比。南中僻静，有山水之致，足下夷猶其中，興自不淺。』（《叢青軒集》卷六）

按：去歲蔡復一歸泉州，故曰『南中僻静』。去歲冬十月、十一月，復一父母相繼亡故，訃尚未到京師，故此書未言及。

春、夏間，又有書致蔡復一。

作《又與蔡元履》：『辱大教，方再請益，詢之來人，則聞足下乃重叠在衰絰中。知足下至性哀號，思慕良苦，其少自愛。始足下去時，二尊人尚健無恙耳，不虞及此。』（《叢青軒集》卷六）

按：此書作于訃至京師之後。

秋八、九月，得非常之症，精氣俱耗，頂髮盡脱。

按：許獬《答徐宗師》：『自去秋八九月間，忽得非常之症，幸而不死，至今精氣俱耗，頂髮盡脱。每一開卷，便覺頹然，不自聊賴。』（《叢青軒集》卷六）

又按：徐宗師，即徐即登。《答徐宗師》作于次歲。

是歲，有書致王世仁。

作《與王二溟》：『都下分袂者，三載于茲矣，而未嘗一劄自通左右。蓋緣懶得疏，習慣已久；亦知台丈大度，不以煩細繩我也。不佞弟蹩躠風塵，日無寧晷，遥望鄉關，時增愁況。惟每接南來人，從容詢台丈治狀，則大喜，以爲辱在宇下，伏庇爲多。言者皆曰：吕龍溪、尹扶風之治辨；王司理、黄潁川之寬和。』（《叢青軒集》卷六）

按：王世仁，字二溟，長洲（今蘇州）人。許獬同榜進士。漳州推官。

是歲，有書致王衡，叙二人友情。

作《與王辰玉》：『去冬有歸志，擬便道從虎丘山下，走快艇，一日夜抵太倉，先謁相國老年伯，挹其議論丰采，以徘徊想像乎古之所謂名公卿賢士大夫者，而後退與辰玉遊弇州園，搜奇剔怪，盡東南之美，庶幾少償夙願。而今似未能也。則所謂離合不常者，非獨辰玉，即在吾許子遜亦未能自必。雖然，此心未已，終須一遂，謹藏斗酒菰蕈俟我，毋謂戲言。』（《叢青軒集》卷六）

按：王衡，詳萬曆二十八年。

是歲，與李時華有書信往返。

作《答李按君》：『再奉大教，拜命之辱。惟門下以宏才雅望，屢按大藩，攬轡之餘，吏治民風，

自宜蒸然有變。長安雖去蜀中數千里，不佞固願樂觀其成。』（《許鍾斗文集》卷四）

按：時李時華移按蜀川。

是歲，有書致陳士蘭，以爲與陳士蘭、張廷拱同鄉同榜足稱一體，此時已規劃明春南歸。

作《與陳華石》：『弟初以病告，謂爲故事，果然一病兩年，骨立日甚……久聞南旋之音，是用翹跂，而病軀兼以僻處，咫尺弗能自達，心甚恨之。人生離合有數，脂車若在明歲之春，庶幾或可一面。否則，當懸長安中榻相待耳。輔吾丈畢力營一葬地，乃爲惡成者所持，進退維谷，不知我丈能爲之地否？海内同榜雖多，如吾三人，足稱一體。老年伯母安否？』（《許鍾斗文集》卷四）

按：陳士蘭，字華石，福建同安人。與許獬同榜進士。

是歲，與劉應秋有書信往返。

作《答劉雲嶠師》：『辛丑追隨數月，而老師遂出都門，某匆匆祖道，誠難爲情，私心蓋日夕望前驅之至止也。居諸如流，忽以兩周，未獲修尺一致候，乃辱手翰遥逮，殷殷垂注，慰誨有加，銘佩之餘，愧歉多已。』（《叢青軒集》卷六）

按：劉應秋，字士和，號雲嶠，吉水（今屬江西）人。萬曆十一年（一五八三）廷試一甲第三名，授編修。

又按：自萬曆二十九年（一六〇一）辛丑至今已兩周，則此書作于是歲。

是歲，座師馮琦卒，爲作誄文。

作《公誄馮座師文》：『某等樗櫟下乘，偶辱兼收。痛儀刑之既遠，欲步趨而無繇。敬陳杯酌，永決明幽。進以伸知己之私慟，而退則抱世道之隱憂。』（《叢青軒集》卷五）

按：馮琦，字用韞，號琢庵，山東臨朐人。萬曆五年（一五七七）進士。萬曆二十九年（一六〇一）以吏部右侍郎兼翰林院侍讀學士與禮部右侍郎曾朝節共主會試。王衡、許獬、南居益、周起元等都出自其門下。

又按：據《明史·七卿年表》，馮琦卒于是歲三月。

是歲，有書致江西巡按吴安節。

作《又答吴安節》：『睽違經載，未嘗再通問訊，知門下大度，不以疏節罪我也……近遭馮老師之喪，數月忽忽如忘。曩時識我於根荄者，有武進之劉，其在鄉場則有餘姚之陳，俱後先凋謝。不意臨朐公復彊年長往。自念性既寡諧，賦緣又薄，慨然以寸竪未能，不獲少酬知己，報國士之遇爲恨。峽江得藉鼎力，不負鄙私，分毫皆門下之德也，感何可言！』（《叢青軒集》卷六）

按：馮老師，即馮琦，臨朐人，又稱臨朐公。

是歲，與林應翔有書信往返。

作《與林京山》：『別後苦寒，非肩輿擁火不能出户外，知途中凄楚更倍也。春闈矣，想已抵任……永嘉吏近以一事見托，不佞素迂疏，不能向權貴人作軟語，因謝置之，然於心終不能不

介介，以爲是門下之所屬也。』（《許鍾斗文集》卷四）

按：林應翔，字京山，字源澠，號負蒼，福建同安人。萬曆二十三年（一五九五）進士。時爲永嘉知府。

作《與林京山》：『近遭馮老師之喪，忽忽如忘，諸事百不及一……李斗野在京邸，數向不佞論時義甚勤，蓋以課兒故。不佞則爲言門下此道甚精，累百許子遜不及也，渠因托不佞先容一語于門下。』（《叢青軒集》卷六）

按：此書言林應翔制義之佳。

是歲，有書與伯，議家聲及葬祖之事。

作《與伯書》：『接家信，見兩弟書，知子榮弟已受室稱成人，家中雍睦有加，甚喜。堯弟即婚稍遲不害，要當擇禮義之門而委禽焉，乃稱吾家婦，爲吾家造福不淺。吾祖宗書香積累數世，至於今始發，發正當數世未艾，保而持之，使有永在人……祖喪暴露幾四十年，此豈可緩？緩之不過欲待風水，正恐風水不足甚憑耳。且葬事亦不必甚厚，當此末世，倘遇兵火，悔之何及！反不若苟成事之猶足以塞責也。』（《叢青軒集》卷六）

按：此書與下書作于散館之後。獬祖大父開卒于嘉靖四十五年（一六六六），至是歲三十八年，故言『幾四十年』。

是歲，有家書。

作《寄家書》：『散館後，本擬請告，今似未能也……吾祖喪暴露已四十年，正如饑渴之極，不擇甘美。但得平穩地，得以安死者魂魄，得便歲時祭掃，無誤大事，雖少後福，固所甘心……邇來海上漸有寇警，倘有意外，尤不可言。言念及此，可爲寒心。』（《叢青軒集》卷六）

按：此書致父振之。『四十年』，舉其成數而言之，即《與伯書》『幾四十年』之意。

是歲，與施三捷有書信往返。

作《答施學博》：『里中士得沐大雅之型，明春復揭旗鼓而先之，應者宜衆。語云：善作不必善成。先生之大有造於吾黨，則前人之美爲益彰已。』（《許鍾斗文集》卷四）

按：施學博，即施三捷，時任同安縣教諭。此書云『明春旗鼓而先之』，指萬曆三十二（一六〇四）甲辰春府道試，故知此書作于此歲。

是歲前後，盛以弘使秦藩，有詩送之。又有書信往返。

作《送盛太史使秦藩》（《叢青軒集》卷一）。

按：盛以弘，字子寬，陝西潼關人。萬曆二十六年（一五九八）進士。盛氏出使秦藩，隨即告病高卧潼關。

作《答盛太史》：『使車西馳，日月以冀，忽接貴翰，捧讀，乃知門下尚爾高枕也……方今朝廟山林，人各爲政，論思啓沃之地，安可一日無門下輩，從容後先？秦中風景雖佳，恐未宜久卧也，惟門下圖之。』（《叢青軒集》卷六）

是歲前後，與廣西督學駱日升有書信往返。

作《答駱督學》：『粤西僻在一隅，文物奚似上國。門下以命世大儒，振鐸於兹，比及三載，風移俗易，一變至道，於是乎存。曩誦門下制義，固已識其言，；今于彼都人士，復識門下作用，異日樹駿垂鴻，未可量也。門下勉旃！不佞辱在梓里，其與有榮施。』（《許鍾斗文集》卷四）

按：駱日升，字啓新，號台晋，福建惠安人。萬曆二十三年（一五九五）會元，廷試二甲第六名。時任廣西提學道僉事。

是歲或稍後，有書致新任清苑縣知縣王之宷。

作《答王心一》：『朝廷知丈治行，不旬歲再試大邑。清苑去帝都尤邇，名迹日夕公卿耳目中，少有善狀，毋慮不達。矧行能卓異如丈者，能復有幾？我丈勉旃！清苑之不能久棲大賢，猶無極也。』（《叢青軒集》卷六）

按：王之宷，字心一，號蓋甫，陝西朝邑人。許獬同榜進士。初試無極縣知縣，時調任清苑縣知縣。

是歲，夏子陽册封琉球，有詩送之。

作《送夏都諫册封琉球》（《叢青軒集》卷一）。

按：夏都諫，即夏子陽，字君甫，號鶴田，玉山（今屬江西）人。萬曆十七年（一五八九）進士。

又按：徐𤊹有《送夏給諫册使琉球》（《鼇峰集》卷十二），蔡獻臣有《送夏鶴田給諫使琉球癸卯》二首（《清白堂稿》卷十二上），曹學佺有《送夏給事册封琉球》（《春别篇》），陳勛有《送夏給諫使琉球》（《元凱集》卷五），陳一元有《送夏給諫使琉球序代》（《漱石山房集》卷十）。

又按：蔡獻臣詩作于是歲，曹學佺詩作于次歲，許獬詩或作于次歲。

萬曆三十二年甲辰（一六〇四） 三十五歲

是歲，座師曾朝節卒，爲作誄文。

作《誄曾座師文》：『人之生世，有盛位者不必有令名，有令名者不必有修齡。先生于兹，實兼有之。人之生世，有利有鈍，有得有喪；當其得時，誰能勿喜，及其不得，誰能勿悲？先生于兹可謂一之。』（《叢青軒集》卷五）

按：曾座師，即曾朝節。

是歲，與徐即登有書信往返，徐氏請許獬删訂其集並撰序，獬以病後，未敢勝其任。

作《答徐宗師》：『某自元旦即已卧病，近遭曾老師之喪，伏枕不能走視，展轉悲吟者累日，此諸敝同年所共知共諒也……蓋大病之後，神情未復，其理宜爾。尊稿之删與序，當以屬之能者，其非病軀所敢任也。』（《叢青軒集》卷六）

按：『遭曾老師之喪』，詳上條。

是歲，有書致高金體。

作《與高兩目》：『安溪雖小，足稱劇縣，能於此中著聲，亦自不易。第以台丈而爲安溪，則真所謂牛鼎烹鷄，非其任也……不佞弟落莫隨人，無一善況，加以年來多病，桑梓之念轉深，不日當促歸裝，則把臂亦自不遠。安溪有山水之致，固願寓目；第以遊客而勤館人，則似不便。要以數千里歸來，咫尺知己，決不令對面參商也。』（《叢青軒集》卷六）

按：高金體，字立之，臨安（今杭州）人。許獬同榜進士。時爲福建安溪知縣。

又按：作此書時已經決計南歸。

是歲，有書别李廷機。

作《别李九我》：『于鄉大老中，遭遇台下最後，而台下之屬望不肖最深。昔人所稱知己，道義意氣爲上，文章次之。昔人所稱爲有功世教，每以教育天下英才，誘掖造就，使不失其性爲急務，而汲引又次之。』（《叢青軒集》卷六）

按：此書當爲假歸之前别李廷機所作，時廷機爲以禮部左侍郎署禮部事。

是歲，有書别館中諸前輩。

作《别館中諸前輩》：『某無似，于行輩中最爲駑下，過承台下眷注，方力自湔拔，以副雅懷。而麋鹿之性難訓，林泉之戀實深。一離都門，儀刑日遠，翹想清光，可勝瞻企。』（《叢青軒集》

卷六）

按：此書當爲假歸之前別館中諸前輩時作。

是歲，與葛寅亮有書信往返。

作《答葛屺瞻》：『始弟在長安，而老丈南歸，益軒在閩。今弟將歸閩中，擬取途錢塘，與老丈爲吴山西湖之會，而老丈在留都，益軒復留滯燕市中爲羈客。人生離合有數，欲如曩時對榻劇譚，白眼世上，相視而笑，可易得也？』（《叢青軒集》卷六）

按：葛寅亮（？—一五四六），字冰鑒，號屺瞻，錢塘（今浙江杭州）人。與許獬同榜進士，官至工部尚書。南明隆武政權覆亡，絶食殉國。

又按：『將歸閩中』，此書作于假歸之前。

是歲，以思親望雲成病，假歸。

按：許獬《與李見羅》：『方今世道亦大可知……某輩欲擘璧有所豎立，亦不如反而求之身心性命，庶幾不負此生。奈何館事方殷，未得遽去。累欲具疏請告，又爲主者所阻，未便如志。甲辰歲徑拂衣歸矣。此時葛巾長嘯而來，復逡巡法堂前，北面稱弟子，吾師尚曰：「此子可教否？」』（《叢青軒集》卷六）

又按：假歸原因有二，一爲『思親望雲成病』，參見萬曆三十四年（一六〇六）；二爲世道局促，不如『反而求之身心性命』。

萬曆三十三年乙巳（一六〇五）　三十六歲

是歲，有書致同年楊衡琬，吊楊母。

作《答楊衡琬》：『驅馬南來，舊疾復作，伏枕不敢窺窗外者彌月於兹，是以不得修一香一帛之儀，致奠于老年伯母太夫人靈下……吾丈大器夙成，兼以沉養，讀禮之餘，稍留神世故，以需大用，則不世之業也。』（《許鍾斗文集》卷四）

按：楊聯芳，字懋賞，號衡琬，福建龍溪（今漳州）人。萬曆二十五年（一五九七）舉人，進士與許獬同榜。官至貴州按察使。

又按：此書作于南歸之後的一段時間。

是歲，與許熙臺有書信往返。

作《答許熙臺》：『久不奉手教，惟從學師錦雲君得聞福履清泰……抱病三載，情緒缺然。京中把臂，尚當再悉。』（《許鍾斗文集》卷四）

按：許熙臺，其人不詳。許獬萬曆三十一年（一六〇三）抱病，至是歲三年。

是歲，次女與漳州林氏三郎約婚；與林光碧有書信往返。

作《復林扶蒼納采啓》：『恭承台命，以令三公子約婚于不佞某之次女曰某者。惟吾兩家，以覊旅之交，遂訂百年之盟，兹固氣求，良亦天作。』（《叢青軒集》卷六）

按：林扶蒼，即林光碧。

作《與林光碧》：『某自螻伏海陬，則已傾注高風之日久，得締龍駒，曷勝雀躍。去歲辱貴翰，適卧病床蓐，至今蓬垢，不敢問户外事者，一載於兹……郎君岳岳，自是遠器，幸加追琢，以大其成。』（《叢青軒集》卷六）

按：去歲歸里，『一載於兹』。

作《又與林光碧》：『秋深稍能自健，擬從一二知交南遊，挹天柱夕陽之勝，因過門下爲信宿之譚，以慰鄙私。第恐病未能也。』（《許鍾斗文集》卷四）

按：『天柱』，即天柱山，在漳州府長泰縣，由同安往天柱，故曰『南遊』。

作《又與林光碧》：『某杜門至今，病魔猶未盡脱。去冬之獵，匍匐來遷，而諸親舊來往寒温之節，百不一備。姻翁不以簡傲見罪，而儼然手札存之，重之以大貺，非肺腑之愛，何以及此！』（《許鍾斗文集》卷四）

是歲或下歲初，有書致王年丈。

作《答王年丈》：『歸舟經淮泗，遥聞政聲四浹，嘖嘖爲同籍光……弟抱病三年，近稍平復。燕市相逢，再叙情款。』（《許鍾斗文集》卷四）

按：許獬病已數年，此時或加急。

萬曆三十四年丙午（一六〇六）　三十七歲

是歲，有書致尹遂祈。

作《與尹父母》：『三山去此咫尺耳，而音問闊疏，遂成燕越之隔。及是命下，爽然喜躍，曠然病已。其在同民，則失一父母而得一良父母；在弟某，則失一兄弟而得一兄弟之白眉而秀出者，俱可喜也。』（《許鍾斗文集》卷四）

按：尹遂祈，廣東東莞人。許獬同榜進士。時由閩縣知縣調同安知縣。三山，福州城内有屏山（越王山）、于山、烏山，故名，此處指代閩縣。

又按：尹遂祈之前任同安縣王世德，永康（今屬浙江）人，也是許獬同榜進士，此時調任閩縣知縣。故此書云：『其在同民，則失一父母而得一良父母；在弟某，則失一兄弟而得一兄弟之白眉而秀出者。』

是歲，與李材有書信往返。

作《與李見羅》：『一離門墻，遂覺蓬心。區區修證之念，既爲習氣所累，又爲伎倆所奪。忽奉瑶函，寵以教語，茫若亡子之見所親，驚喜之餘，愧汗不少。某自佩服大教，于兹有年矣，粗知自好，不敢泯泯……甲辰歲徑拂衣歸矣。』（《叢青軒集》卷六）

按：獬爲諸生時受教于李材。此書云甲辰歸，而不云去歲歸，歸當已逾年，故繫于此。

六月，十五日卒。徐㶿代人作祭文。

蔡復一有《祭許鍾斗太史》：『歲之辛丑，余郎在京。君方獻賦，平陰先鳴。霧深澤豹，風厚起鵬。振衣而喜，壯我南溟。青燈緑酒，共叙平生。余耽薖軸，君直蓬瀛。西風荷芰，秋露金莖。題書相問，空月盈盈。旋困家難，廢蓼涕零。萬里歸賻，惜逝閔煢。未幾何時，君亦南征。觀濤枚叔，消渴長卿。間一過從，倒屣逢迎。情崖孤拔，辯濤縱横。視其骨立，峰削崚嶒。察其神王，隼擊蒼冥。麈尾所揮，千秋八弦。謂可小損，行當漸平。譚猶捫虱，夢忽騎鯨。《七發》無功，二豎見淩。雲迷梁苑，日落茂陵。嗚呼哀哉！方君首舉，士未知名。既出所業，滿座盡驚。群英失色，萬籟收聲。銀河垂波，風馭泠泠。雲屋天構，匠者奚營。王唐與瞿，峨揭前旌。皆以鉅魁，主藝林盟。而此超乘，寔惟代興。云胡文章，而命是憎。年不及强，宦不待成。堂老椿萱，原悲鶺鴒。别鶴雛烏，何以爲情。虚室聞蜩，疏慢依螢。嗚呼哀哉！君之意氣，雄與文並。當其必往，莫我敢乘。至有不可，齗齗引繩。閻浮何隘，須彌可傾。謬收余狂，稍許抗衡。同里于島，同閈于城。相杵尚輟，矧在戚朋。接訃匍匐，怛焉中怦。朝榮夕悴，感此霑纓。修短同盡，好醜誰憑。高山大川，永藏精靈。筆花不死，散爲列星。磊塊難澆，激爲風霆。繐帷雖冷，汗簡自馨。悠悠世態，吊客青蠅。』（《遁庵蔡先生文集》第四册）

徐𤊹有《祭許子遜太史文代》：『大輪名山，嵯峨拔秀；毓産喆人，才高德懋。先生挺出，幼禀淵姿；駿發之器，深沉之思。當世修文，乍離乍合；摽竊餖飣，味如嚼蠟。先生落筆，爾雅不群；鏡花水月，流水行雲。早赴公車，禮闈首薦；上苑看花，瓊林賜宴。明廷大對，名姓臚傳；蜚英史館，振藻木天。台閣篇章，詞林句法；譽滿皇都，聲騰魏闕。石渠金馬，方待操觚；上書請告，晝錦里閭。天靳才賢，夭壽不貳；正當策勛，忽爾遐棄。明珠照乘，俄墜重淵；寶劍藏匣，化不逾年。嗟乎先生，雕龍繡虎；每讀遺文，曷勝悽楚。某於往歲，振鐸同魚；十年往復，情好如初。聞訃傷情，薄修一奠；三嘆臨風，精靈如見。尚享！』（《紅雨樓集·鼇峰文集》册十，《上海圖書館未刊古籍稿本》第四五册，第一五一—一六頁，復旦大學出版社，二〇〇八年）

池顯方《許鍾斗先生傳》：『性至孝，以望雲成病，遂歸子舍，宦囊僅數十金，悉分惠戚屬……時萬曆丙午年六月望也，春秋僅三十有七。聞者無不惜之。』（《叢青軒集》卷首）

是歲，蔡獻臣作序蘇濬《生生篇》，言及許獬得力于蘇《兒説》多矣。

蔡獻臣《蘇紫溪〈易經生生篇〉序丙午》：『晋江蘇君禹先生，以《羲經》冠鄉書魁，海内既行其《兒説》，爲經生蒿矢矣。吾邑許子遜太史自言，既弁不復爲經義，則得力《兒説》多也。』（《清白堂稿》卷四）

是歲或次歲，三子鏞生。鏞，字則懷。獬卒時尚在孕中。

萬曆三十七年己酉（一六〇九）　歿後三年

是歲，王衡卒，蔡獻臣有祭文。

蔡獻臣《祭王綵山己酉》(《清白堂稿》卷十六)。

按：王綵山，即王衡。

萬曆三十九年辛亥(一六一一) 歿後五年

是年，蔡獻臣爲《許鍾斗文集》撰序。

蔡獻臣《許鍾斗太史遺集序辛亥》(《清白堂稿》卷四)。

按：《許鍾斗文集》《叢青軒集》並作『許鍾斗太史集序』。

萬曆四十年壬子(一六一二) 歿後六年

是年，《許鍾斗文集》五卷刊行。秀水洪夢錫萬曆四十年刻本。

明熹宗朱由校天啓四年甲子(一六二四) 歿後十八年

是歲，池顯方舉鄉試。

按：池顯方，字直夫，號玉屏，浴德子，同安中左所(今廈門島)人。天啓四年舉鄉試。有《晃巖集》。顯方撰《許子遜太史傳》(《晃巖集》卷十三)，《許鍾斗文集》《叢青軒集》作『許鍾斗先生傳』。

又按：顯方父浴德，字仕爵，號明洲。嘉靖四十四年（一五六五）進士。《叢青軒集》卷六有《答池明州（洲）》書牘一通。

明思宗朱由檢崇禎五年壬申（一六三二）　歿後二十六年

是歲，蔡獻臣爲許獬次子許鉞《制義》撰序，言及作秀才時識許獬之文，並許獬諸名篇。

蔡獻臣《許敦夫制義序壬申》：『余識子遜太史於角丱，而賞識子遜之文于做秀才時。即今所傳誦如《首陽千駟》《鄉人儺》《彌子瑕》諸篇，皆諸生草也。子遜既魁南宮，而文聲大重海內，操觚家迄今宗仰之，以爲舉業正印。蓋融文節百鍊，宗謙承雕而出之，非二李先生之文，而子遜之文也。今公仲子敦夫，時復操制義過予。予讀之，其神駿、其思深、其韻遠，而脱去徑蹊，超超玄著，更有出於訓詁傳注之外者。筠西李侯署同，大加獎重，語云：「弓冶箕裘，豈虚也哉？」雖然，予將以輪扁之説進。夫制舉之文，時也，豪雋之士能爲時，又能不爲時。今之時，去子遜三紀矣，風尚又大變矣。敦夫之文，其色相韻致，儼然太史家風，而猶微有冰寒青藍之意，無亦天之所授，而時之所使乎？夫詞不必太奇，要於達旨；趣不必太渺，期於肖題。得之題而應於心，得之心而應於筆，所謂臣不能喻臣之子，臣之子亦不能受之於臣，而輪扁得之以老斫輪，太史公斫輪手也。敦夫誠有味乎是説？其以踵絶躅而奪前矛何有哉！』（《清白堂稿》卷五）

崇禎十三年庚辰（一六四〇） 歿後三十四年

是歲，季男鏞等爲編刻《叢青軒集》，鏞作《識略》。

許鏞《識略》：『先君子不幸蚤世，時伯兄十齡，仲氏三齡，而小子鏞固孕中孤也。生不識父面，長未能讀父書，恨積終天，罪負箕裘。朝夕問顧所留遺篇，爲宇内操觚家翕然宗尚，久而益傳，鏞雖無以慰九泉之靈，而先人用是起色矣。曩曾付剞劂氏，有三集：一曰《九九草》，一曰《存笥草》，一曰《詩文集》。兹以集板漸禿，無可應求，乃白之諸父伯兄，鳩工重鐫。因而搜增一二雜作，先成詩文一册，名爲《叢青軒集》……庚辰仲秋季男鏞謹識。』（《叢青軒集》卷首）

按：《叢青軒集》六卷。崇禎十三年許氏家刻本。卷端署：同安許獬子遜甫著，弟鸞子采甫、行沛子甲甫，男鉉則鼎甫、鉞則敦甫、鏞則懷甫，孫元輔君弼甫、元軾君敬甫、元轍君由甫、元輅君質甫、元輪君行甫同輯。

是歲，季男鏞據稿本抄録《四書闡旨合喙鳴》十卷。

參考文獻

〔明〕林希元著，林海權點校，《林次厓先生文集》，北京：商務印書館，二〇一八年
〔明〕洪朝選著，李玉昆點校，《洪芳洲先生文集》，北京：商務印書館，二〇一八年
〔明〕何喬遠著，《鏡山全集》，明崇禎刻本，日本内閣文庫藏本
〔明〕黄承玄著《盟鷗堂集》，明崇禎刻本，臺灣傅斯年圖書館藏本
〔明〕董應舉著，《崇相集》，明崇禎刻本
金雲銘著，《陳一齋先生年譜》，私立福建協和大學中國文化研究會，一九四五年
〔明〕蔡獻臣著，《清白堂稿》，明崇禎刻本
〔明〕許獬著，《叢青軒集》，明崇禎十三年家刻本
〔明〕許獬著，《許鍾斗文集》，明萬曆四十年秀水洪夢錫刻本
〔明〕徐熥著，《幔亭集》十五卷，明萬曆刻本
〔明〕徐熥著，陳慶元纂，《徐熥集》，揚州：廣陵書社，二〇〇五年
〔明〕謝肇淛著，《小草齋集》，明天啓刻本

〔明〕謝肇淛著，《小草齋續集》，明天啓刻本
〔明〕謝肇淛著，陳慶元纂，《謝肇淛集》，南京：江蘇古籍出版社，二〇〇三年
〔明〕謝肇淛著，江中柱點校，《小草齋集》，福州：福建人民出版社，二〇〇九年
〔明〕徐𤊹著，陳慶元、陳煒點校，《鼇峰集》，揚州，廣陵書社，二〇一二年
〔明〕蔡復一著，《遁庵全集》，明崇禎刻本
〔明〕蔡復一著，《遁庵蔡先生文集》，明繡佛齋鈔本
〔明〕蔡復一著，郭哲銘校釋，《遁庵蔡先生文集校釋》，金門縣文化局，一九九七年
〔明〕蔡復一著，蔡振念校注《遁庵詩集》，金門縣文化局，二〇一八年
〔明〕蔡復一著，陳炳南校注《遁庵詩集》，金門縣蔡氏宗親會，二〇一八年
〔明〕崔世召著，陳慶元點校《崔世召集》，揚州：廣陵書社，二〇二〇年
〔明〕張燮著，《霏雲居集》，明萬曆刻本
〔明〕張燮著，《霏雲居續集》，明萬曆刻本
〔明〕張燮著，《群玉樓集》，明崇禎刻本
〔明〕張燮著，謝方點校，《東西洋考》，北京：中華書局，二〇〇〇年
〔明〕張燮著，陳正統主編，《張燮集》，北京，中華書局，二〇一五年
〔明〕曹學佺著，《石倉全集》，明末遞刻本，日本內閣文庫藏

〔明〕曹學佺編，《石倉十二代詩選》，明末遞刻本，中國國家圖書館藏
〔明〕曹學佺編，《石倉十二代詩選》，明末遞刻本，上海圖書館藏
〔明〕蔡獻臣著，《清白堂稿》，明崇禎刻本
〔明〕蔡獻臣著，《清白堂稿》，清同治鈔本
〔明〕蔡獻臣著，《清白堂稿》，厦門：厦門大學出版社，二〇一二年
〔明〕蔡獻臣著，陳煒點校，《清白堂稿》，北京：商務印書館，二〇一九年
〔明〕熊明遇著，《緑雪樓集》，明天啓刻本
〔明〕周之夔著，《棄草集》，明崇禎刻本
〔明〕李光縉著，《景璧集》，明崇禎刻本
〔明〕李光縉著，曾祥波點校，《景璧集》，福州：福建人民出版社，二〇一二年
〔明〕楊道賓著，陳貽庭等點校，《楊文恪公文集》，上海：上海辭書出版社，二〇一三年
〔明〕黄克纘著，陳慶元纂，《數馬集》，影印明崇禎刻本，揚州：江蘇廣陵古籍刻印社，一九九七年
〔明〕商梅著，陳慶元點校，《彙選那庵全集》，揚州：廣陵書社，二〇一九年
〔明〕黄景昉著，陳慶元點校，《甌安館詩集》，北京：商務印書館，二〇一九年
〔明〕盧若騰著，《島噫詩》，金門縣政府文獻委員會，一九六九年

〔明〕鄭成功、鄭經著，《延平二王遺集》，《玄覽堂叢書續集》本
〔明〕鄭經著，《東壁樓集》，明永曆東寧王府潛園刻本
〔清〕阮旻錫著，厦門鄭成功紀念館校，《海上見聞録》，福州：福建人民出版社，一九八二年
〔清〕夏琳著，林大志校注，《閩海紀要》，福州：福建人民出版社，二〇〇八年
〔清〕陳宗江纂，《浯陽陳氏家譜》，清光緒二十五年鈔本
〔清〕林樹梅，陳茗點校，《林樹梅集》，北京：商務印書館，二〇一八年
陳衍著，鄭朝宗、石文英點校，《石遺室詩話》，北京：人民文學出版社，二〇〇四年
郭則澐著，卞孝萱、姚松點校，《十朝詩乘》，福州：福建人民出版社，二〇〇〇年
〔明〕何喬遠著，《閩書》，福州：福建人民出版社，一九九五年
趙爾巽等著，《清史稿》，北京：中華書局，一九七七年
〔清〕張廷玉等著，《明史》，北京：中華書局，一九七九年
〔清〕顧祖禹著，賀次君、施和金點校，《讀史方輿紀要》，北京：中華書局，二〇〇五年
陳衍、沈瑜慶修，〔民國〕《福建通志》，一九三八年刻本
張本政主編，《〈清實録〉臺灣史料專輯》，福州：福建人民出版社，一九九三年
〔清〕黄任、郭賡武修，〔乾隆〕《泉州府志》，清乾隆刻本
〔清〕朱奇珍修，〔康熙〕《大同志》，影印清康熙刻本，福州：海峽書局，二〇一八年

〔清〕林焜熿、林豪等修，〔光緒〕《金門志》，清光緒刻本

劉敬修，《金門縣志》，一九二一年鈔稿本，福建師範大學圖書館藏

許如中修，《新金門志》，金門縣政府，一九五九年

許嘉立等修，《金門縣珠浦許氏族譜》，一九八七年

金門縣立社會教育館編，《金門縣志》（增修本），金門縣政府，一九九二年

顏立水著，《顏立水論金門》，金門縣文化局，二〇〇八年

楊清國著，《金門教育史話》，《金門學叢刊》第三輯〇二三，金門縣政府，二〇〇一年

葉均培、黄奕展著，《金門族譜探源》，《金門學叢刊》第三輯〇二七，金門縣政府，二〇〇一年

郭堯齡編，《魯王與金門》，金門縣文獻委員會，一九七一年

金門縣文獻委員會編，《金門先賢録》第一輯，金門縣文獻委員會編印，一九七〇年

金門縣文獻委員會編，《金門先賢録》第二輯、第三輯，金門縣文獻委員會編印，一九七二年

〔清〕蔣毓英修，《臺灣府志》，影印《臺灣府志三種》本，北京：中華書局，一九八五年

〔清〕高拱乾修，《臺灣府志》，影印《臺灣府志三種》本，北京：中華書局，一九八五年

〔清〕范咸修，《重修臺灣府志》，影印《臺灣府志三種》本，北京：中華書局，一九八五年

連横著，《臺灣通史》，上海：華東師範大學出版社，二〇〇六年

〔清〕薛起鳳主纂，江林宣、李熙泰整理，《鷺江志》，厦門：鷺江出版社，一九九八年

〔清〕周凱主纂，厦門市地方志編纂委員會辦公室整理，《厦門志》，厦門：鷺江出版社，一九九六年

厦門市地方志編纂委員會辦公室整理，〔民國〕《厦門市志》，北京：方志出版社，一九九九年

〔清〕蔡尚温修，《浯江瓊林蔡氏族譜》，清道光重修本

蔡群生著，《御賜里名瓊林》，金門縣文化局，二〇一六年

蔡是民編纂，《蔡氏家廟祭祖儀典》，金門縣文化局，二〇一七年

陳長慶彙編，《道範顔馨　五桂聯芳》，金門縣文化局，二〇一八年

葉鈞培編著，《金門姓氏堂號與燈號》，金門縣政府，一九九九年

顔立水著，《金門與同安》，《金門學叢刊》第二輯〇一五，金門縣政府，一九九八年

劉登翰等著，《臺灣文學史》，福州：海峽文藝出版社，一九九一年

陳慶元著，《福建文學發展史》，福州：福建教育出版社，一九九六年

張榮强著，《金門人文探索》，《金門學叢刊》第一輯〇〇三，金門縣政府，一九九六年

楊樹清著，《金門族群發展》，《金門學叢刊》第一輯〇一〇，金門縣政府，一九九六年

葉鈞培著，《金門姓氏分佈研究》，金門縣政府，一九九七年

陳炳容著，《金門的古墓與牌坊》，金門縣政府，一九九七年

洪春柳著，《浯江詩話》，臺北：設計家文化出版事業有限公司，一九九七年

吴守禮、林宗毅編，《吕世宜西邨先生研究資料》，臺北：定静堂，一九七六年
廖一瑾著，《臺灣詩歌史》，臺北：文史哲出版社，一九九九年
謝水順、李珽著，《福建古代刻書》，福州：福建人民出版社，一九九七年
陳在正著，《臺灣海疆史研究》，厦門：厦門大學出版社，二〇〇一年
吴鼎仁著，《西邨吕世宜》，金門：鼎軒畫室，二〇〇四年
楊永智著，《明清時期臺南出版史》，臺北：學生書局，二〇〇七年
卓克華著，《古迹·歷史·金門人》，臺北：蘭臺出版社，二〇〇八年
黄振良主編，《陽翟文史采風》，金門縣金沙鎮公所，二〇一〇年
金門縣宗族文化研究會編著，《金門古典文獻探索》，金門縣文化局，二〇一一年
郭哲銘主編，《金門各姓族譜類纂》，金門縣文化局，二〇一二年
郭哲銘著，《金門古典文獻探索》，金門縣文化局，二〇一二年
陳慶元著，《徐熥年譜》，揚州：廣陵書社，二〇一四年
陳茗著，《海疆文學書寫與圖像——以金門林樹梅爲中心》，北京：人民出版社，二〇一六年
陳慶元著，《晚明閩海文獻梳理》，北京：人民出版社，二〇一七年
李時人編著，《中國文學家大辭典·明代卷》，北京：中華書局，二〇一八年
陳慶元著，《徐興公年譜長編》，揚州：廣陵書社，二〇二〇年

朱鴻林撰，《鄭經的詩集和詩歌》，《明史研究》，一九九四年第四期

楊永智撰，《金門林樹梅刻書考》，《東海中文學報》，二〇〇三年七月第十五期

陳慶元撰，《將門子·古文家·詩人——鴉片戰争時期愛國奇人林樹梅》，《福建師範大學學報（哲學社會科學版）》，一九九九年第一期

陳慶元撰，《春來杜宇莫啼冤——讀林樹梅〈修前明魯王墓即事〉詩兼談魯王疑冢、真冢與新墓》，北京：《中國典籍與文化》，二〇〇四年第一期

阮筱琪撰，《鄭經〈東壁樓集〉研究》，臺北：花木蘭文化出版社，二〇一二年

施懿琳、廖美玉主編，《臺灣古典文學大事年表》（明清篇），臺北：里仁書局，二〇〇八年

陳慶元撰，《金門蔡復一年譜初稿》，《二〇一二年金門學國際學術研討會論文集》，金門縣政府、成功大學人文社會科學中心，二〇一二年

陳慶元撰，《蔡復一的本來面目——鍾惺譚元春周邊人物論之一》，《東南學術》，二〇一五年第五期

陳慶元撰，《海島海防與海警海氛詩——略論晚明金門詩人蔡獻臣》，《中國石油大學學報》（社會科學版），二〇二〇年第二期

王水彰撰，《明代金門籍作家述論》，福建師範大學二〇一四年博士論文

王振漢撰，《晚明吏部尚書蔣孟育之研究》，福建師範大學二〇一五年博士論文

呂成發撰，《金門呂世宜及其藝文研究》，福建師範大學二〇一五年博士論文
張明琛撰，《晚明閩籍作家旅遊與遊記研究》，福建師範大學二〇一六年博士論文
李木隆撰，《蔡復一研究》，福建師範大學二〇一七年博士論文
甯國平撰，《清末浯江詩人林豪之研究》，福建師範大學二〇一八年博士論文
王石堆撰，《明代浯洲蔡獻臣及其〈清白堂稿〉考論》，福建師範大學二〇一九年博士論文
陳菁娟撰，《池顯方研究》，福建師範大學二〇一六年碩士論文